目次

JN099172

不見(みず)の月　博物館惑星Ⅱ

I

黒い四角形

中規模美術館〈ペイディアス〉の内部は、慌ただしさに満ちていた。

バスケットコートほどの広さがある天井の高い第二展示室（R2）の底で、〈絵画・工芸部門（アテナ）〉に所属する五人の学芸員がちょこまかと動いている。雑巾（ダスター）を手に行ったり来たりし、水準器でバカみたいに水平を何度も取り直し、大きな解説パネルと格闘し……。じっとしていると死んでしまうとでも思っているのだろうか。ときおり、他の部屋の展示物を載せたカートが横切っていく動きがことさらのんびりして見え、アンバランスさが喜劇のようだ。

忙しく働く学芸員たちを手伝ってやりたいが、部外者なのでどうしようもない。素人が手を出したら余計に事態は混乱するだろうし、美術品を傷付けでもしたら大変なことになる。

しかし、まあ、美術品と言ってもなあ。

と、兵藤健(ひょうどうけん)は、首を捻(ひね)ってみた。

目の前の壁に掛けられているのは、どう頭を傾けて見ても、ただの黒い正方形だった。

目録によると、一・五メートル四方のガラス板付きアルミの額縁の中央に、きっかり一メートル四方の黒色。素材は非公開。滑らかだが艶がなく、質感が掴めない。

真っ黒な四角形。〈美の女神(アフロディーテ)〉はいったいこれのどこが芸術だと思ってるんだろう。

学芸員でも美術ファンでもない健は、今度は反対側に首を傾ける。


この時代、青い地球はその両手に美しいものを持っていた。

一つは太古から輝く銀盤の月。

もう一つは、月と反対側の重力均衡エリアであるラグランジュ3に小惑星帯(アステロイドベルト)から掴まえてきた小惑星を配置して作った、博物館苑惑星〈アフロディーテ〉。

美の女神の名を持つそこは、オーストラリア大陸ほどの面積に既知宇宙のあらゆる美を集めるユートピアだ。絵画や彫刻はもちろん、動植物や自然の織りなす恵み、流れては消えてゆく音楽や詩歌も研究している。地球上の夥(おびただ)しい展示施設と連携して常に企画展が開催され、人気アーティストの音楽やパフォーマンスが劇場を賑わし、〈動・植物部門(デメテル)〉

が持つ広大な庭園には四季折々の花が咲き乱れている。

美は、観る者の魂の精度によっては、どんなものにも宿るという。「美しくないものなど、存在しない」と言ったのは誰だったか。大宇宙のすべてを蒐集(しゅうしゅう)分析することは科学技術的に叶わないが、それでも〈アフロディーテ〉の学芸員たちは、脳外科手術を含む先進的な仕掛けでもって美にまつわるありとあらゆる事象へ果敢に取り組んでいる。

学芸員の多くは、脳とデータベースを直接接続していた。〈アテナ〉は〈喜び(エウプロシュネー)〉、〈音楽・舞台・文芸部門(ミューズ)〉は〈輝き(アグライア)〉、〈デメテル〉は〈開花(タレイア)〉。それぞれは各部門についての膨大な情報を有し、学芸員たちはあやふやな記憶のかけらをその〈三美神たち(カリテス)〉に投げ掛けるだけで参照できる。一般の検索とは違って「なんとなく」や「言語化できない違和感」をそのまま渡せるのが特徴で、ぼんやりと思い出す絵画の構図から作者名を探ったり、耳に甦るほんの数小節のメロディから曲名を調べたり、僅かな翅(はね)の角度の違いから虫の採取地を特定したりできるのだ。

それら三部門を統(す)べているのは〈総合管轄部署(アポロン)〉だった。データベースも他のものより上位にある〈記憶の女神(ムネーモシュネー)〉。ただし、どのカテゴリーにもアクセスできるからといって、いいことばかりではないのがこの部署。各部門の調整や厄介ごとが集まってくる。

例えば、自分のような珍奇なお荷物。

健には、配属部署の上司であるスコット・エングエモの他に相談役がついていて、それが〈アポロン〉の田代孝弘だった。彼は穏やかなロマンチストとして知られているが、学芸員でもない試験運用小僧の面倒を見るだなんて相当な厄介ごとであろう。少しでもお荷物にならないようにしたいが、それがなかなか……。

——なあ、〈ダイク〉。

健は、しっかりと脳内で言葉を綴り、声に出さずに呼び掛けた。

——あれも芸術品なのか？

内耳の中で質問に答えたのは、落ち着いた男性の声だった。

——リサーチします。完了。はい、そう評価されています。

——展示のテーマ、何だっけ。

——「インタラクティブ・アートの世界」です。

——インタラなんたら、って、どういうものだ？

——相互作用する芸術です。

言われて、順路の先を眺めてみた。相互作用？　どうするんだ？

黒い四角の次は、とても大きなジャングルの絵だった。カラフルな色使いにもかかわらず全体の印象はのっぺりしていて、絵画と言うよりはどこかの包装紙のデザインのようにしか見えない。こんなのを二メートル近くのサイズにする価値は……。

畜生、と健は自分に悪態をついた。美術における何号キャンバスかも覚えなきゃいけない。

――〈ダイク〉。

――はい、察知しました。

脳に直接接続されたデータベースは、設定によって言葉になる手前の感情も拾うことができる。

――手前の楊偉作「黒い四角形」も、奥のショーン・ルース作「いざ、楽園へ」も、日本式フランス式ともにあてはまらない規格外サイズです。

――で、何かに……。

――はい、察知しました。「いざ、楽園へ」についてあなたが想像している類似絵画は、アンリ・ルソーの密林を描いた作品、または田中一村だと予測できます。

口の端が勝手に歪んだ。

――優秀だな。

――恐れ入ります。

――皮肉だよ。

吐き捨てるような感情を〈ダイク〉が拾わないわけはないのだが、ヤツは、

——過度の賞讃は皮肉として作用するのですね。了解しました。

と、しれっと流した。

健の眉間に皺が寄る。けれど、それについて文句を言っても、〈ダイク〉に不毛な問答の種を新たに与えるだけだろう。本当はこういう瑣末な人間感情をひとつひとつ教えていかなければならないのだろうが、自分の身の置き所にさえ困る新人の身では、今はまだその余裕がない。

気を取り直し、瞳を絞って順路のさらに先を眺めてみる。密林の隣には、てろてろと粘液を落とす滝の絵。出口付近には、まるで通せんぼするように台の上に置かれた直径約三十センチの透明な球体彫刻。三人の職員が上を向いて確認している天井付近に浮かんでいる物体は、銀色のウニ……いや、あれは星のつもりか？

——観客も参加するっていうけど、あのジャングルや四角にどうやって？　滝は飛沫でもぶっかけるのか？

——〈アテナ〉へ問い合わせますか？

——いや、いい。俺は学芸員じゃない。なるべく観客に近いフラットな見方をしろと言われてる。ただ単に、お前さんの予想を聞きたい。どうだ？　あの四角いのでインタラク

ティブって、みんなで鶴でも折る？

——額装してあるので折紙ではないと予測します。万が一そうであっても、黒い鶴というのは縁起がよくないとされています。

「けっ、真面目だな」

口に出してしまって、健は慌てて下を向いた。

誰にも聞かれていないといいが。直接接続のやりとりを声に漏らすなどという失態が上司（ボス）のスコットの耳に入ったら、あの太鼓腹を波打たせて情け容赦なく大笑いされるに違いない。

——今の反応を真面目だと評されるのなら、折鶴に言及したのは「ありえないことを前提にした面白さ」つまりジョークだったのですね。了解しました。

健は床に向けて大きく息を吐いた。

脳外科手術を受けてからというもの、ずっと〈ダイク〉と会話をしているが、ヤツは少しもこなれてこない。これでは単純なデータベースに直接接続している状態と変わらないではないか。

「はい、そこの新人（ルーキー）ちゃん」

ぴりっとした声に、健は飛び上がりそうになった。

　しかし、銀色のオールインワンを着た熟年の黒人学芸員が指さしているのは自分ではなく、同期で〈アテナ〉へ入った学芸員ブルーノ・マルキアーニだった。

「オツムの中で何を検索してるのか知らないけど、手を止めないで。指示は全部出してあるはずよ。質問するなら、私に直に、口頭で。個人的な興味で調べ物をしてるなら、それは後回しにして」

　注意したベテランは〈アテナ〉の腕っこき、ネネ・サンダースだ。滝の絵の前で突っ立っていたブルーノは、ラテン系のくっきりした目をぱっちんぱっちんとしばたたかせて、恥ずかしげに「はい」と答えた。

　健はほっとした。感情の受け渡しをしない〈エウプロシュネー〉相手であっても、新人は直接接続されたデータベースの扱いに手を焼いているのだ。

　しばらくは自分も「ルーキーちゃん」とからかわれるのは免れないだろう。実際、ボスにはすでに何度もそう呼ばれてしまっていた。

　早く慣れないとなあ。

　健はこっそりと吐息をついた。

　しかし、芸術が何であるかもよく判らない自分が、本当にここでやっていけるのか。

　黒い四角形を睨みながら、彼は続けざまにまたひとつ吐息をつく。

いやいや、と健はことさらに胸を張ってみた。

こんな気弱なところを、あの〈アポロン〉の新人女史に見つかったら、厄介なお荷物扱いどころか、ゴミでも見るような目で……。

「ちょっと、なんであんたなんかがここにいるのよ」

健は、ヒャッと声を上げた。

いつの間に近付いていたのか、ちょうど考えを巡らせていた〈アポロン〉配属新人の尚美（なおみ）・シャハムが、大きな瞳で下から睨みつけていた。背は低いのだが、日系イスラエル人とあって顔のパーツがいちいち大きく、おまけにいつも堅苦しいデザインのスーツで身を鎧（よろ）っているので、やたらと迫力がある。

着任式はほんの顔合わせ程度だったのに、その時から彼女は目立っていた。直接接続の新人として並んでいる十二人のうちの一人が学芸員ではなく警備員だと知った瞬間、この上もない侮蔑の表情を向けてきたので、健の彼女に対する印象は最悪だった。

「いや、なんでって……」

思わず言葉を詰まらせた健に、尚美は畳み掛けた。

「荷物運びなら、さっさと身体を動かしなさい」

「あのさあ」やっとの思いで反論してみる。「いくら新人とはいえＶＷＡの人間が展示準備に立ち会ってるんだから、普通に、警備をしているのね、とか思わない？」

微妙な光を帯びる濃紺の制服の胸を、健はとんとんと叩いて見せた。

が、

「ぜんっぜん！」

力一杯否定されてしまった。

「〈権限を持った自警団（ヴィジランティ・ウィズ・オーソリティ）〉と呼ばれる立派な組織が、あなたみたいな兵六玉（ひょうろくだま）を単独で警備に回すはずはないもの」

「ちょ、兵六玉って」

「せいぜいお掃除係か荷物運びがいいとこでしょうよ」

たじたじとした健の胸に、尚美の人差し指が突きつけられる。

「それとも、お散歩中なの？　ＶＷＡが暇なのは平和でいいことだけど、油を売ってていいの？」

「お前こそなんだよ、ヒヨっ子が親の付き添いもなしに出歩いてていいのか？」

尚美は、ふん、と鼻から息を吐いた。

「親鳥から、ここに貼り付いておけ、って言われたんだけど」

「田代さんが？　俺もそうだぞ」

ぱちり、と長い睫毛(まつげ)が一度上下した。

「聞き捨てならないわね。どうして警備員が〈アポロン〉から直に命令を受けるわけ？」

「うるさいな。田代さんは俺にとっても上司だよ」

口から炎を吐きそうな顔で尚美が、

「そんなもったいないことがあるもんですか」

と噛みついた瞬間、頭の中でコロコロコロと着信音が響いた。

——はーい、一斉通知でごめんあそばせ。スタッフのみなさん、お待たせしました。お客様がいらしたわ。ショウの開幕よ。

自棄(やけ)っぱちな冗談口で、ネネはそう知らせてくれた。

地球(した)で画商を営んでいるというマリオ・リッツォの声は大きく、まだR1(ルーム)にいるというのに、びんびん響いてきた。

「先生(マエストロ)、どうぞこちらへ。さあ、早く。次の部屋ですよ、先生」

それに続く、ぼそぼそとした声。

「いや、僕は……。まずは……」

「天下のショーン・ルース先生が何を遠慮してるんです。いわばこれはあなたのための展覧会。いやいや、ほんと。さあ、早く」

赤い巻き毛の壮年男性に引っ張り込まれるようにして入室してきたのは、金髪の美青年だった。長身で、優しげな顔つきをしていて、その場にいる女性たちが思わず息を呑んでしまうほどの容姿だ。彼はしきりに背後を気にして、もそもそと口の中で呟いている。

「ですから、僕なんかよりも楊先生のほうを……」

「いやいやいやいやいや、またそうやって遠慮する。ほらもっと胸を張りなさい、マエストロ・ルース」

マリオはまるで蠅のように見えた。ハンサムなご馳走の周りを飛び回り、一人でブンブン騒いでいる。

二人の後ろから、泰然とした禿頭(とくとう)の老人が入ってきた。アジア系の温和な顔をした人物は、横を歩く〈アポロン〉の田代孝弘と歓談している。

「田代さん」

健と尚美が競い合うように上司へ駆け寄る。

「ああ、二人ともご苦労様」

孝弘はそう一声掛けてから、

「こちらが『黒い四角形』の作者、楊偉さん。楊さん、こちらの女性は〈アポロン〉期待の新人、尚美・シャハム。こっちはVWA所属の兵藤健と言いまして、直接接続方式の関係で私と一緒に動いてもらっています」

と、互いを紹介した。

楊は、ほっほっほ、とサンタクロースのように笑った。

「それは頼もしい。〈太陽神(アポロン)〉が〈守護神(ガーディアン・ゴッド)〉とタッグを組んでいるわけですな」

孝弘は、僅かに首を横に振った。

「いえ、彼が接続しているのは国際警察機構の〈ガーディアン・ゴッド〉ではなく、新しいシステムです。いきなり地球規模の混沌に放り込むより、まずは比較的穏やかな〈アフロディーテ〉で試用してみるんですよ」

楊は「ほう」と感心したが、尚美は大きく目を瞠(みは)り、今にも「なんですって」と叫びそうな顔をしている。自分より格下だと思っていた警備員に新システムが搭載されていて、しかも尊敬する上司に預けられているだなんて、そんなのは絶対に認めない、と言いたげだった。

健が軽く肩をすくめてみせると、尚美はよりいっそう厳しい表情で睨みつけてきた。

「詳しいことは後から話しますが、とにかく」

と、孝弘が言いかけた瞬間。

「だから、地球にいる時からずっとお願いしていたはずだがなあ」

マリオの尖った大声がした。腕をいっぱいに広げて威圧の姿勢を取った彼は、ネネに覆い被さらんばかりだった。

「どうしてこんな、ただの透明ボールを出口に置くんだ」

赤い髪をぶんっと振って、彼は台の上に置かれている透き通った球体を指さした。

ネネは笑顔を崩さず、首を傾げて見せた。

「だから、あなたが地球にいた時からずっとご説明していたはずですが。楊さんの『glob+eal』は『黒い四角形』との相乗効果としてここに置いてあるのです。ただの黒い四角で始まるこの展示室は、最後、ただの透明な球で終わる。それが楊さんのコンセプトなんですよ」

へっ、とマリオは嫌な笑い方をした。

「ここはいつからあの人の個展会場になったんだ？　うちのマエストロの絵だってあるんだよ」

「何度も申し上げているように、ルースさんは納得してくださっています」

「当たり前だ。マエストロは楊偉氏に薫陶を受けたとおっしゃってる。尊敬する先生の言うことならなんでも聞くだろう。けれど私は、天下のショーン・ルースがいつまでも生徒扱いされるのはよくないと言ってるんだ。この部屋で一番大きいのは彼の絵だ。つまり、彼がメインだ。楊氏の作品にアタマとトリを押さえられるのはおかしい。すでにショーン・ルースが人気で師を上回っていることは〈アテナ〉もご存じだろう」

「ええ。リッツォさんが、自分の扱う作家の画料は師匠よりも高いのだということを、この展覧会で証明したいのも存じてますわ」

ネネはいっそ恐ろしいほど見事な笑みを湛えた。なるほど、これがさっき彼女が言っていたショウというわけか。

ショーンは真っ青な顔をしながら、楊と画商の間で視線を何度も往復させている。

「タカヒロ」楊は〈アポロン〉の学芸員をファーストネームで呼んだ。「私は、どうするのがショーンのためだろうね」

「黙っておられるのが一番だと思いますよ」

楊は、ほっほっほっ、と愉快そうな声をたてた。

「では、ありがたく退散するとしよう。そろそろ薬の時間だ」

楊をホテルまで送り届けた健たちは、そのまま〈アポロン〉庁舎にある孝弘の私室へ移動した。資料を積んだデスクとカウチしかない、質素なところだ。

「もっと広いと思ってました。これじゃ、私の部屋と同じです」

大きな目で部屋を見回しながら、尚美が言う。

デスクチェアに座らず窓際に立ったままの孝弘は、腕を組んで苦笑した。

「先輩であろうと後輩であろうと、使い走りにはこの程度の部屋で充分だってことさ。〈アポロン〉が他の部署の召使いであることに違いはないからね。ほとんどの時間は呼び出しを食らっているから、ここでは、仮眠を取る、コーヒーを飲みながら考え事をする、誰かと秘密の話をする、この三つさえできればいい」

「今は、秘密の話をするため、というわけですね」

健が言うと、孝弘は頷く。

「〈ムネーモシュネー〉を介して事情を説明してもよかったんだけど、せっかくだから直接顔を合わせておこうと思ってね。君たち二人はこれから仲良くやってもらわなくちゃならないし」

あからさまに眉をひそめて、尚美が「どういうことです？」と訊いた。「俺も理由が訊きたいです」健も顎をぐっと引いて続ける。

孝弘は腕を組み替えた。

「まずは、情報量を公平にしよう」

そうして孝弘は、新人を気遣ったのか、直接接続されたデータベースへの指令をわざわざ口に出した。

「〈ムネーモシュネー〉接続開始。兵藤健と彼の接続データベースに関する機密度2の情報を開示。二人とも、ざっと読んでみて。F(フィルム)モニターでも、CL(コンタクトレンズ)投影でも好きなほうでいい」

もちろん健はFモニターを選ぶ。コンタクトレンズが視界に情報をポップアップするのを許すのは非常時だけ、と決めていた。普段からそうしていると裸眼で観察すべき大事なことを見逃しそうだったし、何よりも視点の定め方や擬似的な距離感にまだ慣れない。

尚美はちろちろと細かく瞳を動かしていた。CL方式で部屋の風景に重なった文字をスクロールさせているに違いない。三秒ほど黙っていた彼女は、ぴく、と眉を歪ませると呟いた。

「この人の接続先が〈ガーディアン・ゴッド〉ではないというのはさっき聞いたけど。〈ディケ〉……ディケって何？　聞いたことない」

初めて耳にする尚美の気弱な声に、健は、ふん、と軽く鼻息を吐いた。

「だろうね。それこそ、俺が複数の上司を持つ所以(ゆえん)だよ」

通常、国際警察機構に属する直接接続者は〈ガーディアン・ゴッド〉という名のデータベースを利用する。そこには、地下組織の複雑な相関関係や過去の判例、各種トラップの解除マニュアルなど、治安に役立つ情報が収められている。

〈ガーディアン・ゴッド〉は、もともと、警察官と人物データベース〈点呼(ロールコール)〉を繋ぐものとして運用されはじめた。直接接続者は、曖昧検索ができる〈ガーディアン・ゴッド〉を介して、顔貌や仕草など言語化できないイメージを人物データベースから検索し、身元や前科を瞬時に洗い出す。僅かな違和感をすぐにデータと参照できるこのシステムは、指名手配されている人物の発見、同一人物による連続した事件か模倣犯かの識別など、「警官の勘」としか呼びようがないものを強力に補佐してきた。

なのに健は、国際警察機構の分署的存在であるＶＷＡ所属にもかかわらず、〈ガーディアン・ゴッド〉に直接アクセスするのではなく、間に〈正義の女神(ディケ)〉を挟んでいる。

先を読み進んだ尚美が、さらに呆然とした声を出す。

「〈ディケ〉を育てるって……これ、情動学習型なの？　〈ガイア〉のような？」

いずれ汎地球的に使用されるであろう情動獲得システムの名を出されたので、健は思わず笑ってしまった。

「そんなご大層なもんじゃない。いや、〈ガイア〉の役に立つようにしたいのは山々だけど、〈ダイク〉にはまだ冗談のひとつも通じないんだ」

「〈ダイク〉ですって？　〈ディケ〉をそんなふうに読んだら男性になっちゃうわよ。わざと？」

「会話の相手がバカにしろ賢すぎるにしろ、男同士のほうが腹が立たない」

ふん、と、今度は尚美が強く鼻から息を吐いた。

「小学生みたいなこと言って」

「そういうことを言われるのも、男性の声だったらちょっとは我慢できそうだ、って言ってるんだよ」

孝弘はそれを片耳で聞きながら、窓の外の薄青い空を仰いでいた。

「自然現象以外の災いは、すべて人が生み出す。過失であろうと、故意であろうと。〈ガーディアン・ゴッド〉は、5W1Hの謎解きのほとんどを、分析と予測でまかなえる。けれど、〈なぜ（ホワイ）〉だけは、人の心の動きを知らない機械には理解できないだろうし、理解できない以上、一番重要である〈犯罪を未然に防ぐ〉ことができない」

「じゃあこの人は、〈ディケ〉とやらを、動機をも読み解く人間味溢れた刑事に育ててるってことですか」

「人工知能が官職に就けるかどうかは判らないが、少なくとも警察業務の補佐ができるようになってくれればいいね」

　尚美は健をもう一睨みしてから、押し殺した声で質問した。

「それで、なぜこの人と私が仲良くしないといけないんです？」

　孝弘はにっこりと笑った。

「お互い、人心の把握に関して得るところがありそうだからだ。尚美は〈アポロン〉職員として折衝術を学ぶために。健は〈ディケ〉に人付き合いを教えるために」

「私には、そんなの必要ありません。〈アポロン〉の業務記録はほとんど頭に――」

「健が犯罪を未然に防ぐためには、時に詳細な美術情報と学芸員としての現場の判断力が必要になってくる。あ、そうそう。なので、今から、尚美の権限はBダッシュからBに格上げしようと思うんだけど。健と対等の」

　食ってかかりかけた尚美が、ぐっと詰まった。

　孝弘は窓辺を離れ、ぽん、と軽く手を打った。

「じゃあ早速、楊偉とショーン・ルース、画商のマリオ・リッツォに関する経緯を知らせておこう。ネネからの情報によると、今回の展示でマリオが何かしでかすかもしれないんだ」

　孝弘から転送された資料によると、マリオ・リッツォは面食いであるらしい。

画家の容貌が優れてさえいれば絵の才能は二の次で、作者のポートレイトをてんこ盛りにしたイメージ優先のカタログを作って、まるで芸能人のように売り込むのが手口だった。先だって亡くなった抽象画家のウルバーノ・ブランカフォルトは、その方法でコマーシャルにも出演するほどの名声を得て、絵画のほうも飛ぶように売れたとか。ウルバーノの後釜の中でも、金髪碧眼の優男であるショーンはマリオの大のお気に入り。ショーンに対して「もっと派手な作品を。もっと観客を盛り上げて」と煽り立て、今回の大作を作らせた。「製作費は気にしなくていい。マエストロがばんばんメディアへ出てくれれば、出演料でいくらでも取り返せる。有名になれば作品の評価だって上がるしね」

持ち上げられて調子づく芸術家もいるだろうが、ショーンはそうではなかった。彼は東洋思想に関心があり、「シンプル」や「控えめ」に籠められた「奥深さ」をなんとか理解しようとしている。もともとは書家だった楊を心の師に据えたのも、墨一色で無限の存在を描き出そうとするところが、ショーンの琴線に触れたからだった。

特に、今回出展されている「黒い四角形」に対しては、ひれ伏さんばかりの評価をしている。

四角形は、実は微細な粒の集合だった。それは鑑賞者たちの歩みが発する振動によって流体力学の微妙な均衡を乱され、どっと崩れ落ちる仕掛けになっている。スクエアで凛とした漆黒が、自分の目の前でざらりと姿を失うというのは、何も知らない鑑賞者にとってはかなりのショックだ。しかもその崩壊が、意識さえしていない自分たちの足取りによるものだと知ると、生命体としての自分の存在や世界への影響について思考を巡らせることになる。

「喪失感ではなく、自責の念が湧き上がるのです」と、ショーンは三年前に発行された美術雑誌で語っている。「あの崩れる四角い黒は、人間が乱す空間の象徴であり、人間が乱す規律の表象であり、人間が乱すすべてを内包した宇宙空間の深みを秘めているのです。私は、楊先生の猿真似をして、崩れる絵を描いてみました。けれど、彼のような思想の深さや潔さを持たないので、単色の幾何学デザインで森羅万象を示す度胸はありませんでした。結果、私の作品はいつもの雑多な色彩に溢れ、判りやすい具象に流れ、楊先生が崩すことで無を表せたのに対し、私は崩れた絵の下から別の絵が出てくるという物語性を盛り込むのが精一杯の工夫でした」

禅の世界では、筆で書いたただの丸を「円相」と呼んで重要視する。円は満ちており、一切を包み、完全で、宇宙の象徴とも見做（みな）される。

その雑誌によると、神秘の東洋趣味にどっぷり浸かっていた十代の頃のショーンは、一日百枚の円を描くのを日課にしていたという。憧れの書家だった楊のサイン会でそれを話すと、心の師はふおっと一声笑ったそうだ。

「それはとてもいいことだ」

紅潮した若きショーンは、すぐさま蒼ざめることになった。楊はこう続けたのだ。

「君は、それをやり続けてきた自分に自信が持てる」

そして楊は書展図録の表紙に自分の名前を書くのではなく、裏表紙に大きく丸を描いた。

円の下方は墨がかすれ、僅かな空隙があった。

無言の笑顔のまま図録を渡されたショーンは、そのあと深く悩んだ。

楊はわざと円を閉じなかったのか？　まだ満ちていないという証だろうか。自分が？　楊が？　楊は満ちたくなんかないと言いたいのだろうか。空隙は、若いうちは内に籠もるな、逃げ場も必要だ、と教えたかったのだろうか。

ショーンは、自分の描いた円相をこれほどしげしげと眺めたことはなかった、と回顧していた。円相という思想に憧れて、ひたすら量をこなすのが修行でもあるかのように思い込み、単に丸が綺麗かどうかに注意を払っていた。自分は誰のために円相を書こうとしていたのだろう。何のために二度と顧みることのない丸を書き続けていたのだろう。

図録の裏表紙の円は、見れば見るほど、無限の問いを投げ掛けてくるような気がしたそうだ。たった一個のシンプルな円相が有する広大無辺さに、ショーンは打ちのめされた。

眺め返し、考察しない限り、それは美術でも思想でもなく、単なる落書きでしかないのだけれど。

私室のネネは、銀色のオールインワンに包まれた脚を美しく組んで、いたずらっぽく笑う。

「あらまあ、タッチの差よ。仲がよろしいことで」

健は、先着の尚美とちらっと顔を見合わせた。

R2でネネが「口頭で」と言っていたので、実際に顔を合わせるほうが好みなのに違いないと思って〈アテナ〉庁舎を訪ねてみると、尚美が先に来ていたのだった。

健は僅かの差を逆転しようと勢い込んだ。

「夜分に突然すみません。マリオ・リッツォに対する防犯計画について少し」

「何か聞いた？」

「はい。田代さんから注意しておくように言われました。理由は自分で探れとのことでしたので、〈アテナ〉から回していただいた資料でざっと。マリオが何かしでかすかもしれないという田代さんの予測は、もしかしたら楊さんの引退に関わるのでは？」

「なぜそう思うの？」

「ペイディアスから出る時、彼は薬を飲む、というようなことを言っていました。健康に不安があるのでしょう」

　健が答えると、尚美の愚弄が飛んできた。

「そんな軽忽（けいこつ）で単純なことではなく――。楊さんの引退を念頭に置かざるを得ないのは、彼が『glob+eal』を作ったからです。あの透明な球体は彼の到達点、完全な円のつもりではないでしょうか」

　ゆったりとした笑みを浮かべるネネ。しかし、彼女が頰笑んでいる時はたいてい否定。

「そうかしら。彼の性格からして、到達を表現したものではないと思うわね。芸事に関してはゴールがないと考えるのがいいでしょう。完全というのは、彼にとって、常に希求するものであって獲得するものではないのよ」

「だったらなおさらです」尚美も勝ち気な笑みを浮かべる。「あれは透明で、実体を否定しています。けれど、不可視ガラスを使ってまったく見えなくするのではなく、透明だけど『そこにある』ことを示しているのだから、楊さんには何らかのメッセージを伝える意志があるということです。彼は立体物を作ったことがありません。平面で黒い四角を表してきた作者が、今回は三次元世界の存在と非存在の狭間に完全な円相を置いたのです。だからあれは、完全を希求してきたこれまでの次元を超えて自分の気持ちは満ち満ちたというメッセージ、つまり引退宣言のように受け止めることができます」

ネネは唇の端をきゅっと上げて立ち上がり、尚美の肩を軽く叩いた。

「今の見解はしっかり〈ムネーモシュネー〉に記憶させておきなさい。なかなか面白かったわ。そうよ、去就に関する点では、君たちの推測は正しい。楊先生はご高齢だし、引退を考えてらっしゃるようなの。老いた身で究極の色である黒と戦うには、気力も体力も厳しいんですって。それを聞き付けたショーンは動揺して、マリオにも相談したみたいなのよね。マリオのほうはすっかり調子づいちゃって。楊偉は〈アフロディーテ〉での展覧会という栄誉をもって有終の美を飾るつもりなんだ、うちのマエストロはもうあの得体の知れないアルカイックスマイルを気にしなくてすむ、なんて、こっちとの打ち合わせ中に嬉々として喋っちゃう有様」

「ショーンさん、可哀想ですね。師匠は引退してしまうし、マリオはそれを囃し立てるし」

尚美が言うと、多くの画家の退場を見てきたであろうネネは、そうね、と小声で呟いた。

「やっと気持ちが落ち着いたみたいよ。去る者は追わないのが東洋思想なんですって。すべては無に還る、とかなんとか」

だったら、と健は言ってみた。

「楊さんが決め、ショーンさんもゴネたりしてないなら、マリオは引退の時を待っているだけでいいのでは？」

「そうは思っていないらしいのよね」ネネはあからさまな苦笑を見せた。「ここからはうちのルーキーちゃんの初手柄。ブルーノが楊偉の書家仲間から聞き出したところによると、引退を聞き付けた直後、マリオは『黒い四角形』を買い取ろうとしたらしいの」

「ショーンさんのために？」「表舞台から消すために？」

健の優しい理由と尚美の厳しい理由が同時に発せられた。

視線で戦う二人を、ネネは面白そうに眺める。

「なぜなのかは判らないわね。ただ、楊偉が売らなかった訳は伝わってる。目標は近すぎてはいけないから、だって。楊偉は、ショーンが自分に依存しているのを自覚してるのね。『黒い四角形』をマリオに渡したりしたら、ショーンはますます囚われる。しまい込んだら出せと言うだろうし、手元に置いたら創作なんかほっぽっといて礼讃し続けるだろうし」

「漢詩の心、でしょうか。故郷を離れてこそ、魂を引き裂かれるかのような望郷の名歌が生まれる……」

〈ミューズ〉も統轄する〈アポロン〉らしいことを口にした尚美は、続いて、うーんと唸った。

「断られたマリオは、おとなしく引き下がったんですか？」

「そのようよ。マエストロにショックを与えるな——っていうのが捨て台詞らしいけど」

「引退するなってことかな。じゃ、買い取りも、経済的に支えようとしたとか？」

「楊偉はもともと裕福」

尚美は健のほうを見もしないでぴしゃんと否定し、ネネに訊く。

「楊さんの反応は？」

「楊先生は、このことを笑いながら喋っていたようよ。人生の歩みには必ず波風が伴う、ショーンもそれが自然の摂理だということを学ばないといけないな、と」

今度は、健も唸った。

歩みが引き起こす衝撃。それは「黒い四角形」のテーマそのものではないか。

ショーンは師が退くのをすでに納得しているそうだが、だとすると、楊は何を学ばせようとしてそう言ったのか……。

ネネは、ふう、と大きく吐息をついた。

「自然の摂理、結構。けど、マリオはこのまま、楊引退という大ニュースにショーンが霞んでしまうのをほっとけないと思う。それがタカヒロと私の読みよ」

「なるほど。話題をさらわれたくないから、田代さん曰(いわ)くの〈何かをして〉、ショーンにも大ニュースを設けたいということですね」

尚美はキッとした目つきで健を睨んだ。

「のんびり言ってるんじゃないわよ。ほんとにあなたは単純バカのスットコドッコイね。残念ながらショーン・ルースは地味な人物だわ。私生活がぐたぐただったウルバーノ・ブランカフォルトのような派手なニュースなんか、簡単に用意できない。ショーンさんの周りにニュースの欲しいマリオは、引退発表を阻止するテロでも画策してるかもよ」

「君、楽しみすぎだよ」

「あらあら、立場逆転？　尚美のほうがＶＷＡに向いてるみたいね」

楽しそうに手をひらひらさせたネネにどう返そうかと躊躇(ためら)ったその時。

――マリオ・リッツォの不審行動を、ペイディアスの防犯カメラで感知しました。

頭の中で〈ダイク〉の声がした。

「あー。確かにこの人のほうが向いてるかも」

健は半ば負けを認める気持ちで、ネネの部屋の据え置きモニターに映像を出した。

芸術の楽園において、人々の安全を守るというのはとても簡単でとてもむつかしい。

性善説に則って観光客がみんな美を浴びに来ているだけだと思いたいところだが、中には善良な美術ファンを装った悪人ももちろん紛れ込み、絵や立派な額縁の値踏みをしたり、暢気なお客の指輪に目を光らせたりしている。

楽園を楽園のままにしておくためにも、VWAはうっすらと燐光を帯びる濃紺の制服という目立つ格好で犯罪抑止パトロールをしているし、木蔭に、街頭に、バルのカウンターの隅に、防犯カメラも設置されている。ただし、憩いに来たお客が大あくびをするところを他人に見られたくない気持ちも汲んで、そこここから集められる映像は〈ガーディアン・ゴッド〉の判断基準に従ってフィルタリングされ、引っ掛かったものだけ報告されることになっていた。

〈ダイク〉が見つけたのは、巻き毛の画商が人気の失せたR2展示室の壁に貼り付いている場面だった。鼻先には、楊の「黒い四角形」。彼は両手と片頬をぴったりと壁にくっつけ、掌や顔を上下左右に滑らせていた。

「なんであんなヤモリのダンスをしているんだ？」

〈ダイク〉は、音声出力先に指定されたネネの部屋の天井スピーカーから、健に対して冷静に助言をした。

「ヤモリ科の動物は、求愛時にも戦闘時にもダンスをしません」

「判ってるよ！　よし、言い換えよう。なんで、あんな、ヤモリが、ダンスしてる、みたいなことを、しているんだ？　これでいいか」

「了解しました。直喩ですね。先ほどのはとてもユニークな部類の暗喩だったということも了解しました。質問に対する私の推測は、マリオはおそらく額縁の裏を見ようとしているのではないか、です」

　健は、ふう、と息をついた。図らずも〈ダイク〉の堅物ぶりを尚美に見せてしまったことになる。にやにやしているであろう彼女の顔を見たくなかったので、彼はモニターから視線を外さなかった。

「裏側に何かあるのかな」

　ネネも画面に向けて首を捻る。

「異常があれば警報が鳴るはずよ」

　その時、健を押しのけるようにモニターの前に出た尚美が、凜とした声を出した。

「〈ディケ〉、私は〈アポロン〉所属学芸員、尚美・シャハム。権限B。マリオ・リッツォが来る前に、この絵を触ろうとした人は誰か教えてくれる？」

「おい、何するんだよ。〈ダイク〉は俺の相棒だぞ」

　尚美は、ふふん、と顎を上げた。

「バカと鋏は使いよう、って知らない？　無能なVWAが、何かあるのかなあ、なんて腑抜けたこと言ってるから、私が上手に使わせてもらうだけじゃないの」

さらに口を開きかけた健だったが、〈ダイク〉は事務的に発声した。

「尚美・シャハム、権限B、確認しました。情報を開示します。マリオ・リッツォの前に『黒い四角形』に触れようとしていたのは、楊偉。今から二十三分前です。実際に接触し、絵の位置を修正しました。私はこれを報告すべきだったでしょうか」

「いいえ、作者本人だから不審者には該当しない」

「勝手に断言するな。教育係は俺だぞ」

ふと、ネネの眉間に皺が寄る。

「変ね。もうみんないない時間よ。楊はホテルからわざわざ引き返してきたのかしら。あの金具が正しく使われているかどうか確認したかったの？」

「あの金具って何ですか」

健が訊く。

「ハンガーと呼ばれている展示用のフック。作品は、展示室備え付けのピクチャーレールからワイヤーを下ろして、先に付いたハンガーに額縁の裏の針金を引っ掛けるの。『黒い四角形』のは振動を感知する特別なものらしくて、彼から先に送ってもらっていた。特殊なので取り付けの様子は動画で彼に確認してもらってる。再確認なんか必要ないのよ」

「けど」と、尚美は少しほっとした調子だった。「マリオも今のネネさんと同じ疑問を抱き、楊さんが何をしていたのか確かめてるだけじゃないですか。さすがに、他人の絵に手を出して警報を鳴らすような真似はしないと思う」

「そうだな」

素直に健は同意した。面倒を避けるためにはそうするほうがいいと思えた。明確に怪しい事前行動がない限り、該当者の人権問題も絡んでVWAは気軽に動けない。

「とりあえず、マリオに忠告だけ出しておこう――〈ダイク〉」

「察知しました」

データベースは、即座にR2へのアナウンスを女性の声で実行した。

「こちらは〈アフロディーテ〉VWAです。R2の展示準備は終了しています。すみやかに退室してください」

モニターの中のマリオは、びくっとして壁から離れ、きょろきょろとあたりを見回してから、何もしてないよ、という大袈裟なポーズを披露した。

ペイディアスはあまり注目されない館だ。

観光地からは少し離れているし、規模もさほど大きくない。丘の上の建物はギリシア風だが、どの角度から見ても遠景には住宅地が入ってしまうから趣もない。

けれど展覧会初日はそこそこ賑わうのが常だ。しかも今回は女性が多い。シャトルバスから出てきた人々は、カラフルで、しなやかで、声高に笑い合い、周囲の空気まで華やかに染めてしまいそうだった。

「ショーン・ルースの人気ですかね」

美術館の入り口、柱頭の下から女性たちの一群を見回しながら健が呟くと、隣の男が、

「おおかた、マリオが大々的に宣伝したんだろうよ」

と、返してきた。

VWAの先輩は用意周到。タラブジャビーン・ハスバートルは、健とともに警備にあたるに際し、今回の因果関係をしっかり調べてきているようだ。彼は直接接続者ではないが、頭の中には〈アフロディーテ〉にある数多い施設の図面がほとんど収まっているというのだから驚異的だ。VWAとして本来の仕事をする際、健は彼と行動することになっている。これから色々なことを教えてもらうことになるだろう。

タラブジャビーンは、故郷モンゴルの大地の色をした顔を大きな掌でつるりと撫でながら続けた。

「おまけに、楊偉の書道の生徒たちも地球から来ている。女子学生ご一行様だ。書は授業で見ることができるが、絵や立体物は滅多にお目にかかれないからな」

「今回、出展している作家は十四人。それぞれのファンが初日に押しかけるとなると、人員整理だけでも大変になりそうですね」

「専属警備員たちに頑張ってもらうしかないね。まあ、人目があるのはいいことだ。何をしでかすにしろ、マリオはおおっぴらには動けない」

　健は、少し間を置いてから口を開いた。

「ハスバートルさん」

「タラブジャビーンでいい。〈アフロディーテ〉では、みんな西洋風にファーストネームが基本だ」

「ありがとうございます。では、タラブジャビーン。マリオは、ほんとにトラブルを起こすつもりなんでしょうか」

　賑やかな女性たちを眺めながら、タラブジャビーンは小声を使った。

「マリオだって判ってるんだよ、ショーンは所詮、楊の二番煎じなんだってな。楊が引退してしまったら、おまけのほうの出番も少なくなる。だから、表面上は世代交代だと喜んでいても、大事なマエストロも消えちまうかもと怯えているだろうよ。引退と同時にショーンを単体で強力に売り込まなきゃ先がない、とヤツは考える――とタカヒロは考えた」

「なるほど。さすが〈アフロディーテ〉の折衝係は経験が豊富ですね」

「ま、筋は通ってるよな」

「……ですね」

「なりふり構わずの証拠に、さっき、マリオがネネにイエローカードを出されてたのを見たよ。『いざ、楽園へ』の前でショーンの図録を配るつもりだったらしい」

展示品を味わっている観客の邪魔をしようとするなど、言語道断だ。

「お、ヤッコさんが出てきた。どうやらあそこの着飾ったマダムたちはショーンのお客らしいな。開館前にご接待、か」

眼下では、六人のいかにも裕福そうな婦人が、マリオからひょいひょいと配られる小冊子を受け取っているところだった。

「私はマリオを見張ることにするよ。ケンはR2の様子を見ておいてくれ」

「はい」

マリオの「何かしでかす」が、図録の配布計画程度ですめばいいのだが、と健は重く嘆息する。

タラブジャビーンは、遠い住宅街を見回して、少し悲しい顔をした。

「何事もなければいいなあ。ここはこんなに綺麗なんだからさあ」

「インタラクティブ・アートの世界」は、子供騙しのおもちゃ博覧会にしかならないだろう、と悪口を叩かれていた。

しかし開場時には、およそ二百人がゲートの前に集まった。女子学生と着飾ったマダムたち以外の客層は、古くからの美術ファンというよりも、奇抜な格好やウェアラブルな小物を好むようなタイプが多かった。学休期間に入れば、いたずら盛りの男の子たちに人気が出るかもしれない。

インタラクティブと銘打つ以上、ざっと眺めて終わるというわけにはいかない。参加を実感できるだけの時間がどうしても必要で、開館直後から場内はかなり混雑した。

健は、「黒い四角形」と「いざ、楽園へ」の両方が視界に入るように、R2展示室の隅っこに陣取っていた。薄青い微光を発する制服に目を向ける人も少なくなく、顔を伏せたくなるのをじっとこらえて。

おお、と歓声が聞こえた。

ショーンの「いざ、楽園へ」が崩れたのだ。彼の作品は集客数を感知するセンサーを内蔵しているとかで、ちょうどいい具合に鑑賞者が絵の前に群れたタイミングでジャングルが崩壊する。

緑濃い密林の下には、微妙なベージュの濃淡を駆使した砂漠が描かれていた。地平線近くには廃墟じみたオリエンタルな寺院。これがショーンの示す東洋的滅びの美学だとするとあまりにも直接的で薄っぺらい。健はむしろ可哀想になってきた。

鑑賞者たちは、テーマはさておき、ショーンの仕掛けに目を奪われているようだった。額縁の下辺に溜まった粉状の彩色材料が、のろりのろりと絵の上を這い上っている。〈アテナ〉から回してもらった資料によると、粉は電磁的なマーキングがなされていて、泳動することで元の場所に戻るらしい。豊かな自然を壊滅させた文明もまた、時間が経つと再び力強い緑に覆われてしまうとの判り易すぎる物語。

回復しつつあるジャングルの隣では、絵の中の滝がぬらぬらと流れてたまにサービスの飛沫を飛ばしていた。上方（じょうほう）では巨大なトゲトゲが特定の人物を選び、その人の頭上をR2の出口まで付いて回っている。なるほど、おもちゃ博覧会と揶揄（やゆ）されても仕方がない安っぽさだ。

「黒い四角形」の前にほとんど鑑賞者はいなかった。女学生たちは先生に顔を見せるとさっさと立ち去ってしまっている。残っているのは、楊と尚美と、〈ミューズ〉の書道担当者である胡浩宇（フウ・ハオユウ）だけだ。〈アテナ〉担当の展覧会にまで乗り込んできた胡が、画仙紙を広げて楊に迫っているところから、これこそが〈アポロン〉の本来の仕事、部署間の調停というやつだろう。尚美は役に立っていそうになかった。新作をねだる胡を宥める仕草をしているが、健に対する強気はどこへやら、大柄な二人に挟まれて完全に気圧されている。

コロコロと耳の中で〈ダイク〉からの呼び出し音が響いた。

――タラブジャビーンから音声が着信しました。

〈ダイク〉を介して、先輩の声が届く。

――「ケン、中の様子はどうだ」

健は頭の中で明確に言葉を綴る。

――現状は問題はありません。

――「マリオがお客を引き連れて入館しようとしている。ショーンのお客のみならず周囲の人にも呼び掛けて、かなりの人数の団体さんだ。消防法に違反するほどではないが、全員がR2に集まると混雑するぞ」

健はすぐさまペイディアス専属警備員に通信し、観客が増えた場合に備えて巡廻路設置のためのベルトパーティションを用意するよう指示を出す。

あっ、という声が複数上がって、健が視線を動かすと、ちょうど楊の「黒い四角形」が人々の歩みの振動で崩れたところだった。

黒い水のように見えるものが額縁とガラス板に挟まれた空間の底に溜まり、落ちきらなかった粒子が元の四角形の下隅に薄く残っている。

楊は、尚美たちや新たに集まった十人ばかりが見守る中、ゆっくりと絵を壁から外し、床に置いた。健はベルトパーティションの到着を気にしながら、楊が見える場所へ移動する。

人垣の向こう、床に正座をした楊は、ガラス板を外し、ポケットの中から菜箸を出した。いや、箸に見えたが、一本はミニチュアの箒（ほうき）で、もう一本は尖端を斜めに削いだ篦（へら）だ。太い指がかわいい道具を操る。黒い粒子を箒で掃き寄せ、篦で調（ととの）えながら元の四角形に戻していく。四角い部分には不可視の枠でもあるのか、左右と上辺は自然と直線になった。額縁の上側を床につけてトントンと粒子を上へ詰めると、篦でさらに均（なら）し、おもむろに箒の上下を逆に構えた。そして、柄（え）の端を黒い四角形の下辺中央へ慎重に差し込む。

茶道のお手前のごとき準備を終えた楊は、四角形の下辺中央に柄の頭を入れ込んだまま、箒から手を離した。箒の毛先は柔らかくアルミの額縁を踏んでいる。ちょうど突っ支（か）い棒をして黒い四角を支えているような状態だ。楊はそのまま額縁を持ち上げると、静かに壁へ戻した。

ハンガーに裏面の針金を引っ掛けた後、楊は慎重な面持ちで箒を外した。が、粉体は、支えを失って流れ落ちることもなく、そのまま四角形を保っている。保護用のガラス板がそっと戻された。

健が下調べしたところによると、柄の頭は厳密に計算された丸みを持っているそうだ。粉体に押し付けるとそこだけ小さなアーチ状に凹む。アーチ橋と同じ力学が働き、その凹みが黒い粒子が流れ落ちるのを止めているのだとか。一メートル四方の粒子全体を小指の先ほどの窪みで支えられるとは考えにくいが、その工夫こそが原材料不明の理由、つまり楊が工夫を重ねた秘密のマテリアルの摩擦係数ということなのだろう。

「今のは、魂を扱う仕草だったのです」

突然耳元で声がして、健はやっと背後にショーン・ルースが立っていると気付いた。

画家は、ひたすらに深い青の瞳をぴたりと師匠の背中に向けていた。

「日本では、箒は古代の祭祀に使われていたらしいですね。穢れを払って魂を浄化する、と。その祭具で調えた厳めしい形が、人間の何気ない歩行で崩れ去る。素晴らしい奥深さだ」

健は、しっかりと振り返ってショーンに訊く。

「どうして私に解説してくれるんですか」

「あなたは」と、ショーンはうっすらと光る制服に視線を落としてから、「ＶＷＡなのでしょう」

「作品の背景を知らないヤツには、警備を任せられないと？」

ショーンが首を横に振ると、髪が金色の光を散らした。

「僕が望むのは、静けさです。楊先生の作品の意味を噛みしめられる静謐さです。あなたはそれを守ってくれるんですよね。先生の引退の噂はもうご存じでしょう。それが彼の希望であれば仕方がないと思います。けれど、せめていい環境で見送って差し上げたい」

それを頼むならあなたの画商に。喉まで出そうになっていた言葉を、健はぐっと呑み込む。

ショーンは、悲しそうに笑った。

「たとえ、絵が失われようとも」

健の総身がざわっと粟立つ。

「なんですって？」

その時、R2の入り口のざわめきが大きくなった。マリオがマエストロの絵を見せようと、二十人あまりの観客たちを引率してきたのだ。

「ルースさん」

しかし、画家はもう人垣の向こうだった。

部屋の広さとお客の数をざっと見回した健は、なんとかなりそうだ、と思った。タイムセール並みに混み合っているが、「いざ、楽園へ」も「黒い四角形」も復元イベントが終わったので、お客たちはゆっくりとR３へ進んでいる。ベルトパーティションを抱えた三人の専属警備員もR３側から近付いてきているし、このちょっとした混雑はおそらく捌けるだろう。ただ、出口の「glob＋eal」が目に見えて邪魔だ。

着信音がした。尚美だ。

――パーティション、こっちに持ってきて。

――なんで。観客の流れを作らなきゃ。

――絵を守るのが先よ。このままだとお客は胸を額縁にくっつけて見ることになる。楊さんの復元作業スペースもなくなるわ。

どよっと空気が揺らいだ。センサー型のショーンの絵と、振動感知型の楊の絵が同時に崩れたのだった。スペースも必要だろうが、少しでも観客たちを壁から離して振動を軽減しないと、四角形を作品として壁に掛けておく時間がほとんどなくなってしまう。

健は、人々の間を縫いながら、専属警備員たちに近付こうとした。同時に彼らへ音声通信を投げる。

「計画、変更します。パーティションは『黒い四角形』の前に。煎りゴマみたいにちっこくて浅黒い〈アポロン〉がいるから、そいつの指示に従ってください」

そのまま、脳内通信へ切り替え。

望む相手には繋がらなかった。〈アテナ〉の〈エウプロシュネー〉がいわゆる留守番電話状態で応答するのみ。

仕方がないので、同期を呼び出す。

——ブルーノ、どこにいる。

頭の中に、戸惑った声が返ってきた。

——R5だけど……。

——ネネさんに連絡したい。

——彼女はタカヒロさんたちと会議中だよ。

Aクラスの会議となると、権限BやBダッシュではよほどの緊急時でないと邪魔できない。

——じゃ、事後承諾でいこう。R3へ行くのを通せんぼしてるガラスの球、グローブなんとかいう作品、動かすぞ。ネネさんに伝えておいてくれ。VWAの権限Bが展示物を守るために緊急待避させた、と。

ブルーノが泣きを入れる前に、健は再び音声通信に戻した。

「パーティション設置は一人でいいです。残りの人はすぐにR３手前まで戻ってきてください。『glob+eal』を移動します」

空調が自動で強くなり、人いきれに満ちたR２がすうっと冷えた。

大丈夫だ、これくらいの混雑なら。まだ身じろぎぐらいはできるし、人々は押し合うこともなくのったりとR３へ流れている。

健の頭の片隅にショーンの発言がよぎった。絵が失われるとはどういうことだろう。察した〈ダイク〉が、彼は滝の絵と「いざ、楽園へ」の間にいる、と勝手にCLレイヤーでピンを打ってきたが、人を掻き分けてそこまで行くのは大変そうだ。

警備員によってパーティションがまっすぐに張られ、壁面と人々との間に二メートルほどの空隙を作った。台座に鎮座していたガラスの球体は、注意深く部屋の隅へ移動され、念のためにその作品の周囲にも丸くベルトが張り巡らされた。

子供の歓声がした。滝の飛沫を浴びて騒いでいる。親が急いで「しーっ」と注意をした。ごわごわ、と厚い紙を丸めるような人々のノイズがR２に満ちている。

楊やショーンの作品が発しているであろう静謐な東洋思想は、ざわめきや足音に蹂躙(じゅうりん)され、もはや見つけられない。あとからネネと話をしてみよう、と健は決心した。この場合、作者は人混みを人気だと嬉しく思うのか、それとも作品の意図が正しく伝わらないと怒るのだろうか。

着信音とともに〈ダイク〉が訊いてくる。

――R2の人口密度が、一分間に3・4ポイントずつ上がっています。全体ではまだ消防法に触れませんが、この展示室のみで見た場合、二分後に違反数値に達します。アナウンスを流しますか、入場制限をかけますか。

おかしい。どうして増え続けるんだ。

健は慌てて周囲を見回した。

R3への出口付近に人が溜まっている。「glob+eal」は脇へどけたのに、なぜだろう。

「ねえ、あなた」

〈ダイク〉に原因を訊こうとした健は、古い映画に出てきそうな花が付いた帽子を被る老婦人に呼び掛けられた。

「まだかしら」

「は？」

「ショーンがスピーチするんでしょ。待ってるんだけど、こう人が多くちゃねえ。いつ始まるの？」

マリオだ、と健は危うく舌打ちしてしまうところだった。あの野郎は、大事なマエストロの話題作りのために、外でそんな勝手なことを言っていたのか。彼自身が問題を起こすのは警戒していたが、まさか客を巻き込むとは思っていなかった。面倒まで観客参加型（インタラクティブ）にしてどうする。

健はＶＷＡらしい親切さで老婦人に接しようと努力した。

「こちらにはそのような計画が伝えられておりませんので、お時間は判りかねます。それより、人酔いされると大変ですから、Ｒ３のほうへお進みください」

「あら、でも、私たち」と反論しかける婦人の背を、健は優しく出口方面へ押した。

——尚美・シャハムが〈ムネーモシュネー〉でアナウンスをするようです。

——よかった。じゃあ、こっちは入場制限の指示を。館全体の人数で判断するな。Ｒ２は巻き毛の悪魔のせいでオイルサーディン状態だと伝えてくれ。

——暗喩ですね。了解しました。

空調がまた強まった。ペイディアスの自動管理システムは、人々と作品を守るのに必死なのだ。

落ち着いたアルトの美声が響いた。〈ムネーモシュネー〉だ。

「この展示室はたいへん混雑しております。すみやかに次の間へお進みください。再入場が可能ですので、のちほどゆっくりご覧いただけます。繰り返します——」

――〈ダイク〉、マリオはどこだ。

――「いざ、楽園へ」に接近中です。

――タラブジャビーンは？

――館外で入場制限の説明中です。

――入場制限してこれか？　みんなショーン目当てなのか？

　命令しないのに、〈ダイク〉がCLモニターにR2室内監視カメラの俯瞰映像を被せる。

――レイヤーはやめてくれ。せめて分割（パーセル）で。

　この指令により、〈ダイク〉は視界の右側にウィンドウを開いた。仮想ウィンドウとの距離感が摑めず気持ち悪いが、Fモニターを広げるスペースも自分の周りにはなかった。R3への出口付近は、もう立錐（りっすい）の余地もない。

　健は観客たちを押さないように気を付けながら、壁際へ向かった。掏摸（すり）でもない限り、人間は誰しも混雑が嫌いだ。こうも混み合うともはや絵画鑑賞どころではなく、アナウンスにうながされて人波はR3へとじりじり進んでいるのだが、R3への出口あたりがやはりボトルネックになっている。

　何か方策をとらないと、と考えた瞬間。

「みなさーん、押さないでどうかごゆっくり。今から唯一無二の美神、ショーン・ルースが、大切なご挨拶の後、自作を解説いたします。この混雑こそ人気の証拠。さあ、彼の姿を鑑賞してください。そこのあなた、もう少し詰めて絵の前へ。みなさん、どうぞどうぞ」

「なに考えてんだ」

小声で吐き捨てた健に賛同するかのように、尚美の甲高い声も響いた。

「なにしてるんですか。やめてください。この状態で人を立ち止まらせるのは危険です」

監視カメラ映像の中で、尚美がマリオに駆け寄るのが見えた。ベルトパーティションのお蔭で、壁際は小径（こみち）になっているのだ。

――〈ダイク〉。

――察知しました。

健が脳内で結んだ命令を、〈ダイク〉は正義の女神の声で実行する。

「こちらは〈アフロディーテ〉VWAです。『いざ、楽園へ』に対する作品解説は、イベント申請されておりません。即刻中止してください。お客様はすみやかに次の展示室へお進みください」

監視カメラが、「いざ、楽園へ」の前にいるマリオへズームした。

尚美は間に合わなかった。マリオは、いつの間に用意したのか判らないステップ台の上に、ショーンを押し上げてしまっていた。

「ひゃあ」という女性たちの押し殺した声が一斉に上がった。美術館ではなくギグの会場だったら、彼女たちは思いっきりキャアキャア騒いでいるだろう。写真よりずっと素敵と興奮する人。あんな美形が本当に作者なのかと友達に確認する人。ひたすらかっこいいと繰り返す人。アナウンスがもう一度繰り返されたが、誰の耳にも入っていないようだった。

静けさを望むと言ったはずの若き芸術家は、しかし、ざわめきを制しようともせず、しっかりと屹立していた。唇を結び、毅然とした顔で。

彼は、止めに入った尚美の腕を、そっと押しのける。

そして、すうっと深く息を吸い込んだ。

「混雑していますから、手短にします。皆さんがご覧になるべきなのは、私ではありません。私、ショーン・ルースがここに立っているのは、すべて楊偉先生がいらしてこそです。ですから、こんな僕ではなく、あの絵を――」

ショーンが、マリオが、尚美が、観客全員が、一斉に「黒い四角形」へ目を向けた。一人一人の身じろぎは僅かだったが、その時、黒い四角形がどっと崩れた。

崩れる仕掛けだと判ってはいても、あまりにもタイミングがよかった。短い驚きの声が上がる。

突然の謝辞を捧げられた老師は、はにかみの表情をショーンに送ってから、額を壁面から外そうとする。

ショーンの瞳は、大きく見開かれていた。表情には、明らかな恐怖が宿っていた。

「だ……駄目だ！」

鋭い声と同時に金色の髪が流れた。パーティションの作る小径を走ったショーンは、あっという間に楊の手から「黒い四角形」を奪い取り、そのままR1へ逆走する。

何が起こったのか、健には判らない。

どうして突然。駄目とは？　なぜ絵を？

「マエストロ！」

マリオの叫び声にはっとして、

「〈ダイク〉！　緊急閉鎖！」

急いで命令を下す。

——一般客が混在しているため、出入り口の強行的閉鎖は困難です。

ちくしょう、のんびり返事しやがって！

楊が追おうとするのを、尚美が追い抜いた。

「ルースさん、返して」

ショーンは一・五メートルの額を両手で持つというハンデを課されているが、タイトスカートを穿（は）いた小柄な尚美が追い付けるかどうか。

健は制服の尻ポケットに手を突っ込んだ。

「〈ダイク〉！」

――察知しました。

勢いよく投げ上げたのは、硬貨ほどの大きさの〈虫〉だった。記録や追跡用に開発されたマシンは、翅を展開し、素速い飛翔であっという間にR１へと飛び去った。

――〈虫〉、ターゲット捕捉完了。追跡を続けます。

「タラブジャビーン！」

――「すまん、人が多くて逃げられた。〈虫〉は付いてるな？」

「はい」

――「咄嗟（とっさ）によくやった。今から追う」

褒められても嬉しく思う暇はなかった。

騒ぎで観客が動揺している。部屋いっぱいに詰まった人々から発せられる地鳴りのような音が、次第に大きくなっていく。

健はなんとか壁面のほうへ進もうとした。

けれども強奪劇に恐怖を感じた人々が、じりじりと後じさりしてくる。しかも、R３へ逃れようとする群衆が、ボトルネックで押しくら饅頭状態になってしまっていた。

おそらく、何事かと興味を引かれた人々が、R１やR３からも集まってきているに違いない。室内はすでに身動きできないほどの人数だ。空調の効果もなくなってしまって、全員が汗ばんできている。

痛い、と誰かが悲鳴を上げた。つられてさらなる悲鳴。

人が、人が、と喚く声。絵が盗まれるなんて、どうしてこんなことに、息ができない、誰か助けて。

「……やば」

思わず声が出た。大勢の女性、拘束、恐怖。パニックを起こす要素がきっちり揃ってしまっている。

――〈ダイク〉。

――察知しました。

制服から発せられる光が、こおっ、と強くなった。ＶＷＡが自己主張する時、それはすなわち緊急事態だということを表す。

「落ち着いてください」

健の大声を、〈ダイク〉が室内スピーカーに増幅して流した。

「危険はありません。いったん出口から離れてください。人雪崩（ひとなだれ）を起こさないでください。部屋の中央へ戻ってください」

効果があったのかどうかは判らない。密集部分の後尾にいた人は、気持ちにまだ余裕があるのか歩を譲ってくれた。しかし、鮨詰めの渦中に閉じ込められた人々は、なんとかその圧迫から逃れようとしていっそう先を急いだように見える。

「下がって。ＶＷＡです。みんな、下がって！」

職員数名とマリオが、倒れかかるベルトパーティションを必死の形相で押さえている。

「こんなはずじゃなかった！　マエストロは老師に謝辞を述べたいと、ただそれだけ！　引退の餞（はなむけ）に、それはいいことだと、私は！」

誰に向けるともなく、マリオが大声で言い訳をしている。

出口の混雑は怪我人を心配するほどになっていたし、彼女たちの声もどんどん荒くなっていた。部屋の内部へ戻ってくれた人々もあちこちで泣き出している始末。

「大丈夫です。危険はありません。戻ってください。押さないでください。進むのは危険です。いや、だから危険はありませんってば！」

揉みくちゃにされる健は、自分でも何を言っているのか判らなくなってきた。

圧死、という単語が頭の中でぐるぐる回っていた。もしも目の前で誰かが死んでしまったら、一生自分を許せない。どうしたらいいのだろう。それに、作品。もしも目の前で何かが壊れてしまったら——。

その時だった。

「しゃがめ！　頭を守れ！」

入り口のほうから、男性の大声が轟いた。

あまりの勢いに、周りに空隙のある人は反射的にしゃがみ込み、できない人は棒立ちして手で頭を抱えた。

展示室から人声が消えた。

静寂の、一秒、二秒……。

その隙を衝いて、

「上空を、ご覧ください。銀色に、光る星が、見えます」

R2入り口のタラブジャビーンは、走ってきたのか息を切らせながら肉声を張り上げる。

場違いに星と言われて、皆は怪訝（けげん）な顔で天井を見上げた。

そこには、あまりの人の多さに誰を追えばいいのか判らなくなり、ふよりふよりと暢気に漂う銀のウニ。

「この星は、スウェーデンの彫刻家ニルス・ラルセンの作品『光は後ろ』です。任意の人物を後追いします。そう、仔犬のように」

浮遊する銀の星が魔法でも使ったかのように、ボトルネックの人混みが緩んだ。

「さあ、じっくり見て。硬そうに見える大きなトゲトゲは、いったいどうやって浮かんでるんでしょう。観察したら判るかもしれません。タイトルとデザインからテーマを探るのもお勧めです」

人の結ぼれが徐々にほどける。しゃがみ込んでいた人も立ち上がり、頭上の星を眺め始めた。

R3付近の一番大変だったところに職員たちがすっ飛んで行って、人々の安否を確認する。

健はようやく深い息を吐いた。

が、次の瞬間、ショーンを追わなければならないことを思い出す。

制服の光を増幅して人混みを掻き分けた健が、タラブジャビーンの傍を軽い会釈で通り過ぎようとすると、

「さっきの褒め言葉は撤回だ。とにかく作品を守れ」

厳しい声がトゲよりも鋭く刺さった。

〈ダイク〉が自動運転で呼び寄せた最も近くにいた緊急車両は、三人乗りの小型だった。通常は制服と同じ青い微光を放っているのだが、今は一刻も早く「黒い四角形」を保護しなければならないので、赤と黄色のけばけばしい明滅だ。

——健。ショーン・ルースと「黒い四角形」はすでに安全です。

〈エーゲ海諸島〉と呼ばれる観光客向けコテージが並ぶ地区に入ってすぐ、〈ダイク〉はそう報告した。

警告色を解除し、スピードを緩めながら、健は詳細報告を促す。

フロントガラスの右隅にレイヤー画像が被る。〈虫〉から送られた低解像度のものだ。

画像には砂地に座り込んだショーンが映っている。

——尚美・シャハムの要請により、近隣の八名の〈アフロディーテ〉関係者がショーンを追い詰めました。彼は抵抗もせず、現状の姿勢を取りました。

彼は「黒い四角形」に大きく腕を回し、顔をガラス板にくっつけ、子供のようにしゃくり上げていた。そこはエーゲ海諸島の東端にある小さな公園。

健が現場に到着した時には、尚美はすでに他の職員を帰した後で、ショーンの横で仁王立ちしていた。

「もう、訳が判んない」

尚美が憤然と腕組みをする。

「この人、楊偉から作品を守ろうとしたんだって言うのよ」

四角ははもちろん崩れており、墨汁のように額縁の下のほうで溜まっている。

「ルースさん。楊さんは作品を大事に扱っていた。奪ってまでして守るだなんて、いったいどういうことです」

「……駄目なんだ」

弱々しい声に視線を落とすと、ショーンは波立つ湖のような瞳で健を見ていた。

健はゆっくりとショーンの横にしゃがんだ。

「駄目とは？」

ショーンは、極めて東洋的な仕草をした。つまり、無理矢理に笑ってみせるという……。

「先生は作品を破壊するおつもりなんです」

「なんだって？」

「物質的にこれが壊れない限り、僕が踏み出せないとお思いになって、今回の展示を機に――。しかし、自ら破壊するのは、楊先生のスタイルではありません。運は天道に任せるものであり、ものの命をあたら縮めることはなさらないのです。自作品を壊すのをお客に知られて、彼らをがっかりさせてはいけないのです。でも、僕のために。だから先生は……」

語尾が揺れ、瞳も揺れる。ショーンは「黒い四角形」を引き寄せて涙する。

健はまったく腑に落ちなかった。

「百歩譲って楊さんがあなたのためにこれを壊すつもりだったとして、自分の手に掛けずにどうやったら」

「自然に落ちるように。いや、自然に落ちたと思わせるように」

えっと小さく漏らした尚美が、身を乗り出してきた。

「仕掛けですか？」

「先生は『黒い四角形』の展示には振動を感知する特別なハンガーをお使いになります。今回用意されたハンガーはいつものとは違って桁外れに金属疲労が早く、粒子が崩れるほどの振動を検知すると、何度目かには折れて作品が落ちる仕掛けになっています。誰も手を触れないのに、四角が崩れるのと同時に、がしゃん、と」

その時の様子は鮮やかに想像できる。床に落ちる額縁。飛び散る破片。爆発の煙そっくりに舞い上がる黒い粒子。驚いて悲鳴を上げる人々。

甘えん坊の弟子を突き放すためにはそれくらいのショックが必要だと、楊は考えたのではなかろうか。

ネネが言っていた特別な金具。今回は、特別な中でも特別なものだったのだ。楊は、動画で見ただけでは心配だったので、夜にわざわざホテルから引き返し、設置の様子を確認しに行った。それをマリオが見つけ、後から、いったい何があるのかと絵の裏を確かめた。

「ショーンさんは、ハンガーの秘密をマリオから聞いたんですね」

碧眼が瞠られた。

「マリオ？　彼がどう関係するんです？」

今度は二人が目を瞠る番だった。

「え、だって……。あ、ちょい待ち。もしかしてお前に報告漏れがあるのか、〈ダイク〉」

音声出力で、と思考も送る。リストバンド型通信端末から、〈ダイク〉は応えた。

「申し訳ありません。昨夜の質問は、マリオ・リッツォが来る前に『黒い四角形』を触ろうとした人は誰か、でした。私は楊偉と答えました。今の話の流れを推測すると、私は、楊偉から約三メートル離れた場所にショーン・ルースがいて、楊と会話をしていたことを答えなければならなかったようです」

「ああ、私の質問の仕方が……」

尚美は、額に掌を当てて天を仰いだ。

「お前、バカも鋏もうまく使えないみたいだなあ」

「うるさいわねっ」

「ということは、ショーンさん、あなたは楊さんから直接、壊す計画を聞いたんですね。だとしたら辻褄が合わない。なぜ楊さんはあなたに前もって知らせ、なぜあなたはその時にすぐ行動を起こさなかったのか。反論なり絵の保護なりができたでしょうに」

ショーンが、ゆらりと一度顔を上げた。

「先生は私を困らせるつもりではないのです。ただ、ショーン・ルースが自分の足で歩み始めるための儀式だと思いなさい、と。私はそれで納得した。先生が絵の存在と引き替えにしてまで私のことを考えてくださっているのなら、すべてを天道に任せようと。納得した……つもりだった」

「その後でマリオが来たのね」

「たぶん」

答えながらショーンは、愛おしそうに崩れてしまった絵を撫でた。

「僕のしたことは犯罪になるのでしょうか。それとも、〈美の女神（アフロディーテ）〉はお許しになるでしょうか。僕は師の意向に背いた。お客のイメージを裏切らないように準備をし、破壊の衝撃で僕を後押しし、綺麗に引退しようとした先生の計画を駄目にした。結果的に、お客さんに迷惑を掛けたし、同じ部屋の作品に対しても失礼だった」

健は静かに訊いた。

「なぜ、あんな突然に強奪するだなんていう強硬手段を？　納得してたんでしょう？」

すうっとショーンが顔を上げる。

「宇宙が……崩れたから」

「は？」

「僕が目を向けたとたん、四角形が崩壊した。その瞬間、僕の理性のスクエアも崩壊してしまった。崩れるものだと判っていたのに、あの時、この絵が、先生が、世界が、みんな瓦解してしまうように感じて。気が付いたら身体が」

一途な動作で絵を撫で続けながら、ショーンは独り言のような小声を使う。

「黒い四角形はいろいろなことを考えさせてくれます。マリオにはただの図形にしか見えなくても、漆黒のそれは僕の魂を吸収し、僕はその暗闇の中で足掻き、ザッと弾き出される刹那には宇宙の果てにまで思考を飛ばされます。これは、鑑賞者の感受性を試す深い作品なのです。僕にとって、人類にとって、とても大切な、記念碑的作品なのです」

ショーンは僅かに目を細めて、天空を仰いだ。

「この絵は、先生が発表された時点で、もう先生個人のものではなく、文化になった。僕が影響され、知らない誰かの何かもきっと変えたに違いないんです。芸術作品は、人類の文化そのものです。酔いどれウルバーノのぽんち絵ですら、きっと誰かに力を与えたことでしょう。その一つ、人間の感じる美の一つを、僕一人のために破壊するなんて、絶対に駄目だ、と、あの刹那に……。〈美の女神（アフロディーテ）〉のお膝元で、人の心を確かに揺さぶる美術品が失われるだなんて、そんなことは……」

ずいぶん時間が経った気がするが、まだお昼前。公園には燦々（さんさん）と陽が降り注ぎ、空はいつものように薄青かった。

あてどなく上方（じょうほう）を見るショーンの青い瞳は、その色で〈アフロディーテ〉の空と対話しているかのように見える。美の女神と芸術家の、聞こえない対話。

その時、青い空がパキンと割れた気がした。もちろん、健の心象でだ。

「そうか」

小さく呟く。

みんながここを楽園だと思うのは、安全の他にもう一つ、保証されるべきものがあるからだ。

伝えようとする美がある。それを享受しようとわざわざやってくる人々がいる。この見事な需要と供給の姿もまた、〈アフロディーテ〉が提供するインタラクティブな一つの美学。

平和に。何事もなく穏やかに。この幸福感を維持していかないと、目に見えない芳香として〈アフロディーテ〉に漂う、一番大きな美が失われてしまう。

タラブジャビーンが街並みを眺めながら綺麗なところと称したのも、ショーンが女神のお膝元だと思うのも、崩れるだけの黒い四角やただの円を深遠な思想の塊として捉える努力が〈アフロディーテ〉に満ち満ちているからこそなのだ。

健の赴任先希望を、孝弘は、比較的穏やかなところで〈ディケ〉を試用してはどうかと援護してくれたが、自分はもしかしたらとんでもないところに来てしまったのではないか。

健はそう愚痴りながらも、〈アフロディーテ〉の大気を胸一杯に入れ、僅かに笑んだ。

「あのスイートボーイは穢れがなさ過ぎるのよね。バカ正直で素直で、影響を受けやすい」

そう言ったのはネネである。彼女は黒ヒョウそっくりに身体をしならせて、ふふっと笑った。

三人でも狭い孝弘の私室に、部屋の主、ネネ、健、尚美の四人が入っているものだから、カウチでは足りず、折りたたみ椅子まで動員し、ペイディアスの混乱を再現するかのような窮屈さだった。

　窓からは茜色をした夕焼けが見え、〈アフロディーテ〉は何事もなかったかのように穏やかだ。

　ショーンと作品を保護した後、健と尚美はタラブジャビーンに叱られ、彼とも一緒にVWAの親方スコット・エングエモに叱られ、やっと解放されたと思ったら孝弘に呼ばれ、来てみたらネネが見事なアルカイックスマイルで待ち受けていた、という次第。

「ショーンはもっと我を持たなくちゃね。東洋思想を追い掛けているだけじゃ、二番煎じから脱却できないわ。東洋思想を追い掛ける西洋人であるボク、いえ、もっともっと深く魂の井戸を覗き込んで、正直にならなきゃ」

　孝弘はコーヒー片手にゆったりと言う。

「そうだね。芸術家なら、影響を受けるだけでなく同等の価値を持つオリジナリティを返してこその双方向だからね。東洋風に言えば恩返しってやつだ。彼には足音をたてるだけの一般客で終わってほしくない」

　カウチに腰掛けたネネは、長い脚を組み替えた。

「意外だったのはマリオの真意ね。『黒い四角形』を買い取ろうとしたのも、楊先生への謝辞を勧めたのも、ショーンに踏ん切りを付けさせるため、彼の今後を考えて、のことだとは」

「まあね。『黒い四角形』を買い取って、これぞショーンの原点です、と単なる見世物扱いにしようとしていたとか、謝辞を口にするほうがタレントとしての好感度が上がるとかって打算はあったようだけど」

「商売人なんだからそれくらいは許しましょう。そうそう、楊偉も反省してたわ。〈アフロディーテ〉には迷惑をかけないはずだと高をくくってないで、破壊の瞬間が来るだろうことも、『glob+eal』の存在意義も、事前に私たちに伝えておくべきだったと」

「『glob+eal』の存在意義?」

小首を傾げた尚美に、ネネは頷いてみせる。

「もちろんあの立体作品には深遠なテーマが籠められている。けれどね、大事なのは位置だったの」

楊は、マリオが派手にお客を呼び込むであろうことを従前に予測していた。ショーン目当てのお客が起こす振動で「黒い四角形」が最期を迎えるのは寓話(アレゴリー)としてよくできている、とも考えていた。

彼は、作品が額縁ごと落下した時の騒動を予見し、彼なりの安全策を取っていた。それが、ガラスの球体を出口に置くことだったのだ。

楊は物理科学を芸術に利用している。小さな窪みを付けて粒子を支えるのも、崩れる際にザッと一気に落ちるのも、流体力学の賜物だった。そして、流体力学は人の動きにも応用できる。行動学の研究によると、出口中央に柱構造があるほうが集団の移動はスムーズになるそうだ。出口の広さ、「glob+eal」の台座の大きさ、出口からの距離。それらを綿密に考察した結果が、通せんぼしているように思えるあの位置だったのだ。

「なのに俺が移動しちゃったんですね。邪魔になるし、壊しちゃいけないと思って」

「いいんだよ、我々みんな知らなかったんだから。タラブジャビーンもスコットも、それについては叱らなかっただろう？」

孝弘が慰めてくれても、健はなかなか顔が上げられない。

上司たちに叱られたのは、パニックの収め方がなっていないという点のみだったが、VWAとしては非常に恥ずかしい叱責だったのだ。

先ほど、タラブジャビーンは、のしかかるような姿勢で責めてきた。

「いいか。〈アフロディーテ〉のお客は地球に比べるとおとなしい。ここの穏やかな雰囲気に呑まれてるからな。けど、いったん騒ぎが起きたとなると話は別だ。アナウンスなんか聞いちゃいない。半数が耳に入れてくれたとしても、指示に従うのはそのまた半分くらいだと思え」

タラブジャビーンは、言いにくいことだが、と前置きしてからこうも言った。

「特に、お前たち直接接続者の〈女神たち〉が発する綺麗な声は、効果が薄い。早い段階から何度もアナウンスをかけたのも、慣れてしまって聞き流すからよくなかった。大事なことは肉声で叫べ。音量が必要なら、お前が最後にやったみたいに、お前自身の声を増幅して流せ」

確かに、人間の声には感情を乗せることができる。タラブジャビーンの短い叫びが人々を従わせたのも、切迫感に溢れていたからだ。

それとな、とタラブジャビーンはまだ続けた。

「騒ぎを収束させるのには、長ったらしい指示は駄目だ。しゃがめ、頭を守れ、それだけでいい」

先輩は、行動学についても勉強しているらしかった。「危ない」と言われた時、人はぎくりと立ち止まる。立ち止まったぶん逃げ遅れることもある。危険はどこだろうと余計に右往左往することもある。走れ、下がれ、しゃがめ。具体的に短く叫ばれると、反射的にその姿勢を取りやすい。頭を守れ、と付け加えたのは、俯くと大声を上げにくくなるからだ。

健は、自分にも咄嗟にあのような叫び方ができるかどうか自信がなかった。第一、スピーカーも使わず喧噪の中に指示を突き刺すなんて、そんな声量が出そうにない。

そう言うと、タラブジャビーンはやっと表情を崩した。

「訓練だよ、訓練。お前もやってみるか、ホーミー」

ホーミーとは、アルタイ山脈を中心とした地域の伝統唱法で、低音を口腔で響かせて倍音を作り出す、いわば一人多重唱。浅黒い顔でニッと笑う大柄な先輩から、そのとき確かにモンゴルの広大な大地の香りが漂ってきた。

「ま、最初から百点満点のルーキーちゃんなんかいないわ」

黙り込んで先輩の叱責を反芻（はんすう）している健の肩を、ネネがぽんと叩いてくれた。

「私が残念だったのは、上層部になかなか現状が伝わってこなかったこと。美術品を移動するのなら、応答してくれる権限Aを誰か摑まえて私の会議に割り込まなきゃならなかったし、専門運搬業者や学芸員じゃなく警備員だけで動かしてしまったのも、やってはいけないことだったわ」

健と尚美は、同時に「はい」と答える。

孝弘はコーヒーカップをデスクにコトリと置いた。

「できることが増えると選択肢も増えてしまうね。我々直接接続者は他の人よりも便利なぶん、他の人よりも慎重に、選択肢を間違えないようにしなくちゃならないんだ。特に健、君には〈ディケ〉を育てる役目がある。いい選択を繰り返してみせるのが、〈ディケ〉にとっては一番の勉強だと思うよ」

「はい。努力します」

孝弘はすらりと立ち上がって窓辺へ身を寄せ、薄くたなびく赤い雲を見遣った。

「いつか〈ディケ〉に言いたいな。君のお蔭で今日も〈アフロディーテ〉は楽園だったよ、と」

「出たわね、元祖ロマンチスト」

すかさずネネが茶化す。

「なんだよ、元祖って」

ネネは幼い女の子のようにくすくす笑っていた。

「今にケンもそうなるのよ。なんたって、あなたに育てられるんだから。もちろん〈ディケ〉もね」

孝弘はただ、苦笑を返した。

尚美は、健がロマンチストになるだなんて信じちゃいない。その証拠に、半眼の上に横目まで駆使してこちらを見ている。

ここは楽園。

今日の騒ぎで負傷者が出なかったのは、女神様が哀れな新人に下賜(かし)してくださった奇跡だ。

――なあ、〈ダイク〉。

察知しているであろうに、〈ダイク〉はじっと健の言葉の続きを待っている。

――こんなに綺麗なところなんだからさ、お互い、頑張ろうぜ。

〈ダイク〉は一拍置いてから、

――もちろんです。

と、上手に返した。

Ⅱ

お開きはまだ

兵藤健(ひょうどうけん)は、くさっていた。

〈博物館惑星(アフロディーテ)〉の平穏を維持する〈権限を持った自警団(ヴィジランティ・ウィズ・オーソリティ)〉としての働きは申し分ない。この二週間で、三人の犯罪者をお縄にした。

しかし、宇宙港で顔認証をかいくぐった窃盗指名手配犯の挙動不審に気付いたのは、健に直接接続された情動学習型データベース〈正義の女神(ディケ)〉、健が呼ぶところの〈ダイク〉だったし、逃げる掏摸(すり)を公共監視カメラのリレーで追尾したのも〈ダイク〉だった。不審な車がきっかり十六分周期で四軒の画廊の前を巡廻しているというのは、〈ダイク〉にしか成し得ない指摘だったろう。

怪しい、だの、不審、だのという概念を〈ダイク〉が学習したのはよいことだし、犯罪を未然に防げてなによりだと思う。けれど健は、手足のない〈ダイク〉の代わりに犯人をとっ捕まえる以外に仕事ができていないような気がしてならなかった。「おまわりさん、すごい」と周囲の歓声を浴びるたびに「俺の手柄じゃないよ」と言いたくなってしまう。〈ダイク〉ではなく自分がやったと思える仕事といえば、酔っ払いの喧嘩の仲裁や拾得物の引き渡し業務、そして今日みたいに出番のなさそうな護衛だけ。

円形芝生が広がる〈シンタグマ公園〉は、いつものように賑わっている。

健の気持ちとは裏腹な、爽やかな朝だった。ワゴン販売の風船が青い空に映え、親水施設の優しい噴水では半裸の幼児たちが歓声をあげていた。

「いい匂い。バナナフライね。シナモンと蜂蜜たっぷりの」

茶色いセミロングの髪を揺らし、アイリス・キャメロンは菓子売り場に向けて少し顎を上げた。緑色の瞳が本物の目のように輝く。彼女はT字形の白杖で芝を叩いてリズムを取ると、ハミングを始めた。小さくステップまで踏んでいる。

楽しい曲調だった。自己嫌悪に取りつかれていなければ、健もリズムを踏んでいただろう。

小柄な彼女へ上体を傾けるようにして付き添っているユーリャ・リプニッキーは、かすかに頬笑んでいた。彼女は四十代。銀髪のショートカットの髪が凜々しい。可愛らしい雰囲気のアイリスと並んでいると、親子のようだ。

その時、健の内耳でコロコロと着信音がした。今日も〈総合管轄部署(アポロン)〉職員の尚美(なおみ)・シャハムと組んで動いているので、パートナーからの着信に拒否という選択肢はない。

――〈音楽・舞台・文芸部門(ミューズ)〉の〈輝き(アグライア)〉に訊いたわ。この曲、「おやつの時間」ですって。オフ・ブロードウェイの『風よ風よ』に入ってる。

既知宇宙のすべての美を蒐集(しゅうしゅう)し研究する博物館苑惑星において、〈アポロン〉が使う〈記憶の女神(ムネーモシュネー)〉は、各専門分野データベースの上位。絵画だろうが音楽だろうが花の名前だろうが、ちょっとした疑問は担当データベースのアクセスゲートを開ければすぐに検索できる。便利でいいことだが、尚美はその能力をひけらかす傾向にあった。健と同期なのに、一段上に立っているかのような態度が腹立たしい。

健は、いつもの堅苦しいスーツ姿でつんと前を向いたまま歩いている尚美に、脳内から溜息混じりの返事をした。

――はいはい。ご教授どうも。その曲名は、俺みたいなボディガードにも必要な情報ってこと？

尚美は、黒々とした大きな瞳でちろんと健を見上げた。

――情報の利用法は、それを得た者が決定するのよ。使えなければうっちゃっておくといいわ。ちなみに私は、VWAじゃないけど、あなたが開示した情報に基づいて注意深くあたりを窺ってる。

——そりゃあ、お手伝いありがとう。で、どうして肝心の〈ミューズ〉の担当がここにいないいんだ？

——明日の準備に忙しいんだって。

——お守り(も)はこちらに押し付けた、ってことか。

健は、そっと周囲に視線を走らせた。

芝の上には家族連れがシートを広げ、遊具には子供たちが蟻のようにたかっている。大道芸人のジャグリングの玉は薄青い空へと幾度も放られ、背の高い女性バイオリン弾きが投げ銭入れと楽器を準備している向こうでは、休みなく形を変えるぷにぷにした虹色のおもちゃを若者たちがやりとりしている。確か〈気まぐれ(フリーキー)スライム〉とかいうやつだ。

あたりの光景は、ミュージカルならバイオリン弾きが急に軽やかなイントロを奏でだし、主人公が腕を広げて「なんて素敵な朝」などと歌い出しそうに平和だった。

今のところ、盲目の手厳しいミュージカル評論家に危害を加えようとする人物は見当たらない。第一、髪をふわふわさせながら機嫌良く歩いているアイリスが、脅迫状を何百通も受け取ってしまう辛辣な評を書いているとは、健には信じられなかった。

杞憂だけれど念のため。これも大事なお仕事。

と、健は自分に言い聞かせる。

国際警察機構データベース〈守護神〉の派生でもある〈ダイク〉の判断によると、アイリスの酷評に腹を立てた役者だかファンだかが実際に接触してくる可能性は低いらしい。彼女に届いた書状の文面は、脅迫というよりは抗議に近く、書いた本人はおそらくそれを届けることで自分の気持ちに片を付けたつもりになるのが一般的だということだ。

けれど、万が一にもアイリスに何事かあると困る。彼女は、ユーリャが属する医療機関〈メディ・C・コーポレーション〉にとっては大切な治験者、目の見えない人々に希望をもたらすかもしれない存在なのだから。

「ねえ、ここでちょっとやってみない？　白杖のセンサーだけでいいから」

と、ユーリャがアイリスに屈み込んで声を掛けた。言い終えてから、そっと背中に手を添える。なるほど、ああいうタイミングでタッチするのか、と健は納得した。目の不自由な人は、突然触れられると驚いてしまう。導こうとして腕を引っ張るのも厳禁。それはアイリスの護衛に就くと決まった時に、健がまず注意されたことだった。

アイリスは、まるで見えているかのように青空を仰いだ。

「そうね。広すぎるけど、どこまで判るか試してみるわ」

彼女は、白杖を胸の前まで上げた。

T字の横棒の両端がかすかな機械音をたてて外れ、空中へ舞い上がった。硬貨ほどの大きさをした二つの物体は、左右に大きく離れて飛んでいく。

アイリスは、白杖を手早く畳んでストラップを手首に掛けた。ブラウスの薄紫色の袖を両腕とも肘の上まで捲(まく)り、一見しただけでは判らないほどの超薄型の長手袋をくるくると器用に丸めて外す。

肘を九十度に曲げて掌を上向きにし、捧げ物をするようなポーズを取ると、肘下から手首までの腕の内側に十数本の細い線が走っているのが見て取れた。

やがて、揃えられた繊細な指が僅かに震える。

「センサーからのデータ受信は良好よ。そうね……。耳で予想していたよりも人が多いわ。音が芝生に吸収されてたせいかしら」

アイリスは目瞬きをしない瞳でまっすぐに前を見つめたまま、呪文のように口走る。

「小さい……子供が走ってる。左奥から右手前へ。赤っぽいスカートでポニーテール。その後を、黒い……きっと犬ね、女の子がリードを持ってる。飛び跳ねながら追い掛けてる。纏(まと)わり付いて……ふふ、かわいい」

ユーリャは、安堵の吐息をひとつ。

「まずまずね。ただ、犬種はボクサーだから、仔犬だけどかわいいというよりはちょっと怖い感じ。周囲の人もなんとなく避けてるのよ」

アイリスは、残念そうに首を傾げた。

「なるほどね。言われてみればそんな雰囲気もあるわ」

健は手で庇を作って、はしゃぐ犬を観察した。よく見ると、確かにボクサー犬の仔犬だ。ユーリャの視力はとてもいいようだ。

「手を下げて。終了よ」

ユーリャに促されたアイリスは、前に出していた腕をのろのろと下ろした。データを集めていた白杖の部品も、自動的に戻って元の位置へ収まる。

ブラウスの袖を直す彼女に、ユーリャは噛んで含めるような口調を使った。

「あなたは長い間〈Relief square〉を使ってきた。商品名通り、浮き彫り画像で補佐されてたから、レリーフを撫でる両方の掌だけで周りの形状を把握する癖が付いているの。でも、新方式の技術は暫定視野がうんと広いし、反映できる情報もとても多い。両腕全体に伝わるデータを取捨選択して、一点注視するのか、ざっと全体の雰囲気を摑むのか、臨機応変に使いこなしてほしいのよ」

アイリスは、一拍置いたあと、にっこりと顔を上げた。

「ええ。頑張る」

ユーリャもつられて頬笑み返した。

健は頭の中で、彼女たちがどんな能力を与えられていて、どんなことをしようとしているのかを復習しようとした。目の不自由な人と〈メディ・C〉は、科学の恩恵によって次なる第一歩を踏み出すため、〈美の女神(アフロディーテ)〉のお膝元にやってきたのだ。単なるボディガードなら彼女たちの身を護ればいい。けれどもここは美を一堂に集めた場所。彼女たちの目論見(もくろみ)がめでたく成功する、という結末の美しさは、健たちスタッフが提供しなければならない。

が、復習は先送りになってしまう。アイリスが、「あら」と言って、顔を一方向へ向けたからだ。

「バイオリン、弾き始める？」

見えない緑色の瞳の先では、長身の女性が楽器を構えようとしていた。十メートル以上も離れているのに、アイリスは新方式とやらを使わずしてその気配を感じられたようだ。

果たして、バイオリンから発せられた音は、とんでもないものだった。

敏感な聴覚で周囲を探っているアイリスは、軋(きし)みだか演奏だか判らない音に耳を塞いだ。ユーリャも顔をしかめる。「なにこれ、ひどい」

「人に聞かせるレベルじゃないわ。許せない」畳んでいた白杖をたちまち元の長さにして、憤然とアイリスが踏み出す。

後を追って付き添おうとした尚美は、五メートルほど行ったところで、触れてはいけないはずのアイリスの腕を突然摑んだ。

「待ってください。この曲、『月と皇帝』です」

え、と声を上げてアイリスが振り返る。

「明日、総合リハーサル（ゲネプロ）を見る予定の？〈アフロディーテ〉が初演でしょ？」

「そうです。楽曲登録はしてあるけれど、初日まで一般には非公開です。関係者以外は知っているはずが」

その時、健の内耳にいきなり〈ダイク〉が緊急の着信音を響かせ、深みのある男性の声で伝えてきた。

――健、バイオリン弾きは、アイリス・キャメロンから接近禁止命令を受けているヘレナ・イーストンです。

「なんだって」

思わず声が出る。同時に健は、女性たちを背に庇（かば）うように手を広げた。地味なデザインの制服が、警告活動を示すために青い発光を強くする。

「ヘレナ・イーストンさんですね。VWAです。アイリス・キャメロンさんにこれ以上近付かないでください」

すかさず、頭の中で質問を投げた。

――〈ダイク〉、武器は？

――感知していません。

――よし。

ふわりとしたワンピースに身を包んだバイオリン弾きは、ゆっくりと楽器を顎から離し、両手を肩の高さに挙げる。身長が百九十センチほどもあり、ブロンドに染めた髪と険しい表情を持つ、三十がらみの人物だった。

無抵抗の姿勢を取りながらも、ヘレナは皮肉っぽく唇を歪めて言う。

「私から近付いたわけじゃないわ。その偉そうな毒舌家が、ストリートトライブにすらケチを付けようとして、自分で歩いてきた」

健は〈ダイク〉にヘレナの資料を要請した。F（フィルム）モニターもCL（コンタクトレンズ）投影もこの状況では邪魔になるので、

――音声で。短く。

と、はっきり指示を出す。

――ヘレナ・イーストン、二十八歳。ミュージカル俳優ジャック・イーストンの妹で、兄が酷評されたことに対し、過去八回、アイリス・キャメロンに抗議をしています。

そこで〈ダイク〉は、まだ健が言葉にしていないちらりとした考えを賢く汲み取った。

――察知しました。彼女が新曲を知っていた理由は、『月と皇帝』に小道具（プロップ）係として参加しているからです。

――脅迫が実行される可能性は少なかったんじゃないのか。

厳しい口調に、〈ダイク〉はしれっと返す。

――実行されてはいません。ヘレナの言う通り、アイリスから歩み寄っただけです。

健は、舌打ちは下品なので我慢した。

評論家はまっすぐヘレナへ顔を向けている。

「私のほうがおびき寄せられたってことね。でも、もう騒音を立てないのなら退散するわ。あなたが言いたいことは充分に判っているから」

「判ってるですって？　だったら、なぜ兄の名誉を回復してくれないの！　『もちろんよ、ハニー』の時の失態は私のせいだったって、何度も言ってるのに」

健は身構えたが、ヘレナは賢明なことに叫びこそすれ位置を変えたりはしなかった。

アイリスは、落ち着いた様子で芝を踏み、すでに半分後ろを向いていた。

「舞台の上では、誰のせいでもミスはミス。悔しいのはあなただけじゃないわ。彼本人も、そして観客も、みんな悔しい。それと、あなたはお兄様を信じないの？　ジャックは『月と皇帝』でもメインキャストでしょ。明日、私の注目を勝ち取ることができれば、それはそれできちんと評価するのに」

「注目ですって？　例の新方式！」はん、と強く息を吐いてから、ヘレナが続ける。「どんな方式を使おうが、あなたはメインを褒めないでしょうよ。センターに立つ人たちがどんなに立派でも、当然のことだとして言及しない。そして、ミスは一度きりでも厳しく批判する。いいところを探すのは、端役やバックダンサー（アンサンブル）ばかり。自分は細かいところまで〈見えている〉と主張したいだけだわ」

ユーリャが一歩踏み出すのを、薄紫の袖が止めた。アイリスは頬笑みさえ含んで、静かに宣言した。

「それを聞き飽きたと言っているの。舞台芸術は一期一会（いちごいちえ）。私はミスを見せつけられてしまった。話は終わりよ」

晴眼者よりも確かな足取りで、アイリスは離れていく。ヘレナ以外の三人は、慌てて芝を蹴り、彼女の後を追った。

なんて素敵な朝。

健の頭の中で、空想の歌声が響いた。

ミュージカルは楽しいもののほうが好きなのに、この展開はなんだ。

大股で歩きながら、健はひそかに吐息をつく。

〈メディ・C〉がアイリスの護衛を要請するにあたって提出した彼女宛の通信は、全部で三百九通。

そのうち、七十七パーセントがメインキャストについてもっと書いてくれ、と要求している。端役を持ち上げすぎだ、という非難が重複こみで四十六パーセント。具体的に指摘せず、注目点のバランスが悪い、などオブラートに包んだ表現のものが十一パーセント。そして、このままではただじゃおかない、といったようなあからさまな脅しが二十六パーセント。

「確かに、アイリス・キャメロンは厄介だ。気負いすぎ、ってやつ」

〈ミューズ〉のオリバー・デナムは、割れた顎をさすりながらそう言った。太縞のスラックスに包まれた尻をデスクに引っ掛け、長い脚を4の字に曲げている。彫りの深い三十五歳は、どこかしら古めかしい喜劇俳優のように見えた。

デスクの持ち主であり、健と尚美の上司にあたる〈アポロン〉の田代孝弘（たしろたかひろ）は、嫌な顔ひとつせずに、少し離したチェアから穏やかに質問した。

「気負っているのは、劇評？　それとも生き方が？」

オリバーは大仰に肩をすくめる。

「両方さ。文は人なり。本人とその人が表現するものの本質は分かちがたい」

〈アポロン〉庁舎の中にある、孝弘の狭い部屋だった。カウチには、健と尚美が並んで腰掛けている。アイリスとユーリャを〈テッサリア・ホテル〉の各部屋へ送り届けた後、尚美は朝の散策での出来事を上司である孝弘に直に報告したいと言い、尚美と協力するよう彼から仰せつかっている健も同行したというわけだった。

オリバーは、ふと、肩の力を抜いた。

「十五歳というのは、背伸びしたら見える世界についての情報競争まっただ中だ。知識や経験の差がヒエラルキーを決めちまうと言い切ってもいい。そんな時に失明したら、ああなっちまうのも判るけどな」

資料によると、現在二十一歳のアイリス・キャメロンは、十五歳の時に参加した合宿中、川遊びをしたのが原因で寄生虫に視神経を食い破られ、中途失明したという。

角膜や水晶体の問題であれば人工物と入れ替えることができるし、網膜であっても、進んだ科学技術によって視細胞が捉えるはずの映像を神経へ伝えることができる。しかしカメラ機構の奥が損傷していると、手の打ちようがない。視細胞からの明度と色彩のデータは、脳へ伝えられる前に神経接続によって複雑に統合されているからだ。

アイリスの先行きは闇に閉ざされた。中途失明者はなまじ視覚に頼った経験があるために、他の感覚で周囲の状況を判断する能力があまり高くない。目からの情報を他の感覚器で補うには、センサー付き白杖の手助けを得ても相当な訓練と苦労が必要になる。

けれど、多感な年頃の少女は、他の人がこれから受け取るであろう情報を自分が享受できないことに我慢ならなかった。

目標は「周囲に、盲人だということを忘れさせる」。

まずは、友達とのお喋りを楽しめるように、と思春期のアイリスは努力した。

アシスタント器具の〈Relief square〉という二十センチ立方の可塑性樹脂を触って、クールな男性アイドルたちの顔を覚えた。彼らの髪の色は義眼や白杖がサーチし、正弦波の周波数に変換されて内耳に届けられるので、染め変えたらすぐに噂話に付け加えることができた。歌声から他の友達が見過ごしていた微妙な表情を察して、感心されたりもした。

けれども、踊りの格好良さは、どうしても話題についていけない。

たとえ〈Relief square〉が遅延なしにダンスを浮き彫りにしてくれたとしても、群舞のフォーメーションからひとりひとりの指の伸ばし方まで、すべてを同時に感じることはできないし、衣装やライトの色彩を音で教えられると歌声に集中できなくなる。

アイドルの表情、ダンスの切れ、ステージ背景、それらを友人に負けないように語ろうと、アイリスはライブ感を犠牲にして録画の反復鑑賞に頼った。

オリバーは、くしゅんと一回鼻をこすってから言った。

「友達が、あの日の配信映像のあの曲のあそこの振りで、と言っても受け答えできるほどに、アイリスは同じ画像を繰り返し〈Relief square〉に呼び出した。細部まで見尽くした、という満足感はとても大きいと思うね。あらまあそんなとこまで、私たち気が付かなかったわあ、なんて褒められたら、舞い上がって調子づき、評論家にもなるだろう」

「歌、芝居、ダンス、と、表現要素が一番多いミュージカル分野を選んだのも、自負があったからかな」

孝弘が独り言のように呟くと、オリバーは大きく頷いた。

「そう。そんじょそこらの節穴目玉の奴らなんかには負けないという自信があったんだと思う。実際、彼女が評論家として立っていけるようになったのは、誰も気が付かないほどの細かい動きや芝居、歌声に含まれる表情をすくい上げ、新鮮な見方を提示できるからだ。しかしなあ、舞台は生ものだ。たった一公演の記録を元に瑣末を捉えられて劇評を公表されたら――」

「たまたまあの時だけだったのに、って怒る奴も出てくる」

　オリバーは、口を挟んだ健ににやりと笑った。

「そういうこと。少なくとも俺は、一期一会を盾に、主演級のアクシデントを見たぞとばかりにわざわざ取り上げてほしくはないね」

　孝弘は少し困ったような顔で笑んでいた。

「公演ごとに出来不出来が違うのは、さすがにアイリスも判っていると思うよ。ただ、全公演を〈Relief square〉データに変換して、一秒一秒、隅々まで、すべて丁寧に鑑賞するのは時間的に無理だ。つまり、アイリスはたった一夜しかそこにいられない異邦の客と同じなんだ。違うのは、彼女は自分の鑑識眼の鋭さを証明するために、記録したその回を何度も鑑賞するということ。よい点を繰り返し楽しめる代わりに、ミスも繰り返し再生され、彼女はその瑕疵（かし）が我慢できなくなる。きっと彼女は祈るような気持ちなんじゃないかな。お願いだから一期一会を心して、どの回であっても最高のものを記録させて、と」

　尚美は、さすがは田代さん、というような目でうっとりと彼を見ていたが、オリバーはシニカルだった。

「ある一回しか見られない自分を、他のお客も複数回観覧する人はそう多くない、と無理矢理ノーマライズしているようにも思えるけどね。じゃあ、これはどうだい、タカヒロ。

必要以上に端役やアンサンブルに紙数を割くってのは。隅っこで汗をかいている新米のポッと出には嬉しいだろうが、艱難辛苦の果てにやっとセンターに手が届いた主演陣やそのファンたちはがっかりだろう。脅迫文の一つや二つは届けたくなるのも判るねえ」

健は、唇を結んで壁の染みを見ていた。

自分はこうして見える。でも、アイリスには見えない。

ミュージカル俳優たちの弾けんばかりの笑顔、ひるがえるスカート、タップダンスの鋲のきらめき、ペアが交わす一瞬のアイコンタクト。

それらを他の人たちと同じに感じようとして、彼女は何度も何度も浮き彫りを撫で回す。端っこのダンサーの指が元気いっぱいに伸びきっているか、後ろの脇役は常に細かい芝居を見せているか。中央部分をよけてレリーフの隅に指をやれば、ほとんどの人が目に留めようともしない素敵な宝が落ちているのだ。

メインキャストの出来映えは、他の評論家も書くだろう。しかし、見える人にはなかなか見つけられない小さな輝きを丹念に探ることこそ、アイリスが自分の運命を正当化できるすべだったのではなかろうか。

尚美がカウチから身を乗り出した。

「でも、もうリアルタイム鑑賞ができるようになるんですよね。初日と千秋楽を比べたり、昼夜公演両方(マチソワ)でアドリブの違いを確かめたり。録画なんかしなくても晴眼者と同じようにその場で受け止められる。例の新方式、〈皮膚感覚変換〉で。私たち、公園でちょっと見ました」

健は、澄んだ朝日に照らし出された白い腕の線条を思い出した。

あれは、努力の人アイリス・キャメロンが、さらなる苦難の一歩を踏み出した証(あかし)。掌だけでなく腕全体で空間を感知するために埋め込まれているセンサーだ。

直接接続データベースの開発グループにも参加している〈メディ・C〉は、かねてより欠損した感覚を別の感覚へ変換して補えないかと考えていた。耳が駄目なら、音を振動やイコライザーのような視覚へ変換し、目が駄目なら〈Relief square〉で触覚へ。

では、アイリスのように映像をCLや網膜(CR)に投影不可能な視覚障害者、しかも音声入力が邪魔になってしまう場合には、どうすればいいか。〈メディ・C〉が出した方針は、〈Relief square〉よりも高度な情報を、器具を介さずダイレクトに皮膚感覚へ変換する、というものだった。

人間は、手に載せた板の上のピンポン球を、目をつぶっていてもある程度コントロールすることができる。板越しに伝わる僅かな振動や重みを感じ、球がどこにありどこに転がっていくのかを察せられるのだ。

白杖の部品と偽物の緑の瞳がデータを渡す先は、アイリスの損傷した視覚神経ではなく、脳内マップが比較的明らかになっている上にとても敏感な、皮膚感覚の神経だった。

見えない板を下から支えるように伸ばされたアイリスの腕は、データのさわさわとしたコーラスを感じている。

触覚、圧覚、温覚、冷覚、痛覚。メルケル触板、マイスナー小体、ルフィニ小体、パチーニ小体、自由神経終末。どんなものが、どんなところに、どんな色で、どんな動きで。それこそ産毛だけを撫でられるかのような言語化できない気配まで、腕が受け止める感覚をアイリスは脳内で画像として再構築する。

あの公園で、ボクサー犬の仔犬はどのような感覚で彼女に伝わったんだろう、と健は思い巡らせた。架空の板の上を跳ねる振動？　女の子とふざける動作のくすぐったさ？　毛色の黒は温度だろうか。

いや、もしかしたら組み立て直したりなどしていないかもしれない。皮膚の複数種の受容器が同時に感受する複特異性のことも考えると、〈いちいち見ているという意識〉などはすっ飛ばし、夢を思い出すように〈見たという認識〉にまで一足飛びに達しているのかも……。

〈メディ・C〉がどのような技術を使ったのか、アイリスがどれほどの訓練を積んだのか、ほとんど明らかにはされていない。ただ、皮膚は、発生の段階で脳と同じく外胚葉から分化するし、敏感さを表す脳の地図〈ホムンクルスの図〉にも手先は大きく描かれることからして、〈視覚を皮膚感覚に変換して理解する〉という常人には想像すら難しい活動をアイリスが実際におこなっているということだけは信じなければならないようだ。

「僕はね」

　孝弘は、窓の外へ目をやりながら口を開いた。

「〈皮膚感覚変換〉のテストが成功して、アイリスが思い出してくれるといいと願ってるんだ。細部の善し悪しなんかどうでもよくなるほど、圧倒的に目を奪われてしまう……知らないうちに役者と息遣いがシンクロしてしまったような感覚、演者と観客の線引きがなくなってしまうような眩暈（めまい）……舞台のそういう魔力を。後からデータで繰り返して観ることも可能だけれど、たった一度、たった一夜、その劇団（カンパニー）と同じ劇場にいたという最高の感動はその瞬間だけ……」

　孝弘のロマンチストぶりを知っていたつもりだったのに、健は少し赤面した。同時に、彼のような言葉を吐けるほど美について熱心にならないと、自分や〈ダイク〉なんかに〈アフロディーテ〉の平穏は守れない、とも思った。

「ま、さんざん目を奪っておいてミスをしでかす、なんていうメインキャストがいないことを祈ってますけどねえ」

　まぜっかえしたオリバーは、孝弘信者の尚美に睨まれて肩をすくめた。

「〈ミューズ〉職員たるもの、祈る前にすることがありますよね？　準備はどんな具合なんですか」

　硬い声で訊いた尚美に、オリバーはふざけてサムズアップする。

「順調だよ。今頃は立ち位置確認も終わってるだろうし、午後は通し稽古だ。ＶＷＡのおっきな男も、ホールの安全面に問題はなさそうだと言ってくれてるよ」

「ああ、それ、俺とよく組む先輩です。タラブジャビーン・ハスバートル。彼、音楽が好きだから、ミュージカルの現場で仕事ができるってうきうきしてました」

「今回は〈皮膚感覚変換〉のテストと同時に〈空間ログ〉を取るから、そっちの機材のほうが大変だけど、一応、明日のゲネには間に合うはず」

〈空間ログ〉は、音声と画像のみならず、その場の構造、温度、匂い、風など、データ取得できるものはすべて記録し、まるでそこにいたかのごとく感じられるようにするシステムだ。大掛かりな装置と準備が必要になってくる。

「なんでそんなものを」

「摺り合わせするんだと。アイリスがなにをどう感じたかを、〈メディ・Ｃ〉が後からゆっくり比較する。〈皮膚感覚変換〉テストと同じく、明日のゲネと明後日の初日、二回収録だ。ま、初日のログは、バーチャル鑑賞ソフトとして売る可能性もあるけどな。メインの連中、みんないい仕上がりだぞ。ヘレナの兄ちゃんなんか、高音の伸びと八回転フェッテが神がかってる。アイリスが噛みついてた『もちろんよ、ハニー』の時よりうんといい」

健はほっとした。

「よかった。アイリスのためにも、ヘレナのためにも」

そうしたら自分の出番もなくなるし、あたりを警戒することなく『月と皇帝』を鑑賞できる。と、健は頭の中でこっそりとそう付け足した。

好きなミュージカルのラストはいつも幸せ。みんなが笑っていて、みんながいい気持ちでリズムを取る大団円。それをナマで見られたら、自分に何ができるかとか、〈ダイク〉ばかりが活躍してるとか、もやもやした気分も吹っ飛ぶだろう。劇場を出る時、自分はきっと作中のステップを真似してる……。

健と尚美は〈アポロン〉庁舎を出て、VWAの車両でテッサリア・ホテルへ向かった。

ユーリャは午後からの通し稽古で〈皮膚感覚変換〉システムの最終調整をするために会

場となる〈アンフィポリス・シアター〉へ入っていて、ホテルにはアイリスだけが残っている。テッサリア・ホテルは〈アフロディーテ〉随一の宿泊所であり、保安面も完璧だ。が、念のためにアイリスの部屋の窓辺に〈虫〉と呼ばれるセンサーを先に飛ばし、二人で様子を見に行くことにしたのだ。

三人乗りのミニカーの助手席でオニギリをぱくつきながら、尚美は、

「私、頑張り屋さんってあんまり好きじゃないのよね」

と、口走った。

運転をオートにしてほうじ茶のカップから保温シールを剝がしていた健は、突拍子もない発言にびっくりした。

「なんで？」

「なんかねえ、見てて息苦しい」

それはお前さんも同じだよ、と、かっちりスーツの相手に言いかけて、お茶と一緒にぐっと呑み込む。

「で、頑張り屋さんって、誰のこと言ってるの」

尚美は、囓りかけのオニギリに目を落とした。

「あなた、ほんとにボンクラね。みんな、よ。資料見てるんでしょ。アイリスも、ヘレナ

も、そしてお兄ちゃんのジャックも」

「ヘレナとジャック……ああ、そうか」

ヘレナが抗議している理由は、オフ・ブロードウェイの『もちろんよ、ハニー』においてジャックが犯したたった一度のミスを、アイリスが評論で叩いたからだ。一幕の最後、パーティ会場の群舞「お開きはまだ」で、主要人物の一人を演じていたジャックは、男性陣の中で一人だけ、ピルエットと呼ばれるターンを逆回りに回ってしまったのだ。そこは男女が左右に分かれて対称の振り付け(コリオ)を踊るところだったので、ジャックは盛大に目立ってしまい、しばらくはカンパニーの仲間から「左巻きのジャック」と呼ばれてからかわれていたらしい。

ヘレナは、それは自分のせいだ、とアイリスに訴えていた。「お開きはまだ」はヘレナが特に気に入っていたナンバーで、兄はそれを自分に振り移ししてくれていたせいで本番でもついうっかり女性のターンをしてしまったのだ、と。

振り付けは身に染みつくものであって、反対回りをしてしまうなど本来は考えられない。けれどジャックは、妹が振り付けを完璧に覚えるまで、女性の振りを何度も踊ったという。しかも宿泊ホテルにはレッスン場のような大きな鏡がなかった。二人とも鏡に向いて同じ女性パートを踊ればまだ混乱は少なかっただろうが、兄妹は向き合って、つまりジャックは女性の振りを教えるために男性と同じ向きのターンをしたりもしたらしい。

公園でのやりとりの通り、アイリスは言い訳を受け入れなかった。『もちろんよ、ハニー』はプロデュース会社のいざこざで興行的には失敗したが、アイリスがベスト級に気に入っている演題だ。頑なになってしまっている理由を憶測するに、それを〈Relief square〉で再生するたびに、楽しもうとするわくわくした気分を「左巻きのジャック」が繰り返し繰り返し台無しにしてしまうからだと思われる。

「ヘレナはあの背丈だから、ミュージカルスターになりたくてもかなりハードルが高いと思うのよ。ヒールのついたダンスシューズを履いたら、もっと高くなる。ペアダンスの時に女性のほうが大きいのは、実力はともかく、演出家のお眼鏡には適いそうにない。ホテルで兄と踊るしかないなんて、ちょっと、その……」

「可哀想？」

「……とは言いたくないけど、一生懸命が透けて見えるでしょ。それに応えたジャックも悪くない。むしろ優しいお兄ちゃんだわ。アイリスだって、自分の不利を一夜限りのお客に置き換え、一期一会の言葉を掲げて精一杯強がってみせてる。三人とも頑張り屋さんなのにうまくいかなかっただけなのよ。ほんと、息苦しい」

真面目な顔をしてオニギリを見つめる尚美を、健は三秒ほど見遣った後、ふう、と大袈裟にほうじ茶を吹き冷ました。

「君、いま、頑張ってるんだぜ」

「はい？」

尚美が小首を傾げた。

「真面目に考えすぎて、俺、息苦しい。どうしてくれるんだ」

「そんなこと言ったって」

ふうう、ともう一度お茶に息。

「明日のゲネでジャックが目覚ましい活躍を見せれば、なにもかも丸く収まるよ。〈皮膚感覚変換〉のテストがうまくいき、アイリスはジャックを見直したという評を書き、ヘレナもジャックも安心する」

尚美が不服そうな顔でオニギリを口に入れようとした時。

コロコロ、と〈ダイク〉からの着信音がした。

——健。アイリス・キャメロンの挙動が不審です。

「なに？　詳しく」

健は〈ダイク〉の通信を尚美にもオープンにした。

——盲人の日常動作にはないパターンで動いています。フロントにもユーリャにも異常は伝えられていませんし、〈虫〉ではこれ以上の詳しいことが判りません。

「ホテルの遮蔽カーテンか」

一流ホテルには、プライバシー保護のために、光学以外の各種センサーをも無効にするカーテンが取り付けられている。

──なお、百五十メートル圏内に、ヘレナ・イーストンの存在を確認。ホテル方向へ徒歩で移動中。偶然でしょうか。

「んなもん、行ってみなきゃ判らん」

──アイリスに、ヘレナの接近を伝えますか？

「待った。アイリスは自分でSOSを発してないんだろ？　挙動不審の詳細も判らない段階で勇み足を踏むわけにはいかない。無駄な不安を与えたら、俺もお前もたっぷり反省文を書く羽目になる。確認が先」

健はほうじ茶をホルダーに入れ、運転を手動に変更した。

小さな車のボディが、青い発光をぽうっと強くする。

「ちょっと急ぐぞ」

スピードを上げると、尚美もオニギリの残りを口の中へ押し込んだ。

〈アポロン〉庁舎からホテルのある繁華街までのポプラ並木の道には、そぞろ歩きの観光客が大勢いた。午後のお茶の時間までお洒落（しゃれ）な店先を覗き込んだり記念撮影をしたりして、美の殿堂たる街を満喫している。

健は、車の警告発光を解除し、美術品搬送カートと同じ鈍（のろ）さで慎重に進む。人々を驚かせたくなかったし、ヘレナが近くにいるなら刺激したくもない。

スピードを落とした代わりに、注意を〈虫〉からのデータ確認に回した。アイリスの部屋は八階の並木道側に窓があるが、カーテンはぴっちり閉じられていて〈虫〉が覗き見る隙間はない。車両のフロントガラスに半透過された〈虫〉からの画像は、ジャミング独特のノイズに覆われ、ただぼんやりした塊が右往左往する影のみを表示していた。影の動きは不規則ではあるものの、慌てている様子ではない。

健は少しほっとした。

「よし、令状が下りた。遮蔽機能を解除してもらう」

とたんに〈虫〉の映像がクリアになった。カーテンは閉じたままだから、可視光以外の波長で室内のシルエットを描き出す。

盲人に配慮した丸みを帯びた調度品が、壁際に押しやられていた。

中央にできたスペースで、スラックスに着替えたらしいアイリスが、上半身を折り曲げて深く俯いている。

苦しいのか？　助けが必要？　と、身を乗り出した時。

アイリスは急に勢いよく顔を上げて、両手を広げた。腕がしなったかと思うと、片足が大きく踏み出され、一瞬のアラベスク。

健は、安堵よりも先に唖然とした。

「踊ってる？」

「みたいね」

〈ダイク〉は、ひっそりと、

――そうなのですか。では、彼女はむしろ楽しんでいるのですね。勘違いして申し訳ありません。

と、謝った。

くるくると連続ターン（シェネ）で移動すると、今度はヒップホップ調のキックウォーク。そのまま、目が見えていないとは信じられない速さで両足を動かして身体の向きを入れ替える。

尚美は、口元に拳をやって、画像を凝視しながら呟いた。

「パドブレから……腕のアイソレーションを挟んで、ルルベからジュテ、くだけてクラブステップ……。〈ムネーモシュネー〉接続開始。この振り付けの組み立てはどこかで……。

そう、ここのオリジナルのステップも見たことがあるの」

〈アポロン〉の直接接続データベースは、尚美の視覚情報を拾い上げ、瞬時に検索をした。優しい女神の声が出力される。

「相似率九十八パーセント。ミュージカル『もちろんよ、ハニー』使用楽曲、『お開きはまだ』の男性パートです」

「〈ムネーモシュネー〉、アイリスが所有する上演回映像の該当箇所を、彼女の動きと同期してフロントガラスへ」

並木道を背景に、半透明のウィンドウがもう一面開いた。ラフな街着衣装で六人ずつ男女別に分かれたグループが、満面の笑みでダンスしているステージ映像だ。〈虫〉が捉える影と同じ動きをしているのは、下手(しもて)側の男性陣。

「並木通りのヴィークルにいるのはケンか？　こちら、ハスバートル」

つっ、と音がして、車の中にタラブジャビーン・ハスバートルからの音声通信が入った。タラブジャビーンはデータベースと直接接続していない。

「はい、俺です」

「現在、ヘレナ・イーストンを尾行している。いや、なんでもないんだ。彼女は、演出の先生に言われて買い物に出ただけ。指示をもらっているところは俺が見ていた」

「そうですか。今ちょっとホテルのほうに動きがあって、ヘレナの接近を心配してたところです」

「因果関係はないと思うぞ。俺はこのまま付いていくから、そっちも知らんぷりしてろ」

「了解」

その間も、尚美は二つの画面を厳しい眼差しで見比べていた。アイリスの影は振り付けを完璧に覚えている。ダンサー並みには踊れないが、動きのタイミングはきちんと合っていた。

「確か、ここで」

尚美が呟くのと同時に、舞台映像で男性グループのセンターを取っている人物が、ひとりだけ逆回転した。彼が「左巻きのジャック」なのだ。

「あっ」

健は声を上げてしまった。

ターンの直前、アイリスは急に凍りつき、どちら向きにも回らず突っ立ったのだ。

尚美も、健も、言葉が出ない。

画面の片方では、明るい音楽に乗せてダンスが進行していく。

アイリスはまだ、部屋の中で棒立ちだ。

不意に、彼女の影が泣き崩れた。

顔を覆い、床に蹲(うずくま)る。

ちょうど、車は白亜の高級ホテルの前に到着した。

画面のミュージカルは、盛大な拍手と共に第一幕を下ろした。

「……だから、頑張り屋さんは好きじゃないのよ」

小声で言った尚美の横顔は、怒っているようにも泣いているようにも見えた。

「頑張ると、結果にこだわってしまう。得たことにも、得られなかったことにも。それでも頑張り屋さんは進まなければならない。アイリスは、自分を力づけてくれるはずのお気に入りに忘れられない瑕(きず)が入ってしまってることを深く哀しみながらも、目の不自由な人たちのために努力を重ねるしかないのよね。瑕を埋めてくれるほどに素敵なことが、彼女を支えるようになるその日までは」

なんて素敵な朝。

ゲネプロの日、劇場(こや)入りのキャストを待つファンたちは楽屋口の前にたむろし、マスコミは取材用の機材をせわしなく設置している。

アンフィポリス・シアターは、薄青い空の下、アカンサスの葉飾りを冠したコリント式の柱を白々と並べて、ざわめく人々を鷹揚に覆っていた。

大丈夫だ、大丈夫ぅ。うまくいくさー、絶対に。

健は、心の中で自分のために歌った。

きっとジャックは目を瞠る活躍を見せ、アイリスの記憶は上書きされる。ヘレナも上機嫌で、ユーリャはシステムを盲人たちに届けられる自信を得る。全員が笑顔で、ダン、と踏み出し両手を広げる大団円。

——「ケン、変わりはないか」

〈ダイク〉を通じて、舞台裏にいるタラブジャビーンが訊いてきた。

——はい。客席のほうは平穏です。

——「こっちも大丈夫だ。ヘレナも普通に、小道具を渡す順番を確認しているだけだしな」

彼の声はのんびりしていた。

——「昨日、通し稽古を見たんだが、これ、楽しいミュージカルだな。観てるほうまで身体が動き出しそうだったよ。特に、くるくるーってジャックが回ったあと、月世界からもらった花瓶を巡ってみんながわたわたするとこが最高に面白い。見逃すなよ」

——へえ。楽しみにしてます。

客席の一番いい席には、すでにアイリスとユーリャが陣取っていた。一列後ろには、尚美とオリバーが貼り付いている。

――〈空間ログ〉の準備は万端よ。〈ムネーモシュネー〉が機能の一部を助けてる。こっちにも生データが残るから、あとからいろいろ活用できそう。

尚美が、このところでは珍しく興奮気味に伝えてきた。

ユーリャは生真面目な顔で誰かと通信しているが、アイリスは、髪を耳に掛けたり、指先で頬を触ったりして、そわそわしていた。表情は緊張の中にも輝きがあって、タラブジャビーンや尚美に負けず劣らず、幕開きを楽しみにしているように見えた。

――〈ダイク〉、異常があったらすぐ教えてくれ。アイリスを脅しているのはヘレナだけじゃないし、ゲネは何かを仕掛けるには絶好のチャンスだ。俺も客席周りをこっそり移動してチェックするつもりだが、〈空間ログ〉収録の邪魔になるから〈虫〉は飛ばせない。

――了解しました。

やがて開演五分前のベルが鳴り、報道陣の動きが急に落ち着く。

ユーリャが〈空間ログ〉収録開始の合図を出した、と尚美によって報告がなされ、いよいよ、ミュージカル『月と皇帝』の幕が開いた。

速いテンポのきらきらした曲が会場内に響き渡る。

目の前が虹の色彩に満たされる。

皇帝とその部下たちの見事なフォーメーション。

真珠色のシフォンをなびかせる月世界人たちの優雅なコーラス。

身体能力を極限まで使ったダンスと、どこまでも伸びていく声。アンサンブルもみんな弾ける笑顔で、セリフは滑らかにストーリーを進める。

うわあ、と健は通路脇から声を上げそうになった。

高く上げられる幾本もの細い脚、めまぐるしく位置を変えてパートナーチェンジ、翻弄される皇帝は戸惑いを歌い、からかう月世界人たちはダウンのリズムで彼を取り巻く。

これだ。こういうのが見たかった。

健の頬はいつしか紅潮している。

笑いがあり、しっとりとしたナンバーの恋歌があり、どんちゃん騒ぎの群舞、手を伸ばしても届かない切なさ、誤解が誤解を招くおかしさ、どんなことも歌って丸く収めてしまう爽快感。

これこそがミュージカル。世界一楽しい表現手段だ。

健は、爪先でリズムを取っている自分に気が付いた。見回りをしているつもりが、目を奪われてしまっている。できることなら、今すぐ舞台へ駆け上がり、キャストと一緒に歌い踊りたかった。

アイリスは大きな緑の瞳を精一杯見開いていた。唇がかすかにほころび、膝の上で仰向けにされた両腕がリズミカルに蠢(うごめ)いている。彼女も楽しいのだ、と、健はとろけるような気持ちになった。

だが、その時。

ユーリャがアイリスの肩を摑んだ。

いきなり触れられた盲人が、びくりと身体を震わせる。

ユーリャに何か囁かれたアイリスは、ぴりりと姿勢を正し直した。

——尚美。なにがあった。

——ユーリャが、データに集中するように注意したの。そしたら、アイリスが妙な感じになっちゃって。あなたも気になった？

健は軽く唸(うな)った。

——私の勘が当たっていれば、アイリスは……。私、ちょっと〈ムネーモシュネー〉で調べてみる。

舞台の上は、皇帝側と月世界人たちのラインダンスめいた友好条約式典。

アイリスは唇を結んで厳しい顔で前方を見つめている。

その瞳は、もう舞台を見ているようには感じられなかった。

――察知しました。

〈ダイク〉が唐突に伝えてきた。

――健の考えには疑問を抱かざるを得ません。〈皮膚感覚変換〉に集中するのは当然であり、よいことではないのですか？

――その通りだ。でも……。

健の返事の最中、月世界人のリーダー役を演じているジャックが、八回転フェッテを華麗に披露した。

タラブジャビーンが言っていたコミカルな場面が始まる。確か、花瓶がどうのと。

しかし、アンサンブルたちが下手から持ち出したのは、花瓶ではなかった。

月の世界から贈られたのは、セリフによると「得体の知れない綺麗なもの」。とめどなく色と形を変える〈フリーキー・スライム〉だったのだ。

ふにゃふにゃした自律型のおもちゃは七色に変化しながら不規則に飛行し、皇帝側の役者たちはその正体を探ろうと、逃げ惑ったり追い掛けたり。

――健。オリバーが言ってる。ここ、日替わりですって。

――日替わり？

──アドリブよ。何度も観てもらうために、公演ごとに変えるの。〈フリーキー・スライム〉は演出の先生が昨日ヘレナに買いに行かせたものですって。

確かに〈フリーキー・スライム〉は、役者本人たちにとっても「得体の知れない綺麗なもの」だ。実際に役者がそう感じる物体を月の世界からの贈り物と見做して、アドリブの芝居をしているのだ。

心配なのは、アイリスが「得体の知れない」不定形の浮遊物を正しく〈見る〉ことができているのかということ。

健は通路を移動して、アイリスがもっとよく窺える場所へ行こうとした。

──タラブジャビーン、ヘレナの様子はどうですか。

先輩は、はあ、と気の抜けた返事をした。

──「舞台袖にいるよ。これを準備したのは演出家の要望だが、彼女、意地悪そうな顔で笑ってるから、アイリスが困ることは承知してたんだろう」

アイリスは眉間に皺を寄せ、腕の位置を細かく調整している。

──ユーリャは、あれが〈フリーキー・スライム〉っていうおもちゃだってことをアイリスに教えようとしないわ。「判らなければもっとよく見て」としか。

ユーリャはやけに余裕を持ってアイリスの困惑を眺めていた。もしかしたら、アイリスの解析能力を調べるために、ユーリャこそが〈フリーキー・スライム〉の使用を演出家に持ち掛けたのかもしれない。

アドリブ場面は、「月にはおかしなおもちゃがあるんだなあ」と、出演者が呆れて笑いながら上手（かみて）側に退場（ハケ）し、終わった。

ゆっくりと、次の曲（ナンバー）が始まる。それは次第に盛り上がり、キャストが続々と歌に参加して、一幕の最後を飾る総踊りになる。

袖幕の奥で、黒い長身が動いていた。

健は素速く移動し、その正体を確かめる。

ヘレナだ。黒のスタッフ装束を身に着け、彼女は怖い顔で進行を見守っていた。両腕が身体に硬く巻き付けられ、脚はぎゅっと力を入れて閉じられている。まるで自分で自分を縛っているような姿勢だった。

彼女もきっと、アイリスと同じく……。

先ほどの考えがしだいに確信へと変化していく。

健はアイリスのほうを見遣った。

彼女は微動だにしていない。顔が強張（こわば）り、歯を食いしばっている。

愉快な曲なのに。身体が勝手に動き出しそうなリズムなのに。

緞帳が下り、手の空いている関係者たちのぱらぱらとした拍手で一幕が終了した。

客席の照明が点く前に、アイリスがすっくと立ち上がる。

彼女はユーリャの制止の手を乱暴に振り切り、白杖を使ってつかつかと舞台に近付いた。

「まずい」

健も舞台のすぐ下、生演奏ならオーケストラピットがある部分へと向かう。

報道関係者にも動きがあった。健と同じく舞台下へ移動しようとしている。血相を変えた盲人がなにをしようとするのか興味津々なのだ。

「こちらは〈アポロン〉学芸員、尚美・シャハム、権限Bです」

機転を利かせた尚美の声が、会場にアナウンスされた。

「予定を変更し、この幕間にキャストの囲み取材をおこないます。〈ミューズ〉のオリバー・デナムが誘導いたしますので、関係者の皆様はホワイエへお集まりください。役に入り込んでいる俳優の方々には大変ご迷惑をお掛けいたしますが、なにとぞご了承くださいませ」

報道陣の何名かはその場に居座ろうとしたが、裏から出てきたタラブジャビーンに丁重に追い出された。

しんと静まり返った会場で、舞台下にやってきたアイリスが低い声を使う。

「ヘレナ。出てきなさい。おもちゃなんかで私を混乱させて、さぞ面白かったことでしょうね」

下手側の袖幕を揺らして、黒いスタッフ装束のヘレナが長身を現した。

「私が決めたんじゃないわよ。そっちこそどういうつもり？　幕間にイレギュラー取材を叩き込んで。兄さんたちのモチベーションがめちゃくちゃじゃないの」

健は、腕を大きく広げて二人を牽制した。

「落ち着いて。お互いを悪く思わないで。〈フリーキー・スライム〉が〈皮膚感覚変換〉にどう捉えられるかのテストが組み入れられただけです。そうですよね？」

ユーリャを睨むと、彼女は、気まずそうに、

「え、ええ……」

と頷いた。

「ユーリャ？」

「いきなりごめんなさいね、アイリス。大丈夫、あなたは立派に感知したわ。商品名こそ知らなかったみたいだけど、色が変わることも、不定形で飛行することも、ちゃんと見えてたんでしょ。奇妙な物体を判らないものだとしてそのまま受け止めるのは、先入観に囚われなかった証拠よ。素晴らしいわ」

アイリスは、ユーリャから目をそむけた。不機嫌な表情に、ユーリャが慌てる。

「どうしたの。何も問題はないのよ。あなたの頑張りのお蔭で、目の見えない人たちもこのシステムを使って演劇を楽しむことができるわ。なぜむっつりしているの？　違和感でもあるの？」

「……私は、見てない」

アイリスはぽつりと言葉を落とす。

「こんなの、リアルタイム鑑賞なんかじゃない。私はミュージカルを見られない！」

茶色い髪が激しく乱れた。

硬直する人々の中で、一番最初に口を開いたのは、ヘレナだった。

「見られないってどういうことなの。兄さんの八回転フェッテも見てないの？　メインの出来のよさを、あなたはまた認めてくれないの？」

アイリスは薄く頰笑んだ。とても悲しそうに。

「認めざるを得ないわ。あんなに軽くて、切れがよくて、愛想よく笑ったまま、本当に嬉しそうに……」

細く白い腕が前に差し出され、アイリスはその時の感覚を思い出すかのように空気を支えた。

しかし、次の瞬間、腕はだらりと下げられてしまう。

「でも、私はミュージカルを見てない。だって……楽しくないんだもん！」

「楽しくない？」

ユーリャが鸚鵡返しする。

健は、大きく吐息をついた。

「君も楽しくなかっただろう、ヘレナ」

突然呼び掛けられた彼女は、訝しそうに目を眇めた。

「君は小道具係だもんな。その図体じゃ、袖でちょっと踊りを真似したとしても、邪魔者扱いされてしまう。動きたいのを我慢するのは大変だったろう」

「それがどうしたのよ。私はキャストじゃない。スタッフだわ。踊ったりしない。自分が楽しむよりも、きちんと舞台を進行させることが大切よ」

それまで黙って事の成り行きを観察していた尚美が、しんみりと質問した。

「アイリス。客観的な結果を知りたいの。〈皮膚感覚変換〉はうまくいった？」

ええ、と茶色の髪が揺れる。

「セリフも歌ももちろん、ダンスがどんなだったかも判ったわ。全感覚をかっさらわれる魅力的なパフォーマンスもたくさんあった。まだ二幕が残っているけど、このオリジナルキャストならきっと成功するでしょう。安心して、ヘレナ。ジャックのいいところもちゃんと見つけた」

「うまくいっている割には、それが〈空間ログ〉に表れてないわね」

尚美はリストバンド型の端末からFモニターを取り出して広げた。

「〈ムネーモシュネー〉、さっき私がチェックしたログのデータを出力して」

薄膜に画像が投影される。座席のアイリスに重なって、様々な色のドットや矢印、細かな数値が表示されていた。

ユーリャがアイリスに集中しろと注意するのが映し出される。と、アイリスの周囲のドットがみるみる暗くなった。

「まだ未整理でいろんなデータが書き込んであるけど、簡単に言うと、この瞬間からアイリスの生体反応が鈍くなってる。気落ちしているのが体温や呼気に反映してるんです。ほんと、頑張り屋さんすぎ。二人がいがみ合っていたのは同族嫌悪かもしれない」

「あのですなあ」と、タラブジャビーンが申し訳なさそうに口を挟む。「同期二人だけで仲良く話を進めてないで、そろそろはっきり説明してくれませんかねえ」

「仲良くなんかない」「一緒にしないで」

健と尚美は同時に噛みついた。

が、あまりにも困惑したタラブジャビーンを見て、尚美は、

「解説役をお願いできますか、田代さん」

と、振り返る。

客席入り口の扉を開けて入ってきたのは、田代孝弘と月世界人のリーダーだった。一幕最後の衣装のまま現れたジャック・イーストンは、化粧の濃い顔で妹を一睨みした。

「ヘレナ。僕はお前を甘やかしすぎたようだね」

「いいえ、違います」孝弘は、にっこりしていた。「尚美の言う通り、みんな頑張りすぎて過敏になってたんですよ」

オケピットエリアの輪に加わった孝弘は、落ち着いた口調で、

「解説より解決を先にしましょう。〈ムネーモシュネー〉、音楽を」

と、宙に向かって唐突に命じた。

客席に流れ出したのは、『もちろんよ、ハニー』で使われた「お開きはまだ」の軽快なイントロ。

はっとしたアイリスに、ジャックはそっと腕を伸ばした。

「手を取ってもいいでしょうか」

返事を待たず、彼はアイリスの白い指先を優しく持ち上げた。

彼が踏むステップは、アイリスならよく知っているこの楽曲の振り付け。

「ほら、いきますよ」

腕を自然にリードされ、アイリスはくるくるとシェネさせられた。

「いったい……」

「おじょうずです。次も覚えてますね？」

手を繋いで、サルサっぽいニュースタイルハッスル。横に並んでのランニングマンから、胸のアイソレーションを使って連続ウェーブ。

「あ、あの……」

「いい調子！　ヘレナ、お前もおいで。さあ早く。いいから！」

曲はサビへ向けて盛り上がり、ジャックはついに歌い始めた。

パーティはまだまだ続き、踊っている限り幸せな気分、お開きの時間なんか気にしない、という歌詞だ。

孝弘が、ヘレナを舞台上からオケピットエリアへ下ろし、エスコートしてジャックに近付ける。

「パートナーチェンジ。ほら、男性パートも教えただろ」

するり、と、ジャックはヘレナと入れ替わった。

「兄さん、なぜこんな」

「だめだめ、続けて。お開きはまだ！」

戸惑いの表情のヘレナは、それでも身に染みついたステップを踏んでしまう。

「アイリス、相手を信用して体重を預けるんだ」

「こんな馬鹿げた……」

「いいから！　君たちは踊れる！」

「踊れる……」

アイリスはその時、確かにそう呟き返した。

「二人とも、お開きはまだ！」

ピボットからナチュラルターンへ移ると、アイリスは意を決したようにヘレナの長い腕にもたれかかった。

美しい決め（ピクチャーポーズ）だった。

それまで踊りながらもきょとんとしていたヘレナは、アイリスの体勢を戻してやる時、「ああ」と、声を漏らし、ふと、笑みこぼした。

アイリスは見えないはずなのに、その一瞬、アイコンタクト。笑み交わす二人は、寸分違（たが）わずシンクロした軽やかなステップを繰り出す。

「おい、ケン。だから説明を、だな」

「そうです。どういうことなんですか」

タラブジャビーンを押しのける勢いで、ユーリャが食ってかかった。

健は孝弘を見習って悠然と頬笑む。

「いま、アイリスはミュージカルを〈観て〉るんですよ」

アイリスは満面の笑顔で不慣れなソプラノを紡ぎ出す。微妙にずれた盲人の立ち位置をそっと直してやるヘレナも、気持ちよさそうに歌っている。

健は、歓喜のペアダンスから目を離さずに言った。

「じっとしていられない。身体が勝手にリズムを取る。これが正しいミュージカルの見方です」

孝弘がいつの間にか傍に来ていて、タラブジャビーンに声を掛けた。

「ヘレナは自責の念に囚われ、アイリスに突っ掛かっていた。アイリスは、視覚障害者もミュージカルを楽しめるのだということを、評論や今回のテストで証明したかった。二人とも、一生懸命すぎて楽しむことを忘れていたんです。ミュージカルは、見る人を楽しくするものなのにね」

孝弘もまた、ダンスに目を奪われたままだった。

「尚美たちの報告を聞いた時から、引っ掛かってたんだ。ヘレナは兄に振り付けを教えてくれとせがみ、アイリスは独りでこっそり踊っていた。二人とも、本当はもっとミュージカルを楽しみたいんじゃないか、って。アイリスが失明したいきさつを詳しく調べて、僕は確信を持った」

「いきさつ？」

ユーリャが訊いたのに、孝弘は首肯（しゅこう）を返す。

「彼女が参加していたのはバレエの研修合宿だったんですね。川遊びをしていたのも、二人で踊る（パ・ド・ドゥ）時の信頼感が水に身体を預けきる感覚に似ているので、それを存分に楽しみたかったから。彼女は見ているだけでは満足できない、身体の芯から踊りたい人だったんですよ。ヘレナのほうは言わずもがなです。健はいつ気が付いた？」

「きっかけは、尚美が頑張り屋さんの話をした時です。俺の中にはない考え方で、妙に納得してしまいました。そしたら案の定……。アイリスは最初のうち難しい〈皮膚感覚変換〉をしながらも身体がリズムに反応していたのに、テストに集中しろと注意されて、すっと我に返ったような顔になりました。自分は楽しんじゃいけないと、使命を思い出した感じで。その時、アイリスは楽しむことをすごく我慢してるんだ、と確信したんです。楽しみたい気持ちを封印してまで臨んでいる〈皮膚感覚変換〉なのに、意地悪な物体が出現して妨害されているように受け取り、過剰反応したようにしか思えなかった」

「結局、誰も悪くないんですよね」

後を取るように、尚美がしんみりした声を遣った。

「自分の背が高すぎて舞台には出られないと思っている人は、憧れを兄に投影して彼の名声を必死に守ろうとした。視覚障害者になったからもう踊れないと思った人は、観察力だけは晴眼者に負けていないと必死に表明しようとした。それって、傍にいるだけで胸が苦しくなってくる……」

孝弘は、困惑顔のユーリャに向けて静かにのたまわった。

「ここは〈アフロディーテ〉。美の殿堂です。作品は、その意図通りに、楽しいものは楽しいと受け止めてもらう状況を作るのが、学芸員の役目です。だからしゃしゃり出てきました。どうです？　確執を棚上げしてのダンスは、とても美しいでしょう？」

幕間（インタールード）のオケピットエリア。ここはステージ上ではないけれど、正しく楽しむ人々は軽々と歌い踊る。パドブレ、腕のアイソレーション、ルルベからジュテ。

ジャックが「お開きはまだ！」とテノールを響かせる。

アイリスもヘレナも、爽やかな顔をしてきびきびと振り付けのシークエンスをこなす。

くるくるとシェネ、ヒップホップ調のキックウォーク、身体の向きを入れ替え、腕で風を切って左右に分かれる。

ヘレナの後ろに、皇帝の部下の衣装を着た二人の男がやってきた。彼らは小道具係をセンターにして男性パートを一緒に踊る。アイリスの後ろには、月世界人のひらひらした衣装を着た三人の女性が現れて、バックを務める。

歌声が増えていた。振り付けまでは覚えていなくても、歌を覚えている人はたくさんいる。取材から戻った役者たちが客席の後ろ側から小走りに参加し、スタッフの何人かは舞台袖から顔を出して「お開きはまだ」を歌っている。

クラブステップの後は、例の「左巻き」の場面。

アイリスは、ホテルの時のように硬直もせず、女性ダンサーたちとそのまま踊り続けた。

男役のヘレナも、正しく右回りをした。

爪先で裏ビートを取る健は、堅物の尚美の身体も軽くスイングしているのに気付いて苦笑した。

歌はまだ続いている。ダンスはまだ止まらない。

本物の舞台だって、まだ二幕が残っている。

まだまだ、まだまだ、ミュージカルは終わらない。

お開きは、まだ……。

「結局、自分が気を張っているものだから、他の人にも厳しくあたってしまっていただけ、ということですか」

孝弘の部屋で、タラブジャビーンは身を小さくしてカウチに収まっている。

「そうだと思うよ。みんな楽しんでくれたみたいでよかった」

窓辺に佇(たたず)む孝弘は、コーヒーに口を付けながらのほほんと答えた。

健と尚美は、大柄なタラブジャビーンにカウチを占領されて、孝弘のデスクチェアに座るわけにもいかず、仕方なく壁に背を預けて立っていた。

あの後、憑き物が落ちたみたいにすっきりした顔になったアイリスは、「乗りよく楽しむのは明日の初日まで我慢する」と明言し、〈皮膚感覚変換〉で二幕を熱心に鑑賞した。

「私、歌いながら歩けるわ。歌うのにも歩くのにも努力は必要ない。〈皮膚感覚変換〉もそんなふうに慣れればいいのよね。今はまだ映像を思い描くのに必死だけど、肌に伝わる感触が自然に映像として受け止められるようになれば……」

アイリス・キャメロンの劇評は、その時きっと変わるだろう。細かいものをたくさん見落とし、けれど人々が目を惹かれるものにはちゃんと胸ときめかせられるようになるだろう。こだわりを捨て、彼女は文字通り「視野が広がった」のだ。

ヘレナは、いつも優しい兄から思いがけず説教を食らったようだった。

「背丈を気にしてたんだってな。馬鹿か。そんなに踊りたいのなら、なぜレッスンに通わない。なぜオーディションを受けない。女性でも背が高いのは不利じゃないんだよ。尊大な貴族、妖しい魔女、コメディリリーフ的な蚤の夫婦のおかみさん、いくらでも役はある。本物のゲイたちを押しのけて、ドラァグクイーンを演ったっていいんだぞ」

孝弘は、飲みかけのカップに保温シールを貼り直して、ことりとデスクの上に置いた。

「〈空間ログ〉の解析が楽しみだな。今日のゲネと明日の初日、アイリスの一幕の見方の差が環境データに表れるかもしれないね。もしかしたら、さっき健と尚美が同じ解釈に辿り着いた様子もログに示されてたりして」

「同じじゃないです！」「ノータリンと一緒にしないでください！」

「うん、気が合ってるね」

同時に叫んだ二人を、孝弘はにこにこと眺めていた。

——健。質問があります。

着信音のあと、〈ダイク〉が脳内に語りかけてくる。

——なんだ？

——私は、テッサリア・ホテルのアイリス・キャメロンがダンスを楽しんでいるのを不審行動と誤解してしまいました。

――だから何だ。

心底嫌そうな顔でこちらを睨む尚美から目を逸らしながら促すと、〈ダイク〉はこう言ってきた。

――今、あなたは否定の激しい口調とは裏腹に楽しい気分でいると察知していますが、正しいでしょうか。

〈ダイク〉は怪しい人物を見つけられるけれど、人の心の入り組んだ裏表は見分けられない。人間の心持ちとはかくも複雑。教えてやりたいが、どうやればうまく教えられるのか。

頑張り屋さんにはなれそうもない健は、

――知るか！

と、笑い含みの悪態だけを返した。

Ⅲ

手回しオルガン

ぱぷーぷら、ぽーぽるぽう。

「え、おいらのことを絵に描くのかい？」

ぽぴぴゃっ！

少年は目の玉をひん剝いて訊き返した。

「そりゃあ、構わねえけど……。モデルなんて性（しょう）じゃねえぞ」

言いながらも、チェック柄のキャスケットの傾きを直している。

「君はすごくいい。君と、その手回しオルガンの音色。どこもかしこもできたてでピカピカの〈博物館惑星（アフロディーテ）〉に、君の出すポーポーした優しい音がなかったら、この新天地は味気ないスタートになっていただろうね」

青年画家の真摯な物言いに対し、少年は自分のみすぼらしい服をあちこち確認してから、

「す、好きにすりゃあいいよ」

と、赤い顔で答えた。


「毎日来るとは熱心だな。いったい何枚スケッチするんだい。工事の遅れてたホテルも店も、もうとっくにオープンしちまったよ」

ぷうぱっぱら、ぽうぷぷぷる、とオルガンを鳴らしながら、少年が愚痴を言う。

組み立て椅子に腰掛けている画家は、木炭を人差し指の代わりに立てた。

「君が、身の上話をしたくなるまで」

ハンドルの回転がリズムを乱した。

「はあ？　なんだそりゃあ」

画家は、スケッチブックに目を落とし、木炭を走らせる。

「優れた絵画は、描かれた一瞬の表情だけで人生を語らせることができる。君のことを聞き出したいのは、こんなぺーぺーの画家でも少しは絵に深みを出したいと思ってね。二十歳にも届きそうにない君が、なぜ地球から遠く離れた〈アフロディーテ〉に来ることができて、なぜ飾り庇（ファサード）付きの立派な手回しオルガンを持っていて、なぜ投げ銭で暮らすように

なったのか」

　少年は、ぐん、とハンドルを強く回した。

「絶対に、喋ってやらねえ」

　ぱぷらぽーっ！

〈アフロディーテ〉は、オープン三年で運営も落ち着いた。ホテル街は賑わい、裕福な人々が土産物を手に行き交っている。

　手回しオルガンの木の音色は雑踏によくなじみ、ぽうぱらり、ぷうぷっぺろ、と調子よく音楽を奏でていた。

「よお、兄ちゃん。ええっと、ピエールなんとかっていうんだっけ。久しぶりだな」

「久しぶり。背が高くなったね。僕の名前、どうやって知ったの」

「だってよ、おめえ、偉くなったじゃん。地球（した）で個展やったんだって？　おいらの絵、ずいぶん評判だったみたいじゃないか」

「モデルがよかったんだよ。感謝してる」

「よせやい。おいらは何にもしちゃいねえ。こちとら、相変わらずの投げ銭暮らしさね。あんたのお蔭でお客が探して来てくれることも多くて、おいらのほうこそずいぶん助かってる」

「オルガンのファサードも塗り直すことができたってわけか」

「あっはっは。これはね、不評」

「不評？」

「ちょっとしたいざこざで、この端っこのとこが割れちまったんだよ。そんで、直すついでに綺麗にしてもらった。そしたら、ご常連様の何人もが文句言ってきてさ」

「従来の色合いを見慣れた目には、塗りたてがどぎつく感じるものだよ」

「それと、オリジナルに手を加えたら楽器の価値が下がる、って。バカなこと言うな、ってそれを言ったやつは蹴散らしてやった。こちとら生活かかってんだ。どんな有名工房の作だか知らねえが、壊れたままで使ってられっかよ。博物館に収めるために、後生大事に楽器を抱えてるわけじゃねえ」

「それはそうだね。曲目が増えたことについては、文句を言われなかった？」

「気が付いたかい。今のこれも新曲」

ぽうぱああ、ぷぽららぱん。

「作曲家の卵みたいなやつらがここにはたくさんいるんだ。ブックを切らせてくれって、向こうから言ってくる。二オクターブ半出るのに使える音は飛び飛びに二十しかないっていう縛りが、面白いんだって。もちろん、雰囲気に合わない曲は没にしてやるがね」

「ブック。その穴の開いた楽譜のことをそう呼ぶのか」

「うん。蛇腹（じゃばら）に畳んであるだろ。それをローラーが巻いていって、穴のところからだけフイゴの空気が出ていって……」

「その音の木の笛が鳴る」

「そういうこと。でも、駄目だよ、兄ちゃん」

少年は、にやりと笑った。

「おめえ、手回しオルガンの造りなんぞ、とっくに知ってんだろ。話の糸口作って、おいらから身の上話を引き出そうったって、そうはいかねえ」

「君もたいてい頑固だな」

少年は、キャスケットのツバをぐっと下ろして、真面目な声を出した。

「兄ちゃんは、おいらの日銭を増やしてくれた恩人だからな。面倒なことに巻き込みたくねえんだよ」

ぷうぽっぽ、ぱあぷっぱ、ぷらぽぽらぱ、ぱろろんぷう。

ぷうぽっぽ、ぱあぷぴら、ぷらぽぽらぱ、ぱろうぱう。

ぷうぽっぽ、ぱあぷぴぴら、ぷらぽぽらぱ、ぱろうぱう。

ブルージーンズにTシャツ、薄手のジャケットという私服姿の兵藤健は、赤いテントを張り出したオープンカフェの小洒落た椅子に腰掛けて、手回しオルガンが奏でるワルツを聴いていた。

木管に空気が通る柔らかい音が、街路樹のマロニエの花を揺らし、〈アフロディーテ〉の薄青い朝空へ吸い込まれていく。

ホテル街の端に位置する人気の少ないその場所は、短期滞在でがっつり稼ぎたいタイプの大道芸人たちには見向きもされず、手回しオルガンの指定席のようなものだった。

ハンドルに手を掛けているのは、二十五歳のアメリカ人、アンディ・ジブソン。食い詰めたバックパッカーだったが、オルガンの持ち主に拾われた。気のなさそうな顔をしていて、回し方も事務的なので、せっかくの楽しい曲が平坦に聞こえてしまっている。

傍らには、オルガンの所有者の老人が、車椅子にめり込むように座っていた。ピエール・ファロの絵「新天地」で一躍有名になった、エミリオ・サバーニだ。老人と呼ぶにはまだ若いはずだが、長年太陽の下でハンドルを回してきた上に、二年前に脳出血に襲われたため、すっかりお爺さんの風体だった。頭に乗せたチェック柄のキャスケットでかろうじてあの絵のモデルだと判るが、その帽子も、皺だらけの顔も、質素な服も、すべて年古り、灰色にくすんでいる。

健には、彼らの手回しオルガンが、〈絵画・工芸部門(アテナ)〉と〈音楽・舞台・文芸部門(ミューズ)〉の争いの種になるほど価値のあるものかどうかが判らなかった。

シュナイダー&ブルーダー工房製の二十本のパイプを持つ箱は、オルガンカートと呼ばれる台車に乗っている。彼らのカートは、飾り細工を付けた金属製でとても優雅だが、あちこち錆が浮いたり曲がったりしていた。ファサードや胴体に描かれたパステルカラーの植物柄は、あちこちが剝げて木目が見えている。ハンドルは手垢で黒く沈み、パイプとパイプの間にこびりついた埃(ほこり)が年月を誇るように陰影を深めている。

〈アフロディーテ〉が始まってからもうじき五十年。黎明期から使われている貫禄はあるし、絵のモデルという唯一性も認めるけれど、そこらへんの路地に転がっていたなら廃棄品と間違えてしまうかもしれない。

その時、耳の中でコロコロと音がした。直接接続されている情動学習型データベース〈正義の女神(ディケ)〉が喋りたがっている。

しかし、続いたのは男性の声。

――健、集中力が下がっています。今は、美術品に対する考察ではなく、人捜しをすべきです。

健は、カップをソーサーに戻し、姿勢を正した。

——大丈夫だよ、〈ダイク〉。きっと何も起こらない。あの人が来るはずないんだからさ。

男性読みで呼ばれた〈ダイク〉は、一瞬の人間臭い間を置いてから、

——では、尚美（なおみ）・シャハムが接近しているのには気が付いていますか？

と、嫌味な言い方をした。いったい、どこでこんな物言いを覚えたのやら。

——あ、ほんとだ。

通りの向こうから、尚美たちが歩いてくる。〈総合管轄部署（アポロン）〉所属の学芸員である彼女はかなり背が低いので、なかなか目に付かなかったのだ。

春色のシンプルなスーツを着た彼女は、長身の男女に挟まれて軽く首をすくめている。尚美の頭上で両側から喧々囂々（けんけんごうごう）やっているのは、〈アテナ〉の新人（ルーキー）ブルーノ・マルキアーニと、〈ミューズ〉の新人キワナ・エブエだった。自分と尚美も彼らの同期だから、ヒヨコばっかり四人集まったことになる。彼らの上司たちはおそらく結果を求めているのではなく、試しにちょっと行ってみろ、とでも言ったのだろう。

明確にこの件を担当させられているのは俺だけか、と健は吐息をつきそうになった。

三日前、〈権限を持った自警団（ヴィジランティ・ウィズ・オーソリティ）〉のオフィスで、上役のスコット・エングエモは目をぎ

ょろつかせてこう言った。

「ずいぶん悩んだんだが、お前抜きで進めるわけにはいかない案件だしね。タラブジャビーンとナオミには、事情を説明しておけよ」

健は、ＶＷＡとしてコンビを組んでいるタラブジャビーン・ハスバートルには事情を伝えてあったが、尚美にはまだ詳しいことを言い出せていなかった。あの手回しオルガンは曰く付きなのでＶＷＡも出張る、としか。

健は、ジャケットの胸ポケットに突っ込んでいたサングラスをかけた。各種センサーが仕込んであるＶＷＡの支給品だ。目当ての人物が現れない以上、彼女たちのやりとりをしばらく見物させてもらうしかない。

ブルーノとキワナは、手回しオルガンに近付くまでに言い合いをやめた。そして、今度はお愛想選手権でもやるかのように、競い合って派手な笑顔を作る。

尚美が渋い顔で一歩前に出た。

「先日お伺いしました〈アポロン〉の尚美・シャハムです。放映日が明日に迫りました。お変わりはございませんか」

放映というのは、情報番組の生放送のことだ。〈アフロディーテ〉創立五十周年に向け、〈アポロン〉の広報担当はじわじわとマスコミにＰＲ情報を撒きはじめている。今回の放映は、五十周年記念展のちょっとした先触れだ。黎明期を描いた絵とそのモデルの現在を並べて、この地に流れた月日を味わおう、という主旨を伝えることになっている。

番組はドキュメンタリータッチになるようだ。ピエール・ファロの絵画「新天地」は、科学分析室で調査と修復がなされているのでその作業を。モデルとなった少年は、年老いて身体が悪くなってもまだ街頭演奏を続けている様子を。この二本柱なら、〈アフロディーテ〉の技術力の高さを伝えるだけでなく、いかにもメディア好みの人間ドラマを演出できる、というわけだ。

「なんも変わりはないっすよ」アンディがそっけなく答える。「ちなみに、このオルガンを保護剤に突っ込むかどうかも棚上げのまんま。なあ、爺さん」

エミリオ爺さんがもぞりと上半身を動かしたので、車椅子が軋(きし)んだ。

「そうだな。放送局のために急いで決めてやることもねえし、おいらがおっ死んだあとに、アンディと相談してくれや」

黒檀のように美しい肌を持つキワナが、長身をかがめて静かに口を開いた。

「私たち、あなたが死ぬのを待つような気持ちでいたくないわ」

せっかく彼女が優しく言ったのに、ブルーノは力みすぎた。

「そうですとも。五十周年はもうすぐです。ピエール・ファロの『新天地』とその手回しオルガン、そしてお爺さんが揃ってこその記念展示なんですから、それまでは生きててくれないと迷惑です」

健は、今のブルーノを例に引いて、〈ダイク〉に物事の伝え方と言葉遣いについて教えたくなったが、後回しにすることにした。尚美がすかさず失言のフォローに乗り出したからだ。

「私たちが企画する展示は、サバーニさん抜きでは考えられません。黎明期を描いた絵と、その時のモデルの現在のご健壮を一緒に観覧できれば、素晴らしいですよね」

尚美は、肘で一発、ブルーノを突く。

「問題は、工芸部門と音楽部門の主張が異なっているという点です。〈ミューズ〉は、音楽を時代と共に常に流れるものと見做し、このままのパフォーマンスを望んでいます。〈アテナ〉は、先日もお話しした新しい保護剤で、手回しオルガンがこれ以上劣化するのを止め、工芸品としての価値を優先しようと考えています」

ハンドルを回しながら、アンディはオルガンのあちこちに視線をさまよわせた。ファサードの絵柄は剥げている。パイプの何本かにはひび割れの兆しがある。カートは見ての通りのガタピシだ。

「なあ、あんた。保存した場合は、新しいオルガンを手配してくれるって言ってたよな」

「予算内でしたら、お好みのものをご用意します」

「爺さん、ほんとこれ、悩みどころだねえ」

「あ、あの」ブルーノがポケットから小瓶を取りだした。「僕、今日は保護剤を持ってきました。大切な手回しオルガンがいかに完璧に保存されるかのテストをお見せしようと思って」

「ちょっと待って。私、聞いてないわよ」

尚美が慌てて抑えようとするが、ブルーノは肩をすくめながらも口上を続ける決意らしい。

健は、嫌な予感しかしなかった。

「絵画や工芸品に使ってきたこれまでの保護剤は、それぞれに短所がありました。一般的なワニスは少なからず黄変しますし、経年劣化のために塗り替えようとしてもペトロールなどのクリーナーが元の絵や塗装をまったく傷付けないというわけではありません」

ブルーノは、低いところにあるマロニエの花に手を伸ばした。房になって咲いている中から、一輪だけ摘まみ取る。雄蕊（おしべ）の長すぎる金魚草みたいな華奢（きゃしゃ）な形をしていて、いまにもほろりと崩れてしまいそうだ。

「描画剤も保護剤も剥離剤も、新しいものが無数に生まれましたが、万能だと言えるものは何一つ存在していません。歴史的にも、補修の折りには万全を尽くしたつもりだったのに、後の時代に、保存修復しないほうがましだった、と言われてしまうケースが多々ありました。よかれと思って直したフレスコやテンペラが補修材によって変色したり剝落したり。工芸品においても、修理したためにかえって欠点を目立たせる羽目になった例は数え切れないくらいです。しかし、〈アテナ〉の科学分析室が、現時点における最高の保護剤を開発したので……。こういう……」

　細長いブルーノの指先が花の軸を摘まんで、花を小瓶の中の液体へ浸し、すぐに引き揚げた。

「ほら、これでもう硬化してるんです。速乾性も抜群。元の素材の特性は保ちつつも、花びらはもう未来永劫、落ちたり枯れたりしません。保護剤が剝離することもありません。加速型進化分子工学（タイムマシン・バイオテック）での耐久テストでも、透明性を充分維持できています。ピエール・ファロのご遺族も油彩の『新天地』をこれで保存することに同意してくださいました。あなた方の手回しオルガンも、老朽化が進む前に保存することを、〈アテナ〉は強くお薦めします」

　にっかり笑ったブルーノが、アンディの目の前に花を差し出した。

　青年はハンドルから手を離し、花びらを一枚、引っ張ってみる。薄紙のような花びらはびくともせず、はずみで藥が軽く跳ねた。

アンディが反応を返す前に、キワナはわざとらしい咳払いをする。

「問題は、二つ」

「なんだって」

キッと振り返ったブルーノを無視し、キワナはアンディとエミリオ爺さんに語りかける。

「確かにこの保護剤は素晴らしいものです。素晴らしすぎて、なんと、何物にも侵されないそうです。つまり、保存した後は、何かの事情で修理修復が必要になったとしても、塗料は弾かれ、釘や接着剤も受け付けなくなる、ということ。仮に保存の方向で心を決められたとしましょう。今のおんぼろ……失礼、傷付いた状態で保存しますか？　この先、文句なしの修復法が見つかっても手を加えられないんですよ。では、そのファサードみたいに修理修復してから保存しますか？　シュナイダー&ブルーダー工房の優れた作品に、これ以上、第三者が手を入れていいんですか？　そんなのは、いくらお綺麗でも、ブランド品ではなくブレンド品です」

「いや、だから、工芸品としての保存という立場では」

言いかけたブルーノを、キワナは手荒に押しのけた。

「もう一つの問題は、現在では最高の保存法であっても、本当に未来永劫、芸術品が無事なのかどうかは保証できない、ということ。私だって科学分析室を信じていますよ。確かにタイムマシン・バイオテックも用いているし、日照や汚れをわざと与えて経年劣化のテストもしています。ですが、保護剤の成分が何百年か後に変質する可能性は否定できません。音色が違ってしまうという最悪の事態も考えられます。さっき、この人も、修復しなければよかった例を話しましたよね」

ブルーノは、ぐっと顎を引いた。

勝ち誇った顔のキワナは、余裕の笑顔で、

「私たち〈ミューズ〉は、その手回しオルガンを、使い潰すまで生きた楽器として扱っていただきたいと思っています」

と言い、あとは回答を待つ姿勢。

アンディは邪魔臭そうに老人へ花を手渡す。

「爺さん、どうする。どっちかに決めないと、ドキュメンタリーのオチが付かないってよ」

「まだ決めてない、で、いいだろうに」

〈アテナ〉と〈ミューズ〉が同時に大きな声を出した。

「駄目です、保護剤で〈アフロディーテ〉の技術力の高さを」

「生音と干物、〈アフロディーテ〉として真の芸術を提供するのなら、そもそも」

「おいらが思うのは――」

老人が口を開き、学芸員たちがぱくんと口を閉じて身を乗り出す。

エミリオ爺さんは、乾いた掌の上で小さな花を揺すっていた。

「この花、生きてていいのか、おっ死んでいいのか、きっと迷ってるだろうなってことだけだ」


「当然、保護剤の瓶は没収よ。あとから科学分析室へ返しにいかなきゃ。花を摘んじゃったことについては、〈動・植物部門（デメテル）〉に私からも謝っておいた。ほんとに、余計な手間を掛けてくれるわね。はしゃぎすぎの観光客ならともかく、学芸員が街路樹を傷めてどうすんのよ」

当然のことながら、尚美は不機嫌だ。〈アポロン〉庁舎内の職員専用カフェで、粉砂糖たっぷりのドーナツをばくばく食べている。

「様子を見に行きたいから付いていくだけって言ってたのに、なんなの、あの突然の理科実験。キワナもキワナよ。当事者の前で張り合うなんて、かっこ悪いったらありゃしない。〈三美神たち（カリテス）〉のルーキーはみんな、すっとこどっこいよ」

健は、紙コップを取り落としそうになった。

「……前から思ってたけど、君、なんで罵倒語が古いの」

口の周りを真っ白にした尚美は、ドーナツを持ったまま硬直し、みるみる顔が赤くなった。

「ほ、ほっといて！　私、お婆ちゃん子なの！」

がつがつがつ、と三口でドーナツが消えた。

彼女は手荒に紙ナプキンで口を拭き、健を睨みつけてきた。

「それで、あなたのことはなんて呼ぼうかしら。ボンクラ、とんちき、たわけ……」

「おいおいおい」

「だってそうじゃない。私がすごく困ってたのに、私服でお茶飲みながら見物してたなんて」

「俺は学芸員じゃないし、目立たないように私服で、怪しまれないようにお茶飲みながら、見物じゃなくて監視、してたんだ。あれも仕事だよ」

「そう言い張るんなら、そろそろ手回しオルガンにまつわる曰くとやらを教えてもらいましょうか」

健は、観念の吐息をついた。

「……〈ダイク〉」

「はい、察知しました」

音声出力をしたと同時に、〈ダイク〉は、尚美に直接接続された〈アポロン〉のデータベース〈記憶の女神(ムネーモシュネー)〉に資料を転送した。

内容をＣＬ(コンタクトレンズ)モニターへ映し出したらしく、尚美は細かく瞳を動かし始めた。

「いきなりプロフィール。誰なの。通称ジョージまたはジョー、六十八歳。私の母と同い年ね。なに、芸術絡みの詐欺師？　シュナイダー＆ブルーダー工房も手回しオルガンを盗られたんだ。被害届を出したけど、容疑者のジョーは行方不明。なるほど、それがエミリオの手回しオルガンかもしれないってことね。っていうことは、ジョーっていうこの人、十八歳でそんなことやってのけた計算になるのか。十六年前にやっと本名が突き止められて」

そこで、尚美の顔色がさっと変わるのを、健は確かに見た。

「なによ。ほんとなの？　兵藤丈次(じょうじ)って……」

「そう。俺の叔父さん」

軽く聞こえるよう肩をすくめながら言ったのだが、尚美の表情は硬いままだった。

キー、キーック。キーキック、キーキキー。

夕暮れにブランコの音が二つ。タイミングがずれているので、複雑で不思議な音楽のようにも聞こえる。

「あのさ。叔父さんはどうして父さんと仲が悪いの」

丈次はいつも、二十世紀半ばに流行ったような真っ白のスーツで健の前に登場する。さっき、小学校の前で待ってくれていた時も、あまりにも目立つので他の生徒がじろじろ見ていた。

今回のお土産は緑青の浮いた銅貨で、海の底から引き揚げられたものらしい。前に会った時は掌に載るサイズの仏様の頭で、その前は金色の線で繋ぎ合わせてある分厚いガラスの小函だった。

健は、この銅貨もまた、父親に見つかって取り上げられるかもしれないと恐れて、質問してみたのだった。

公園のブランコを鳴らしながら、丈次は空を仰いだ。

キーキキー、キックキー。

「そうだなあ。兄貴が警官だからかなあ」

そして、にやっと笑って見せ、

「俺のほうは兄貴のことが好きなんだけどね」

と言った。

前に会った時に比べて、鼻がずんぐりして垂れ目になっていた。丈次が整形を繰り返すのは、悪いことをして逃げているかららしい。けれど健は、父の説明をあまり信じていない。だって本当の悪人なら、幼い甥が自分を見分けられるように毎回白いスーツを着て現れるなどという危険は冒さないだろうから。

キーキ。ガチャン。

ブランコの鎖が、何かを吹っ切るかのように鳴った。

「じゃあ、そろそろ行くよ。また会おうな、健」

やっぱり父に取り上げられてしまったあの共和制ローマ時代のアス銅貨は、今どこにあるのだろう。好事家（こうずか）の金庫、研究室、美術館、博物館。もしかしたら〈アフロディーテ〉に来ているかもしれない。学芸員なら〈ムネーモシュネー〉にこっそり質問できるのに。

「ねえ、〈ディケ〉、当時の公共監視カメラ映像はこれだけなの？」

尚美の声で、健ははっと現実のカフェに引き戻された。

「無名時代のピエール・ファロと十代のエミリオ・サバーニのやりとりは、きっと番組スタッフも嗅ぎつけるわよ。他にもあるならチェックしとかなきゃ。ここのところも釘を刺しておくべきね。面倒なことに巻き込みたくない、なんてセリフ、公にできない」

「その面倒っていうのが、きっと叔父さんのことだ」

自嘲気味に笑ってみる。

その時、〈ダイク〉が尚美にも聞こえるように音声出力で短い警報を鳴らした。

「エミリオ・サバーニに、テオ・シュナイダー一行が接近しています」

「よし。すぐ行く」

立ち上がりかけた健に、尚美が訊いた。

「テオって？　シュナイダーということは」

「そう。手回しオルガン工房の跡継ぎ。ちなみにボンクラ。って、なんでお前も立つんだ」

「一緒に行くわ。どうせ、オルガンを取り返しに来たんでしょ、放映されるほどの価値が出たんなら、って。二部門調停のさなかに、トンビに油揚げをさらわれるようなこと、されてたまるもんですか」

はあ、と健の身体が一瞬脱力した。

「天下の〈アポロン〉学芸員ならさあ、せめて、漁夫の利を占められるとかって賢い言い方しろよ」

いーっ、と尚美は歯を剥いた。

VWAの三人乗り車両に赤と黄色の緊急色の光を出させ、健と尚美は自動運転でホテル街の外れへ向かう。サイレンは鳴らしていない。発光も近付いたら止めるつもりだった。番組収録前日にようやく顔を出しに来たテオは、おそらく小心者。サイレンが聞こえたら逃げてしまうかもしれない。

三年前にピエール・ファロが亡くなった時、彼の代表作として「新天地」が繰り返し報道された。テオは描かれているのが自社の古い手回しオルガンだと知り、騙し取られた当時の被害届を証拠に、強面(こわもて)の代理人を立てて楽器を返還するようエミリオ爺さんに迫った。

詐欺にも窃盗にも時効があって、とっくに切れている。けれどテオと代理人は諦めずに、過去五回、エミリオ爺さんを訪ねて来た。空港のカメラで映されたテオは、常にいい服を着て背をかがめている。毎回ぴったりと付き従っているのが、北欧系のがっちりした大女、折衝担当代理人のヴィルマ・マデトヤ。

「この代理人、何回見てもすごい体格だな。熊みたいだ。きっと格闘技か何かやってるんだな」

「ヴィルマ・マデトヤには、注意してください」

車の中で記録を確認している健と尚美に、〈ダイク〉は警告した。

「前科があるのか。どんな？」

「守秘義務があります。罪状が軽微で、社会復帰も果たしているので、先入観防止条約により詳しいことはお伝えできません」

「またそのパターンか。ほんと、いつもいらいらさせられるね。昔の警官はなんでも掘り出せたのに。じゃあ、質問を変える。再犯可能性はどれくらいだ」

「過去と同レベルの罪を犯す可能性は、約四十八パーセントです」

健は少し首を傾けて、空港到着時の映像を見つめ直し、内声（ないせい）で語りかけた。

——〈ダイク〉にはテオがどんなやつに見える。

——顔貌分析法、日常動作心理学、瞳孔収縮度などから推測すると、優柔不断で控えめな性格だと考えられます。

——俺もそう思うよ。時効が成立しているのにしつこく食い下がる男には見えない。

——ビッグデータ内の不確実情報によると、テオは、ヴィルマ・マデトヤが所属するグループに個人的な借金をしており、弱みを握る彼女たちに手回しオルガン奪還をそそのかされていると予測できます。テオとヴィルマの動作分析からも、テオが彼女を恐れている、つまり手下として使われている、と推測できます。

——じゃ、もう一つ質問。彼らがもし本当にエミリオ爺さんのオルガンを取り返したらどうなる。

——私人が司法を介さず実力を行使して奪い返すのであれば……。

——OK、OK。教科書通りの答えだな。安心した。何かあったときにはそれを切り札に使うぞ。

——了解しました。

健は薄く笑う。

——〈ダイク〉。借金の情報を見つけて仮説の裏付けをしたのは、膨大なデータを扱えるお前ならではだな。感心した。

——恐れ入ります。

——今のなら、人間の勘に引けを取らないよ。感じる心が未発達でも、瞬時にデータを活用して人物パターンがどうであるか語れるなら、それはお前の勘というものだ。ブラックボックスの中は、機械が詰まっていようと、とんがり帽子のこびとさんが働いていようと、出てきた結果が同じならどっちでもいいんだ。

〈ダイク〉は、一秒ほど黙った後、

——はい。私の勘をいっそう磨き上げられるよう、努力します。

と、神妙に返した。

健は、〈ダイク〉に悟られない意識レベルで、そっと付け足した。

お前の勘では、兵藤丈次は悪人なのかい、と。

助手席の尚美は、口元に握り拳を作って二人の姿を凝視している。

「〈ディケ〉は、テオたちがサバーニさんと話している画像は持ってないの？　脅しの現場とか」

「小悪人どもはビビリだから用意周到。街頭監視カメラを避けて、いつも爺さんのアパートメントに押し掛けてたんだ」

「なるほどね」

〈ダイク〉が口を挟んできた。

「健。テオ・シュナイダーが、仕舞い支度のアンディ・ジブソンに接近していきます。監視カメラの映像はどこに出力しますか」

「F（フィルム）モニターに」

「了解しました」

健はリストバンドの中から薄いフィルムを出し、目の前に広げた。

フェスティバル期間中でもない限り、ホテル街での大道芸は夜八時まで。酔客の投げ銭を考えれば夜中まで居座りたいところだが、騒音規制は厳しい。

オルガンパイプを覆う観音開きの飾り扉に掛け金をかけ終えたアンディが、カートの把手を摑もうとしたのを見計らって、テオが遠慮がちに声を掛けた。

「あのう」

仕立てのいいピンストライプのスーツに、気弱そうな表情。一見して、甘やかされて育ったお坊ちゃまだと見て取れる青年だ。

エミリオ爺さんが、ちろんと目を上げた。

「なんだ、おめえ、また来たのか」

「はい、そうなんです。すみません」

間抜けた返事をして、テオはうなだれた。

アンディが、腰に手を当ててのしかかる。

「懲りないなあ。時効って単語、知ってんでしょ」

「あ、はい。でも、製造番号も届け出たものと同じですし、盗られっぱなしというのも」

「いいっすか。爺さんはコレをもらったんすよ、ジョーって男からさ。詐欺だろうが盗みだろうが、こっちには関係ないっすよ」

「知ってます」

テオは小さな声で言ってから、勇気を振り絞るかのように一歩前に出た。

「今回はそうやって言い逃れられないように、ずいぶん調べたんだ。お爺さんがここへ来られたのは、ジョーの手引きだったんですってね。しかも胸を張って合法とは言えない手段だった。それで、地球へ送還されそうになった時に、ジョーが僕たちから騙し取っていた手回しオルガンをあなたに与えて、大道芸人としてここにとどまれるようにした。違いますか」

エミリオがしわがれた声で、「そうさ」と呟いた。

白いハンカチで顔の汗を拭いながら、テオは虚勢を張る。

「ぼ、僕は、滞在中の放送局スタッフにそれを伝えることができます。有名な絵のモデルになった少年が、密入国まがいの方法をとっていたというのは、彼らにとっておいしいネタになるでしょうね。『新天地』というタイトルも、不良少年の逃走先、というふうに解釈が変わってくるかもしれない」

健は、その時ようやく、テオの声を生で聞くことができた。

車を離れたところに置いて歩き、ちょうど近付いたところだったのだ。学芸員然としたスーツ姿の尚美は、話がややこしくなるから車の中で待たせてある。斜め向かいの庶民的なホテルの玄関口で、ヴィルマが筋肉を誇示するかのような腕組みをしてこちらをちらちら窺っているのが判っていたからだ。

エミリオ爺さんは、低い声を遣った。

「ピエールにゃ、おいらの打ち明け話をしちゃいねえ。あいつはもうおっ死んでんだ。墓に泥を塗るような真似をするなや」

「それはあなた次第です、お爺さん」

「失礼。今のは脅迫でしょうか」

健は、満面の笑みでそう声を掛けた。

ぎょっとして振り返ったテオは、私服の健を眺め回した。

「何ですか、君は」

「ただの通りすがりのVWAです」

えっ、とテオが後ずさりする。

健は、もう一度にっこりと笑った。

「今の会話を簡単に言うと、ブツをよこさないと過去をバラすぞ、ということですよね。どうしたって脅迫に聞こえますが」

「いや、それは」

テオの視線が安宿のほうへ泳いだ。

視線を送られたヴィルマは異常を察知したようだが、追い払うような手つきを面倒臭そうにしただけで助け船を出そうとはしなかった。

「なかなか薄情なお仲間ですね」

「あの、僕は」

健は、どぎまぎするテオに向け、今度は真面目な顔をした。

「テオ・シュナイダーさん。実は、通りすがりでもなんでもなく、あなたたちのことは調査してきました。お立場は理解しているつもりです。こっちも制服じゃないし、このまま穏便に済ませればと願ってます。シュナイダーさん、法律の知識は？」

「時効になっていることは知っています」

「そうですか。では、自力救済の禁止、という文言はご存じですか」

「救済が……禁止？」

「自力救済、です。司法で解決できないからといって、自分が手を下してはならないのです。実力行使でもしようものなら、あなたのほうを捕まえなければならなくなります。シュナイダー＆ブルーダー工房は、ジョーに脅されてオルガンを渡したわけじゃないですよね」

「騙されたと聞いています。詐欺に遭ったんです」

「今、確かに詐欺と言いましたね。だったらなおさら、何も知らずに手回しオルガンを受け取った特定承継人であるエミリオ・サバーニさんに、返還を求めることはできません。あなたのお仲間が実力行使してしまったら、もちろん、お仲間のほうを捕まえます」

「だったら、……僕はどうすれば」

健は、ふう、と息を吐いてから言った。

「ジョーの詐欺が許せない気持ちと、そこにつけ込むあの女性の組織から逃げたい気持ち、どちらが重いかを考えてください。もしも後者であれば、弁護士やＶＷＡが力になれますよ」

テオの身体が一回り小さくなった気がした。やっと緊張が解けたのだろう。

「ありがとう……ございます」

ほどなく、〈ダイク〉に呼んでもらったタラブジャビーン・ハスバートルが、別のＶＷＡ専用車両でものものしくやってきた。ヴィルマはいつの間にかいなくなっている。逃げ足の速い雌熊だ。

車に乗り込みかけたテオが、ふと、振り返る。

「お名前、うかがっていいですか。通りすがりの振りをした私服のＶＷＡ、では事情聴取の時に面倒なので」

健は、ぐっと詰まった。

一度瞑目し、やがて笑みを作り、はっきりと発音する。

「ケン・ヒョウドウです」

背後で、エミリオ爺さんが「ヒョードー」と呟き返すのが聞こえた。

叔父は、〈アフロディーテ〉への入管手続きをうまくやってやれなかった少年に、誠意の証として本名を明かしていたのだろう。

あの人らしい、と健はひそかに苦笑した。


使いっ走りのテオの安全は確保した。ヴィルマの組織はもう彼に手出しできないだろう。

だが、健は気が晴れなかった。

ヴィルマ・マデトヤは、まだ地球行きシャトルの搭乗チケットを手配していないのだ。便利な手下を失った腹いせに、なんらかの巻き返しを図る怖れがある。例えば、ジョーが叔父であることを突き止めて、自分に矛先を向けてくるとか。

車に戻ると、尚美が科学分析室からの呼び出しを受信していた。

修復作業中の「新天地」と他のピエール・ファロ作品を、明日の生放送用に仮展示したので確認してほしいということだ。マスコミ対策は〈アポロン〉の管轄で、本来のPR担当者はスタッフと打ち合わせ中だった。

尚美は、当然のように健に同行を求めた。健のほうから見せてくれと言うはずだったのが、先を越された形だ。

「新天地」は、エミリオ爺さんたちの演奏場所から一番近い小規模美術館、〈プティア〉に運び込まれていた。アキレスの故郷の名を戴くその施設は、〈アフロディーテ〉管轄の美術館というよりは、広めの画廊という趣だ。

陽気な館長に手続きをしてもらって展示室の認証鍵を開け、中に入ろうとした瞬間、尚美がぴたっと立ち止まる。

「あー、了解。点検したらすぐ行きます」

どうやら〈ムネーモシュネー〉から連絡が入ったようだ。尚美は珍しくすまなそうな顔で健を見上げた。

「撮影クルーと意見が合わないみたいで、呼ばれちゃった。私、展示方法に問題がなければ向こうへ行くけど、あなた、どうする？」

「よければゆっくり見てていいかな」

「判った。あなたは少し残るって館長に言っとく。出る時は、館長に声を掛けてちゃんと閉鎖していってね」

展示室は体育館の半分ほどの広さで、絵画は両側の壁にだけ並べてあった。

入るやいなや、尚美は駆け足で壁面に向かう。

「〈ムネーモシュネー〉接続開始。〈喜び（エウプロシュネー）〉、ゲートオープン。並べたのは誰？　繋いで」

彼女は、自分の上位データベースから〈アテナ〉専用の〈エウプロシュネー〉への接続を命じた。声に出ているのは、同じ直接接続者の健しかいない気安さからだろうか。健自身も含めたルーキーは脳内接続にまだ不慣れで、発音したほうが考えを明確に伝えられる。今みたいに気が急（せ）いている時はなおさらだ。

ハイヒールをカツカツ鳴らしてぶつぶつ呟き続ける尚美から離れ、健は入り口近くの小品から見ていこうと思っていた。

しかし、最初の絵を鑑賞しようとした瞬間、柔らかな音が聞こえた気がした。

ぷぱらーぱ、ぽうぽー、ぷぴぷぽーぽ、ぽーぽー。

もちろん手回しオルガンの音は幻聴だ。入室する時に目の端に「新天地」が映り込み、自分の脳が勝手に鳴らした音楽だ。その証拠に、朝方聴いた曲がそのまま再生されている。

ぷうぽっぽ、ぱあぷっぱ、ぷらぽぽらぱ、ぱろろんぷう。

ぷうぽっぽ、ぱあぷぴぴら、ぷらぽぽらぱ、ぱろうぱう。

速く歩くと音が消えてしまう気がして、健はゆっくりと一番奥に掲げられた「新天地」へ近付く。

それは、とても清廉な絵だった。

横二メートルほどのキャンバスに、明るい色彩が躍っている。VR的に同サイズの資料を見ていたが、実物の訴求力は桁違いだった。

背景は見慣れないホテルの入り口。この五十年で建て替えられたのだろう。ホテルや歩道を描いた絵の具は表面が滑らかに整えられ、その艶が明度の高さをいっそう引き立てている。

ぷうぱらぱら。

皺深いエミリオ爺さんも、若い時にはこんなに丸顔だったんだなあ、と健は頬が緩んだ。

中央の少年と手回しオルガンは、背景とは違い、ざらついた加工で描かれている。そのため、彼だけに生気のあたたかさが宿っていた。

ぽうぽうっぷ、ぽうぽー、ぽーぷー。

薄青い空の下、少年はオルガンのハンドルを回す。

キャスケットのツバを上げ、はにかんだ、しかし誇らしげな顔で、上のほうを見ている。

真新しいけれどどこか冷たい建物の前で、ほんのりと頬を染めた彼は、柔らかい音の楽器を歌わせる。植物模様を描いた手回しオルガンは、彼の動きにつられ、息を吸い、息を吐き、ブックの切り込みの隙間から、ぽうう、と喜びの声を上げる。

ぷうぽっぽ、ぱあぷぴぴら、ぷらぽぽらぱ、ぱろうぱう。

音は光と共に少年を取り巻き、渦を成して彼の視線が示すところへと舞い上がっていた。薄い青色の空。真新しい世界の空。

眼差しには、時間とか、夢とか、理想とか、言葉にすると安っぽくなってしまうものが青臭い熱量となって籠められていた。

ぱぷーぷら、ぽーぽるぽう。

それは空を抜け、額縁を越え、時空を貫き、迷うことなく一直線に健へと届く。

聞こえますよ、ピエールさん。

健はそっと呼び掛ける。

俺は芸術がなんたるかは知らないけれど、あなたが表したかったものは、確かに受け取りましたよ。

指を伸ばしかけて、健は慌てて引っ込めた。これは修復作業中。保護剤で覆われていない。触ることはできないのだ。

まだ澄まし顔だった〈アフロディーテ〉に、少年と木の笛の音がどれほどの和みを与えてくれていたかを、ピエールは記録したかったのだと思う。粗末な格好をした少年の目をきちんと上へ向かわせることができる新天地の晴れやかさを、そしてその風景を適確に描写できる画家自身の誇りと期待も、絵の具に託したかったのだと感じる。

健は、少し危ぶんだ。

これが保護剤で覆われてしまうと、五十年前の大気に触れた絵の力が弱まってしまうのではないかと。

このキャンバスの向こうにいた少年の身体から発散したもの、布目を通り抜けていった音楽、若き画家が直接触れた表面。まだそれらは物理的に健と繫がっている。彼らの一部、比喩的に表現するならば「成分分子」とでも呼ぶべきもの、は、自分と直に触れあうことができている。美術ファンたちが肉筆画にこだわってはるばる美術館に足を運ぶのは、複製にはないそういう力を求めているからだ。

けれど、そこに揺るがぬ覆いができたら。見掛けは何も変わらなくても、〈アフロディーテ〉開設時の空気は、容赦なく現代と遮断されてしまうのではないか。

ぽうぽうぷる。

大丈夫だよ、と絵が囁いた。

生きてていいのか、おっ死んでいいのか、絵画は迷ったりしないから。色と筆致、モデルと大気と音。画家の気持ちをそのまま守っていけるなら、上等のワニスでも新しい保護剤でも価値は同じだよ。絵の具の厚みまでもを再現できるのなら、複製でも遜色ないのかもしれない。

だって、印象は、鑑賞者の経験から引き出されるんだから。

絵を見る。

手回しオルガンの音を耳にしたことがない人も、過去に聞いた似たような優しい音を思い浮かべることができる。似た経験があるから。

モデルの少年には、十代の自分の昂揚した気分を重ねて見ることができる。昔の思い出があるから。

今のこの思考だって、自分の……。

「〈ダイク〉」

と、健は声に出して呼び掛けた。

自分の声が、広い部屋にこだましていった。

いつの間にか尚美はいなくなっている。

「俺の考え、拾えたか？」

確認する間を取ってから、〈ダイク〉は、

「いいえ。意識レベルが低かったので。ほとんど夢を見るようなレベルでしたから」

と、申し訳なさそうに音声で答えた。

健は、ロマンチストの〈アポロン〉職員を思い出して照れ臭くなる。

「芸術鑑賞ってさ、警官の勘と同じじゃないかな。絵に対する印象は、積み重ねてきた自分の内なるものから生成されている。人物に対する印象も、積み重ねてきた思い出や経験やデータベースの情報から勘付く。だとすると、いずれお前も芸術が理解できるようになるかもしれないね」

「そうかもしれませんね」

教育を始めたばかりの情動型データベースは、警察業務以外の話に対し、気のない返事をした。

次の日の朝、尚美はよろよろした足取りでホテル街の外れに姿を現した。

制服姿の健は、彼女の憔悴（しょうすい）ぶりに呆れて声を掛ける。

「どうしたんだ。昨日と同じ服だな」

「殴るわよ」

「え、もしかして男と外泊」

横っ腹を殴られた。

「違う。徹夜よ、徹夜。なんで放送局の人って、この期に及んで新しい要求やら申請やらを出してくるわけ？　鉄面皮(てつめんぴ)なの？　ノータリンなの？」

寝不足で凶暴になった尚美とは、あまり関わりにならないほうがよさそうだ。健は、手回しオルガンの扉を開けているアンディに身体を向けた。

アンディは、健よりも先に口を開いた。

「爺さんは、話してくれなかったっすよ。いいんすけどね、ＶＷＡのファーストネームの何が気になったかなんて」

エミリオ爺さんは、車椅子の上で、ぷいっと顔をそむけた。兵藤がジョーの苗字だというのはアンディに語られていないようだ。

「まあ、爺さんの番組が無事に放送されたら、それで御の字っす」

ブックをセットし終えたアンディは、昨日よりも気合いの入った顔でハンドルを回し始めた。

優しい音で構成されたうきうきするポルカが、ぷんがぷんがと街路に流れる。

「どうっすか、爺さん。サービスして歌ってみたら」

車椅子から厳しい視線が飛んだ。

「おいらは、お前の演奏じゃ歌わねえ」

アンディは、はいはい、と勝手に曲を続ける。

眉間に皺を寄せたままの尚美が、その時ひとつ頷いた。

「放送局が来ます。街並みを撮しながら歩いて移動し、あと五分で角を曲がってくる予定です」

――〈ダイク〉。ヴィルマはどうだ。

念のために健は訊いた。

彼女は、昨夜のうちに斜め向かいのホテル〈七つの門〉にチェックインしていた。健たちのいる通りに面した三〇七号室の近くには、タラブジャビーンらVWA三人がいて見張っているが、部屋の中はプライバシーが保護されていて様子が判らない。

――屋外からの〈虫〉による監視映像では、彼女は窓際で番組のリアルタイム配信を見てます。

お宝を手にできず怒り心頭であろう彼女。銃火器を持ち込めていないのは確認してあった。しかし、生放送中に大声で何か叫ばれたら面倒だ。

健がタラブジャビーンにそう伝えようとした時。

七つの門ホテルの窓が素速く開いた。

三階、と目を見開いた健が人影を確認すると同時に、しゅっと何かが投げられた。

握り拳大のそれは、歩道に当たってガツッと硬い音をたてる。

「石だ！」

――〈ダイク〉、窓を閉めろ。

――低層階は手動オンリーです。

石つぶては次々と飛んでくる。

――「ケン。部屋のドアが開かない。何か細工してやがる」

タラブジャビーンの声が、〈ダイク〉に中継されて頭の中で響く。

健は銃を抜いた。しかし、石の攻撃を避けるのが精一杯で、ルーキーのＶＷＡはなかなか窓に麻痺銃(パラライザー)の狙いを付けられなかった。

「あっ」

エミリオ爺さんを庇っていた尚美が鋭く叫ぶ。

「オルガンが！」

石がオルガンにヒットしてしまった。アンディが押さえたのでカートは倒れなかったものの、パイプの一本がぽきんと綺麗に割れ、地面に落ちた。

それが目的だったのだろうか。投石がやんだ。

健は混乱していた。ヴィルマはなぜこんなことをしたのだろう。テオを保護されてしまった腹いせだとしても、自分が捕まるのを承知で派手な真似をするだろうか。

――「よし、ヴィルマ・マデトヤを取り押さえた。撮影が終わるまで、ここでいじめておいてやる」

タラブジャビーンの報告は、尚美にとって安心材料とはならなかった。

「キワナ、来て！」

パイプを拾い上げながら大声を放つ。

ワンブロック先から、〈ミューズ〉の直接接続学芸員が走ってきた。放送局の演出で、どこからともなく現れて手回しオルガンの解説をする手筈になっていたのだ。

「どうしよう。割れ口は綺麗だけど、直す暇なんかないわよ」

彼女は壊れたオルガンを一目見るなり、ひどい、と身を強張らせた。

「なんとかならないの？」

キワナはあたりを見回した。

「こんなホテル街に補修材があるわけない」

「普通の接着剤でもなんとかなるんじゃない？」

「バカなこと言わないで。音も工芸価値も両方なくなっちゃう」

「だって……ああ、カメラが近付いてくるみたい。あと二分」

エミリオ爺さんは、観念したように車椅子に深く沈み込んだ。

アンディは悲しげな顔をして、老人の肩に手を置く。

せっかくの晴れ舞台だが、健はどうすることもできなかった。

「あるわ！」

急に尚美が元気づく。

「ここに、完璧なのが」

彼女はポケットから取り出した小瓶を目の前に掲げた。

科学分析室自慢の保護剤。徹夜で、着替える暇すらなかったのが幸いしたのだ。

「サバーニさん。キワナはオルガンの専門家ではないので、少し音が変わるかもしれませんが」

尚美が老人に確認の呼びかけをする。

エミリオ爺さんは、うんうん、と二度頷いて、

「頼むよ。ピエールとジョーのためだ」

と、言った。

「ジョー？」

尚美は怪訝そうだった。いくらオルガンをもらったからといって、詐欺師のためなどというセリフが出てくるのが釈然としないのだろう。

「ナオミ、ここ、押さえて。速乾は歪むと取り返しがつかない」

キワナに命じられ、尚美は慌てて手伝いに専念する。

健はアンディと一緒に、ちらばっている石を大急ぎで片付けた。

青年が手回しオルガンのハンドルに手を掛けたのは、放送局のスタッフが通りの角から姿を現す一瞬前だった。

ぷら、ぺら、ぴいぽうぷー。

ほっとするというよりは、ぽかんとしてしまうほど穏やかな音だった。

映り込まないように退散する健の耳に、ポルカのリズムに絡んだ老人の嬉しそうな独り言が聞こえる。

「また一つ、いい傷ができたな」

尋ね返したかったが、もちろんそんな余裕はなかった。

その日の午後。〈アポロン〉庁舎、健と尚美の報告を聞いていた田代孝弘は、点けっぱなしにしていた録画映像のほうへ意識を集中した。

軽快なポルカの音をバックグラウンドに、エミリオ・サバーニが語っているところだった。

「保存してもらえるのは、ありがてえこった。けど、それはおいらが施設に入るかおっ死んでからにしてもらいてえんだよ」

健は、こんなに活き活きと話すエミリオ爺さんを初めて見た。

「このオルガンには、おいらの手垢と一緒に思い出がいっぱい付いてる。傷を見りゃ、あの時はこうだった、こっちの時はああだった、ってまざまざと思い出すんだ。保護剤とやらを使っちまったら、もう傷もなんも刻まれねえ。思い出すよすがが増えねえ凍りついたみたいな余生ってのは、これからどんだけ生きるか判んねえが、ちっと寂しいと思ってよ。だが、ひとつ名案がある」

健は、老人がにやりと笑うところも初めて見た。

「この若いのに新しい楽器をやっちゃもらえねえだろうか。そしたら、おいらはこの相棒と一緒に静かに引退だあな。おいらやこのオルガンに会いに来てくれるお客もいるから、まだまだ部屋には引っこまねえが、少なくともこれ以上、オルガンが演奏で傷むことはねえ。若造コンビの横で、静かに展示物になってやらあ。ちっこい傷はこれからも付くだろうが、フイゴをぶーぶー動かすよりは保つだろうよ」

エミリオ爺さんは満面の笑みを浮かべ、傍らに立つキワナは狼狽を隠し得なかった。

孝弘は、くっくっくっ、と笑っている。

「生放送でずいぶん大きな爆弾を仕掛けてくれたね」

尚美が吐息で返事をする。

「とんだ食わせ物だと、よく判りました」

やっと着替えられた彼女のスーツの襟には、ブルーノから譲り受けたのか、あの日の花がかわいいブローチに加工されて付いている。

「でもまあ、〈ミューズ〉に言わせるとやっぱり音が悪くなっているようだし、いい妥協点だと思うよ。アンディの演奏もうんとうまくなるはずだしね」

「え、どうしてですか」

きょとんとする健に、孝弘が予測の理由を語る。

「アンディの回し方が一本調子なのは、あれが自分の楽器じゃなくて、自分はサバーニさんの代理にすぎないと心の隅で感じているからだと思うよ。サバーニさんが彼にまったくアドバイスしないのも、きっと同じ気持ちだからじゃないかな」

「なるほど」

老人が、お前の演奏では歌わない、と言っていたのを思い出す。

「だから、アンディが新しい楽器を手に入れたらやっと、サバーニさんは、自分の相棒にいい傷を刻んでいけるよう、自身がもっと人生も演奏も楽しめ、と教えると思うんだ」

尚美が渋い顔をした。

「あの人、歌、下手そう」

孝弘は情けで、否定も肯定もしなかった。

憧れの上司をくすっとさせることに成功した尚美は、そういえば、と健のほうに顔を向ける。

「ヴィルマは、なぜあんな乱暴なことをしたの。まさか、捕まりたかったとか？」

「何もしないで空手(からで)で帰るより、抵抗した証明をしておいたほうが、組織に対して面子(メンツ)が立つんだって、タラブジャビーンが教えてくれたよ。ああいう手合いは犯罪歴で箔(はく)を付けようとするから、捕まるのなんて勲章みたいなもんだね」

「ああ、やだ。で、ジョーの行方はまだ判らないの？」

うん、と健が頷くまでに刹那(せつな)のタイムラグがあった。

きーき、きっききー。

頭の中に甦るブランコの音。

きっくきーきー、きー。

それは、生放送終了直後の車椅子の音にすり替わる。

放送局のカメラが去って健がオルガンのもとへ戻ろうとすると、エミリオ爺さんが古い車椅子を軋ませながら、自ら健のほうへ近寄ってきたのだった。

彼は、皺だらけの顔をいっそうくちゃくちゃにして、細めた目で健を見上げた。

「お前さんはジョーの？」

「甥です」

エミリオ爺さんの瞳が底光った。

「あん人を捕まえるのかね」

気圧(けお)された健は、慎重に言葉を選んだ。

「そのつもりで〈アフロディーテ〉への赴任を希望しましたが……。まずは、話をしたいと思っています」

ききっくきー。

車椅子を鳴らして、エミリオ爺さんはさらに健に近付いた。そして、素速く周囲を窺ってから囁く。

「ジョーは、おいらにくれたオルガンを壊した」

「えっ」

と、声を上げた健に、彼は、まあまあ、と掌を立てる。

「画家の兄ちゃんがデッサンを終えて地球に戻った後さね。しばらくして、ジョーがアパートにやってきた。入管不備のお詫びのつもりでやったオルガンが、別の騒動の種になりそうだ、と謝ったよ。あん人は、ピエール・ファロが絵を仕上げつつあるのを、なんでだか知ってた。情報通ってやつさね。で、面倒が起きる前に、と、おいらのオルガンのファサードの隅っこを、いきなり折ったんだ。びっくらこいたねえ」

エミリオ爺さんは、ひゃひゃひゃ、と笑った。

「そんで、直してもらえって言った。ついでに塗装もやり直せって。何のことか判らないと言ったら、焼き物の話をしたさ。わざと傷を付けて価値を下げるって。ハギヤックとなんとか」

「ああ、萩焼」

健は、叔父が萩焼の例に倣（なら）ったのだと理解した。日本の陶器である萩焼は、藁灰（わらばい）質の白濁釉（ゆう）をかけた独特の肌合いを持ち、藩の御用達であったために庶民は使えなかった。そのため、高台（こうだい）にわざと切れ目を入れ、キズモノと称して売ったらしい。

きー、きっくききっー。

「修理も塗り替えもお客にゃあ不評だったが、元の持ち主は傷が入ったと知ったらしく、先代さんはほとんどほっぽらかしだった。おまけに、展示品として召し上げられたりもしなかったさ」

エミリオ爺さんは、懐かしそうに空を見上げる。

「甥っ子さん。おいらは、あん人がいい人か悪い人かなんてどっちでもいい。ただ、おいらにとっては、面倒見のいい誠意ある人だったってことを、あんたにゃあ言っておきたかった」

用は済んだとばかりにさっさと遠ざかる車椅子を、健は無言で見送った。

手回しオルガンの笛と、車椅子の軋みと、幻のブランコの音。

時空を越えた音たちが絡み合って、頭の中で鳴り響く。

あの時、ブランコに乗った叔父は上を見ていた。新天地の少年のように。

悪い人かどうかは、勘で判る。そしてその警官としての勘は、叔父に対してはうまく働いてくれない。

〈ダイク〉に、経験が邪魔をしてしまうこの不可思議さをどう教えたらいいのか。

健は窓越しに、午後の明るい空を見上げてみた。

芸術の周囲に叔父が跳梁していているのなら、きっといつか巡り会えるだろう。今回だってニアミスだ。

きーき、きっききー。

あのアス銅貨はどこにあるのか。もう一度しっかり見つめ直したいのに。

Ⅳ

オパールと詐欺師

F（フィルム）モニターに映っているのは、威圧的な小部屋だった。

重々しいクルミ材のテーブルと椅子が四脚。壁にはシンプルなアナログ時計。机の上には白無地のカップ＆ソーサーが四客。あるのはそれだけだ。

独房のような閉塞感を感じる。

宝石店の商談室はみんなこのようなものなのだろうか。兵藤健（ひょうどうけん）には縁のないところなので、比較のしようもなかった。

〈権限を持った自警団（ヴィジランティ・ウィズ・オーソリティ）〉の一員として狭いところでの格闘訓練を受けているが、みっちり四人が座っているこの状態で何か起きたとしたら、うまく対処できる気がしない。

部屋の監視カメラに背中を向けているのは女性二人で、老年の太ったほうは絨毯のような花柄のスーツを着ている。左側に座ったもう一人の若いほうは、茶色の髪が長く、白カッターにジーンズというラフな格好だ。

「私の祖母の形見なんですのよ」

スーツの老女が、色褪せた紅色の指輪ケースを取り出しながら上品な言葉遣いをした。

「この子が、オパールをペンダントにしたいと言うので、もう譲ってもいいかしらと」

「そうでございますか」

にっこりと笑った対面の男は、いかにも宝石商らしい生真面目な濃紺の背広を着ていた。胸のポケットチーフの白さが眩しい。

指輪ケースを開いてそのまま眺める。ケースの蓋が邪魔で明確には判らないが、指輪に鎮座しているのは乳白色を基調としたオパールだ。

「そうですね、このリングのデザインですとリフォームをお勧めいたします。オパール自体は、綺麗な斑が入っておりますし、かなりいい品だとお見受けします。周囲のダイヤは、五つとも等級が高そうですね。まずはスキャンさせていただいてよろしいでしょうか」

「ええ、もちろん」

老婦人が答えると、男は隣に座った別の男に目配せした。ピンストライプのダブルを着こなした男は滑らかに立ち上がり、濃紺背広の男の後ろをすり抜けて、画面の右手にあるドアを開いた。

「なあ、これ、早送りしていい？」

健はFモニターをぺらぺら振って、隣の席でうつろな瞳をしている尚美（なおみ）・シャハムに訊いた。

CL（コンタクトレンズ）方式で映像を見ていた彼女は、すっと目の焦点を現実世界に合わせると、案の定横目で睨んできた。

「どうして。他にすることないんだから、ちゃんと復習しないと」

「いや、俺、そんなに真面目じゃないから」

ふん、と尚美は鼻から強く息を吐いた。

「好きにしたら？」

もちろんこのセリフは嫌味なのだが、健は言葉通りにしか受け取らないと決めて、商談室の監視カメラ画像を早送りすることにする。

健と尚美は、〈博物館惑星（アフロディーテ）〉が定期運行する〈動・植物部門（デメテル）〉行きのバートルに乗っているのだった。

バートルの座席は八割がた埋まっていて、観光客たちは〈デメテル〉エリアの紹介映画を見たり、眠ったりしている。

既知宇宙のすべての美を蒐集（しゅうしゅう）し研究する目的で作られた〈アフロディーテ〉は、地球と月の重力均衡点のひとつ、ラグランジュ3にある。表面積がオーストラリアに相当する小惑星をアステロイドベルトから運んできたのだ。MB（マイクロ・ブラックホール）方式で重力を作っているために大気層は地球より薄く、低空を飛ばざるを得ないバートルは静音設計になっている。

いつもの美術館街から〈デメテル〉へは、通常運行のバートルでたっぷり五時間。〈デメテル〉は小惑星の裏側にあたり昼夜逆転しているので、時差ボケを嫌う客は十二時間便で体調を調（ととの）えながらゆっくり行くというが、空の豪華客船の優雅さは宝石店の商談室と同じくらい縁遠いので、健にはその我慢強さが信じられなかった。もちろん緊急時にはジェット機も使うが、小さな惑星の大気状態を考えると燃焼機関の使用は最低限に抑えるべきであり、残念なことに今回の仕事は緊急案件ではなかった。

健も他の客のように眠って過ごしたかった。七年前のこの映像を見るのは、すでに三度目だ。お婆さんの思い出話もいい加減聞き飽きていた。

尚美が口をへの字にしているので、健はちょっと遠慮して、高速再生の速度は最高ではなく二番目にした。荘重な雰囲気だった商談室が、早回しの動作のせいで一気に砕けて見える。

チョチョチョチョッとドアから出ていったピンストライプの男は、ハンディスキャンの装置を手の上に載せてせこせこ戻り、所有者の目の前で指輪をセットした。机の上にピュッとFモニターが生えてきて、男たちが手と口をばたばた動かした。

普通の速度だとここは、オパールの質は予測よりもよくない、エチオピア産で内包物（インクルージョン）として砂が入っている、と説明している場面。

老婦人の首が左右に振れているのは、納得がいっていない証拠だ。孫娘が横を向いて慰めると、ここからがお婆さんの語りどころ。品質はよくなくても大事な形見だということ、それにまつわる幼少期の思い出、指輪をつけていった時にどれほど褒められたかなどなど、まるでオパールに雇われた弁護士のように申し立てていく。

笑顔を崩さずに聞いていた紺背広が、話の途切れ目をようやく見つけ、Fモニターを指さす。

仕掛けの始まりを告げるセリフは、確かこう。

「オパールという宝石は、中に水分を含んでいます。これはずいぶん乾いてしまっていますね」

乾くとどうなるのかを訊ねる老女は、Fモニターを使った検索結果を見て仰天する。罅（ひび）割（わ）れた大きなオパールの写真だ。

驚かせておいて、紺背広が畳み掛ける。

「ちょうどうちのオパールもメンテナンスの頃合いなので、それと一緒に処置するということにして、サービスで含水させておきましょうか」

そしてまたピンストライプに目配せ。

用意されたのは、うやうやしく銀の盆に載せられたカットグラス。ご丁寧に有名ガラス工房のロゴマーク入り。

それはなんですの、との質問に、紺背広は「ただの水ですよ」と答え、空（から）になっていた自分のティーカップに少し注いで飲んでみせる。

ピンストライプが次に運んできたのは三列三列に仕切ってあるジュエリートレイだ。中央にたった一つ、色鮮やかなオパールの裸石（ルース）が入っている。

紺背広は気取った手つきでルースを取り上げ、ポチャンとグラスに放り込んだ。

婦人は高速再生ですら長いと思わせる間を取った後、自分の指輪を同じように自らグラスへ入れる。

紺背広は、その間にリフォームのデザイン案を考えましょうと言い、スケッチブックやメモ、参考にする宝飾デザイン画集を机の上に広げる。

健は、自分のFモニターに目を凝らした。

「何度見ても自然な動作だな」

　横で尚美が頷く。

「メモが少し斜めに置かれているので、監視カメラからグラスの底面が見えなくなってるでしょ。画集の厚みで、たぶんお客さんたちからも底面は見えないわね」

「そこで、デザインのご参考までに、と……ほら、出してきた。ブラックオパール」

　ピンストライプが隣室から持ってきたのは、別のジュエリートレイだった。様々なデザインの指輪が九つの区画に入れてある。

「オーストラリア産ブラックオパールは特別だもの。地色が黒っぽいからオパール独特の遊色(ゆうしょく)効果が映えて本当に綺麗。誰だってああやって覗き込んじゃうわよね」

「宝石屋さんへ行くような人は、って付けておいてくれ。俺は興味ないよ」

　尚美は、ふん、と鼻に皺を寄せ、

「無風流」

　と、古い罵倒語を投げ付けてきた。

「とにかく、よ。他の指輪に気を取られている間も、誰ひとりグラスに手を触れた様子はない。なのに、お婆さんのオパールが消えている」

　再生画面は、老女がぴょんと立ち上がり、次に孫娘がテーブルに身を乗り出し、大騒ぎになった。

グラスの中には、宝石商が所有する鮮やかな色のルース、そしてお客の指輪台座。そう、プラチナとおぼしき台座と五粒のダイヤはそのままなのに、立て爪で止められていたミルク色のオパールだけが消えているのだ。

この時初めて、絨毯スーツの老女が、続いて濃紺背広の男が、グラスに手を触れる。

グラスのカッティングが邪魔なのかいろいろな角度で透かしてみるが、やはり指輪のオパールだけがなく、台座の底が見えている。

ヒステリックなお客たちに対し、男二人は神妙な態度をとっていた。

健は、

「いやほんと、感心するよ、この手際。カットグラスの屈折でよく見えないってとこが味噌だね」

と呟いてしまい、また尚美に横睨みされた。

紺背広は水の中から指輪を取り出し、ポケットチーフで拭いて、とにかくお客に返す。

「水気を拭う振りをしてマジックの手口ですり替えているって知っていても、見破れないな」

「そうね。お婆さんたちも、まさか戻ってきたのが偽物の台座だとは思わなかったんでしょうね。石が消えて怖くなり、慌てて指輪ケースに入れて蓋をしてしまう気持ち、判るわ」

　そして紺背広は、自分たちにもまったく理解できないこと、失礼ながら水に溶けるような偽石だったかもしれないと考え始めていること、もしも裁判沙汰になったらいつでも監視カメラの映像は提供することを口にして、まだ浮き足立っている祖母と孫娘を丁重に送り出した。

　映像はそこで終わっている。

　孫娘が、指輪の台座と残ったダイヤがまったくの別物であることに気が付くのは、祖母が亡くなった年、映像から四年後だ。

　尚美がやっと、視線だけではなく顔ごと健のほうを向いた。

「それで、紺背広のクルト・ファン・デン・フックが、この理科実験詐欺の七年後の今、のこのこ〈アフロディーテ〉にやってきてるって？」

「〈ダイク〉が、先入観防止条約と犯罪の未然防止を天秤にかけてそう言うんだから間違いないよ。いま使ってる偽名はカスペル・キッケルト。整形手術もしてたけど虹彩が一致。捕まって刑期も終えてるから、なんともしようがないんだけどね」

「で、〈デメテル〉にいるわけね」

「〈ダイク〉がそう言って――」

「――るから間違いない。はいはい。あなた、〈正義の女神（ディケ）〉に頼りすぎ」

健に直接接続された情動型データベースのことを、尚美はしつこく正式な女性名で呼び続けている。

「頼ってるんじゃない。〈ダイク〉に見つけさせ、考えさせてるんだ。教育だよ」

「都合のいいように言っちゃって」

尚美はぷいと正面を向き、柔らかいシートに背を預けて目を閉じた。

ようやく監視から解放された健は、自分もシートをリクライニングさせ、腹の上で手を組んだ。

健たちが始めに注目していたのは、カスペルとは別の人物だった。

ライオネル・ゴールドバーグ、年齢はカスペルより一歳下の三十八歳。自称は「化石と宝石のハンター」で、世界各地を採掘している。

その彼が、八年前に〈アフロディーテ〉へ変わった依頼をした。

仔犬から抜けた乳歯をオパール化してほしい、と。

オパール化という現象は、自然界に多々ある。イカや骨化石に含まれるアパタイトがケイ酸に変化したもので、虹の光を含有した美しい真珠色になるのだ。

ライオネルは、子供の頃、地球の博物館で肉食恐竜の牙がオパール化したものを見たのだという。軽く彎曲（わんきょく）した牙が薄青く透け、色の付いた金属片を中にちりばめたかのごとくキラキラ光っている様子は、幼い彼の心をすっかり捉えてしまった。大きくて強くてかっこいい恐竜、たくさんの獲物を噛み砕いてきたその鋭い歯が、こんなに美しくひっそりとしたものに変化するだなんて、と。

月日が経ち、長じた彼は恋人が飼っていた仔犬の乳歯を、この〈アフロディーテ〉でオパール化しようと持ち込んだのだった。

ライオネルを担当した当時の〈アフロディーテ〉営業部の人間は、これは新しい収入源になると予感したのだろう。〈アフロディーテ〉は半官半民の施設で、MBのエルゴスフィアから取り出したエネルギーを売却したり、小惑星の上に設定されたさまざまな生態環境を企業のテスト用に使わせたりして収入を得ている。

当時は、加速型進化分子工学（タイムマシン・バイオテック）の技術が練れてきて、本来なら長い時間がかかる実験や試験も手早くすむことが多くなっていた。仔犬の乳歯をMBの圧力とタイムマシン・バイオテックの力で化石化して、アパタイト成分をケイ酸に変換する。これが成功すれば「化石化・宝石化ビジネス」として成り立つ。

テストケースであることを割り引いても、費用は膨大だった。ライオネルはこの八年間、ずっとローンを払い続けている。

仔犬の乳歯がなんとかオパール化したと思われる状態になったのが、一週間前。連絡をすると、ライオネルは「ちょうどよかった」と叫び、残金をすべて完済するという予告付きで〈アフロディーテ〉に引き取りに来ている。

その彼にくっついてきたのが、詐欺師のカスペルなのだ。

カスペルは、ライオネルにどう取り入ったのか知らないが、三年ほど前から彼と一緒に行動している。化石の発掘に付き合い、宝石鉱脈のありそうな場所に案内し、すっかり相棒として信用されていた。

〈ダイク〉によると、詐欺の再犯可能性は窃盗に次いで高く、三割を超える。カスペルをプロファイリングさせたところ、五割にまで迫っていた。オパール透明化事件が明るみに出たのが二度目の犯罪だから、今度何かやらかしたら重刑は免れない。

そこでVWAの健が、貴重品だからという理由を付けて引き渡しに立ち会うことになったのだった。尚美を同伴しているのは、博物館街からなかなか出る機会がないので一緒に行って見聞を広めてこい、という上司のはからいだ。

引き渡し場所は、〈デメテル〉にある〈アリオン考古学博物館〉の応接室。グリニッジ標準時で、明日の午前三時、つまり〈デメテル〉中心街のタイムゾーンでは午後三時。

――〈ダイク〉。

健は、尚美が寝息を立て始めたのを聞きながら、脳に直接接続された相棒に声を掛けた。

――察知しました。それは難しい判断です。

曖昧な意識もすくい上げる優秀なデータベースは、情動学習型ならではの返事をする。

健はこう思ったのだった。

恋人の愛犬の歯をオパール化できたという喜びのさなかにいる人に、あなたと何年も一緒にいる男は詐欺の再犯可能性が高いので気を付けてくださいね、と言い出せるだろうか、と。

〈ダイク〉は落ち着いた声で続けた。

――人間は、意に染まぬことを言われるとかえって頑(かたく)なになる性質があるそうです。何も起きていない時点で共同発掘者の悪い過去を教えても、聞く耳を持たないどころか、彼を擁護するための反駁(はんばく)を浴びる羽目になるかもしれません。

――かといって、野放しにすることはできない。オパール消失詐欺の罪は償い済みなので手は出せないけど、これから起きそうな犯罪は予防しないと。

――同意します。

ふむ、と健は腹の上で組んでいた手を、腕組みに変えた。

――こういう時はどうしたらいいか判るか、〈ダイク〉。

――いいえ。

遠慮がちなデータベースに、健はあくびをしながら教えた。

――様子を見るんだよ。ライオネルとカスペルがどういう関係か、まずは二人の顔を見て勘繰ってみる。どのタイミングで注意を促すかは、それから決める。ここでうじうじ考えても埒（らち）が明かないから、今はとりあえず寝る。これがな、融通ってもんだ。

生真面目な〈ダイク〉は、少し間を取ってから、

――了解しました。

と、答えた。

「エチオピア産のオパールはオーストラリア産と生成の仕組みが違うので、含水させると見えなくなるくらいに透けるんですよね」

乳歯のオパール化を前任から引き継いでいる〈デメテル〉の新人（ルーキー）、ターニャ・スラニーは、「ボヘミアン」と刺繍されたキャップのツバを触りながら言った。

「ハイドロフェン効果というんです。要するにこの詐欺師は、オパールを透明化してあたふたさせておき、最初にスキャンしたデータを使って隣室で用意した偽物の台座とすり替

えて返し、オパールもダイヤもプラチナの台座も手に入れたってわけでしょ」

「そういうこと」

〈デメテル〉名物のフレッシュな野菜サンドをぱくつきながら、尚美が相槌を打つ。こいつは最近、いつも何か食べてるな、と健はひそかに呆れた。色の浅黒いちっこいのが勢いよくものを食べていると、蟻が一生懸命に顎を使っているところを連想してしまう。

ターニャお気に入りのオープンテラスで、三人は情報交換をしているのだった。そこは街の一番外れのカフェで、目の前には広大な緑地が広がっていた。

吹き渡る風は草の香り。肌に感じるのは清涼感。混沌とした地球に比べれば〈アフロディーテ〉は天国のような場所だが、ここはその中でも極上の環境で、人間は本来このように圧倒的な緑の力を受けながら暮らすべきだと思えるくらいだった。尚美の食欲が進むのもむべなるかな。

「オパールを水に浸けるってとこから、そもそも嘘よ。下手をすると、曇ったり色が変わったりしてしまうから。柔らかい布にくるんで引き出しに入れておけば充分なのにね」

ターニャは生ジンジャーエールを一口飲んでから、「あ、そうそう」と付け足す。

「オパール化技術についての基本資料、さっきやっと送ったの。遅くなってごめんね。着いてるか確認して」

健がFモニターをリストバンドから引っ張り出そうとしていると、尚美が冷たい声で、

「大丈夫。もう読んだわ。私のほうはね」

と、当てこすってきた。

ようやく広げた薄膜に映し出されたデータは、人工の圧力と重力を利用した化石化の仕組みと、成分を入れ替えてオパール化する方法に関する論文だった。化学式や数式に眩暈がして本文から目を離す。

ターニャはくすりと笑っていた。

「そしてこれが、ワンちゃんの歯」

Fモニターから、立体画像が立ち上がった。

「うわ」

思わず声が漏れた。

ピンセットで摘ままなければならないほどの小さな牙。仔犬の乳歯は白っぽい虹色に輝いていた。中には金属光沢の粒がきらびやかに散乱している。青、緑、赤、それらの中間色。しかも、視点設定を動かすと色が変わるのだ。

健には宝石としての価値は判らなかったが、これほど美しいものがかわいい生き物の歯だったということが、なんだかとても愛しかった。

「これが〈アフロディーテ〉のＭＢで？」

「そうよ。資料にもある通り、圧力と時間が勝負だったわ。うちのＭＢとタイムマシン・バイオテックの技術でまず化石化し、それからアパタイトとケイ酸を入れ替えたの。人造オパールの合成技術自体は、一九七四年にピエール・ギルソンが始めたので、とっくに確立されてるんだけど、今回は化石を元にするから話は別。二酸化ケイ素の粒のサイズをどれだけ揃えられるか、どれほど規則正しく配置できるか、添加する不純物を何にするか、水の代わりにどんな樹脂を使うか、そういった先人たちの細かい工夫だけではうまくいかなくって、手間がかかっちゃった」

　尚美が、野菜サンドから口を離した。

「素材をきっちり整えるほうがいいの？　七色の煌(きら)めきって、不規則さが必要な気がするけど」

「反対なのよ。粒を揃えないと、綺麗なプリズム効果が現れない」

「そうすると、オパールの遊色効果って構造色ってこと？」

「そう言ってもいいでしょうね」

　学芸員二人は勝手に話を進めている。それでも、綺麗としか言わなかったり、自分も欲しいとゴネないだけましとしよう。

「二十一世紀初頭にもなると、人造オパールの質はぐんとよくなったのよ。見掛けは本物そっくり、硬度や比重も天然石の個性の範囲内、紫外線検査でようやく判る程度。ブラッククオパールもウォーターオパールも作りたい放題ね。いい人造宝石が安価で手に入るんだから、掘り出した貴重な化石をさらにオパールに変換するなんてことは、今まで誰も考えなかった。MBの化石化ができるようになったこの時点での申し出、本当にありがたい実験だったわ」

ターニャが頬笑んだ。

「この事例のお蔭で、化石化もオパール化も商用にする準備がずいぶん進んだの。まだ言ってないけど、すでに次の段階へ――」

その時、遠いところから声がした。

「すみませーん、ターニャ・スラニーさんですか」

緑地帯の小径に、手を振る男性がいる。

薄緑の作業服にテンガロンハットという奇妙な出で立ちは、採掘に従事している人物だからだろう。

ライオネル・ゴールドバーグだ。手を挙げたターニャに向け、喜色満面で小走りになった。

そのあとから付いてくる、揃いの作業服にアドベンチャーハットを被った長身の人物が、カスペル・キッケルト。宝石店の時のノーブルな顔貌とはまったく違って、〈ダイク〉が持っている空港でとらえた最新映像通り、無骨で彫りの深い顔立ちをしている。

——はい、間違いありません。

質問をしていないのに、〈ダイク〉が気を回して保証してくれた。

近付いてきたライオネルは、よく灼けた顔でにこにこしていた。年齢よりも老けて見えるのは、長年直射日光にさらされて皺深いためだ。

「この度はお世話になりました。いやあ、ここはいいところですね。いつも岩盤や砂と格闘しているので、心が洗われるようです」

椅子に座ってもいいか、という動作をしたので、健は隣のテーブルから白いチェアを移動してきてやった。

「どうも。引き取りは明日なのに気が急（せ）いてしまって。でも、こんなに素晴らしい環境なら早めに着いてよかったですよ。いい気分で散策していたところです」

健はそっとカスペルを窺う。

彼もやはり濃い色に日灼けしていて、ライオネルに負けない大きな笑顔だった。とても詐欺を働いたり人を騙したりするような人物には見えない。しかし、それこそが詐欺師が詐欺師たりえる能力のひとつであるのも知っていた。

　ライオネルは上機嫌で、

「ホテルも立派すぎて居心地が悪いくらいですよ。レストランのメニューなんか、何を頼んでいいのか目移りしてしまいました。あんなうまいもん食ったの、久しぶりだよな、カスペル」

「ほんとだよ。あのマデールソース、舌がとろけるかと思ったねえ」

「ずいぶん羽振りがよろしいんですね。オパール化のローンも一括完済だとお聞きしていますし」尚美は笑顔で慎重に言ってから、「私、〈アポロン〉の尚美・シャハムです。今回は総合管轄部署の学芸員として試作の結果を見届けなければなりませんし、貴重品のお取引ということで、VWAの兵藤健と一緒に立ち会わせていただきます」

　と、自己紹介ついでに健の肩書きをちらつかせてカマをかけた。

　元詐欺師は、おたつくどころか目を丸くして喜んでいる。

「そうですか、そうですか。それは安心だな、ライオネル」

　ぽん、と肩を叩かれたライオネルは、軽く会釈をした。

「ありがたいことですよ。ああ、こいつはカスペルっていう相棒です。ローンの残金を用意できたのは、こいつのお蔭。彼が地質から目星を付けてくれたので、未採掘のルビー鉱脈を掘り当てられたんです。ミャンマーの山奥でしたがね。とても鮮やかなピジョンブラッドになる石が出て、採掘権利料を差し引いてもたっぷり残りましたよ。これからは人生が大きく変わるでしょう」

飲み物が来た。彼らの心情そのままに、果物を山盛りにしたカラフルなカクテルだった。カスペルはオレンジベースのカクテルをストローで吸ってから、にやりと笑った。

「ライオネルの奴、オパールを受け取ったら結婚するつもりなんですよ。やだねえ」

ライオネルはカスペルの脇腹を指先で突いた。

「なにが嫌なんだよ。羨ましいってはっきり言え」

「心配してやってるんだよ。マリアって女、ほんとにお前の帰りを待ってるのか？」

「当たり前だ。ミャンマーを出る時にも通信した。うまくいきそうだって言ったらすごく喜んでたよ」

「だったらここからも連絡してやればいいのに。愛犬の歯がオパールに仕上がったって」

「いやいやいや。それはサプライズにするから秘密だ。ジョンも自分の歯が宝石になったって判ったらきっと……」

「犬にサプライズが利くかよ」

そうして二人は、ティーンエイジャーのようにお互いを小突き合いながら、大笑いした。

有頂天な二人は、健たちをしつこく食事に誘った。もちろん奢りますよ、と言って。しかし、職務規程があるし、取引を目前にしてべったり付き合うわけにはいかない。なんとか振り切ろうとしたが、場所を変えてコーヒーだけでも、と食い下がってくる。まだ喋り足りないようなのだ。

健は情報収集のためだと自分に言い訳して、一行は〈デメテル〉の中心街へ戻った。木彫りの動物を並べた土産物屋の二階が、観葉植物いっぱいの小洒落た喫茶店になっている。他に客がいないのは、喫茶としては遅く、バーとしては早い時間だからだろう。ライオネルとカスペルは席に着くなりバーボンを瓶ごと注文して、「さて」と言いたげに帽子を脱いだ。

コーヒーだけ、というのは詐欺だった。

〈アフロディーテ〉職員拘束事件は、それから四時間続いた。

「なんで私たちだけが四時間もお喋り男たちに付き合わなきゃなんないわけ？　営業部の連中はどうしたの。あの二人は営業部のお客でしょ。なんで言い出しっぺが誰も来ないのよ」

〈デメテル〉庁舎へ向から夜道で、尚美が咆える。

「別件で忙しいの。オパール化事業を準備しないといけないし」

ターニャが疲れた声で応答した。

市街地を見下ろすような丘の上に建つ庁舎へは、ゆるくカーブした石畳の小径を歩いていく。街灯が照らし出すヨーロピアンな雰囲気を普段なら楽しめるが、聞き疲れした身に上り坂はつらかった。

一生懸命に上っても、先に待っているのは、ライオネルたちが泊まっているホテルとは天と地ほどの開きがある殺風景な職員仮眠室。三人の足取りが重いのも仕方なかった。

こんなことならVWAの〈デメテル〉支部に自走車でも寄越してもらうんだった、と健は思った。〈ダイク〉が察して手配してしまわないうちに、もちろん冗談だ、と付け足す。公用車をタクシー代わりにすることはできない。

両側の芝生から虫の声が聞こえていた。

坂の先は長く、吐息をついてしまいそうで健は別のことを口にする。

「しかし、ライオネルがカスペルのことを、元詐欺師と言ったのにはびっくりしたな。了解済みでコンビを組んだなんてさ。掘り出すのは化石だぜ？　宝石だぜ？　騙し取られるかも、とか思わなかったのかな」

健の代わりに、尚美が吐息混じりになってしまった。

「さあねえ。コンビを組んでからお互いに考え方が変わったとも言ってたよね。相手にいい影響を与えられるなんて、友人の理想だわ。見たところ本当に仲が良さそうだったし、ライオネルは過去の犯罪歴なんか気にしない人なのよ、きっと」

「犯罪歴だけじゃなくて、周囲のすべてがあんまり目に入ってないのかもよ」苦笑しながらターニャが地面に声を落とす。「だから婚約者をほっぽっておいても平気だったんじゃない？」

「そうね。前科を気にしないのは美徳だとしても、離れたところにいる婚約者の心配もしないっていうのはお気楽すぎ。信じらんない」

「男は、特に夢を追ってるタイプなんかは、総じて能天気なものよ」

健は、脳内で言葉を綴った。

――いいか、〈ダイク〉。女性が性差に関する話題を取り上げている時、男は黙っているのが吉だ。特に恋愛絡みのご意見には、絶対に口を挟むなよ。

――了解しました。

要らないことを言って槍玉に挙げられないように、健は俯き、先ほどの彼らの会話を反芻してみた。

ライオネルとカスペルは、固い絆で結ばれているように思えた。生まれてからずっと親友だったかのように見える。相手の意見にはすぐさま同調するし、冗談には間髪を容れずに突っ込む。

迎合してみせるのが詐欺師の手口だと健は知っていたので、注意してカスペルを観察したが、彼は本当にライオネルと意気投合しているようにしか受け取れなかった。

二人が出会ったのは三年前、パキスタンだったらしい。生活の糧に日雇いでアクアマリンの採掘をしているうち、話をするようになったとか。

自分は化石や宝石を掘り当てるつもりだ、一緒にやらないか、と誘ったライオネルに対し、カスペルはすぐに詐欺の前歴があると告白した。パキスタンくんだりまでやって来たのも、出所したばかりなのでしばらくは知り合いのいないところで暮らしたかったからだ、と。

ライオネルは、同輩としてカスペルの真面目な働きぶりを毎日見ていたし、過去を大いに反省しているのも本心だと感じたので、それでもいいと重ねて勧誘した。

カスペルは、彼が今の自分を信用してくれたことに感激し、それからはずっといい相棒でいるという。

「ライオネルは、決断は早く、行動は粘り強く、度胸もある。毎日が賭け事みたいな採掘師にはぴったりだ。何ひとつ確かなものを自分の中に持たず、調子よく世の中を渡ってきたつもりで踏み外した俺とは、雲泥の差だな。一緒に働けて嬉しいよ。ただ、こいつに一つ欠点があるとすれば、マリアをずっと待たせていることだ」

と、カスペルは真面目な顔で呟いた。

「俺だったら、たまに連絡を寄越すだけで世界のどこにいるかも判らない男を、そう何年も待っちゃいられない。こいつには何度もそう言ったんだが――」

「だが、大丈夫なんだよ」

仲がよくてもさすがに少し憤慨したのか、唇を尖らせてライオネルが言葉尻を奪った。

「マリアは毎回、待ってる、って答えてくれる。俺もマリアも夢を追い掛けてるんだ。俺は一山当てる夢。あいつはファッションモデルになる夢だ。お互いにしっかり目標を持っているから、離れてたって大丈夫なんだよ。そして、こうして成功した俺は、地球（した）へ帰って彼女の安アパートの扉を叩く。彼女は扉を開けてびっくりするだろう。大きな目をさらに見開き、両手の指先で口を押さえるんだ。泣き出すかもしれないな。足元では、ジョンが嬉しそうにワンワン鳴いて、盛大に尻尾を振る。ほらお前のちっこい歯がオパールになったぞ、って長い耳の後ろをがしがし掻いてやる。これを婚約指輪にするんだ、って言ったら、マリアはもう涙でぐちゃぐちゃになるだろうな」

　カスペルは、小さく吐息をついた。

「ま、そうなるといいとは思ってるよ。お前、ほんとにいい奴だからな。落盤があった時も助けに来てくれたし」

「それは、俺が川に流された時とおあいこだろうが」

　元詐欺師は、ぽっと頰を赤らめて、照れ隠しに健たちに向き直った。

「なあみんな、聞いてくれよ。俺が地質を判断して、ここにありそうだって言うと、ライオネルはすぐ信用して採掘の手配を始めるんだぜ。俺は、こんなに簡単に信用するのか、っていつも訊き返して、そのたびにバカって頭をはたかれた。嘘で世の中を乗り切ってきた自分にこんな幸せが訪れるなんて、ほんと、それこそが夢みたいだ」

　ライオネルは、とてもとても優しい目をした。

「お前さんの夢を一つ叶えてやれたんなら、それは俺の喜びでもあるな。今回の鉱脈を見つけるまで、俺は自分を責めてばかりいた。ずっとうまくいかなかったからな。見立てが悪いのか、努力が足りないのか。何度も何度ももう諦めようと思ったさ。でもな、自分が掘る手を止めたその三センチ下にお宝があるかと思うと、もうちょっともうちょっとって頑張ってしまう。そのせいでマリアをずいぶん待たせちまった。けど、今回はお前さんのお蔭で、ようやく成功体験というものをさせてもらったよ。俺の人生は無駄じゃなかった」

健はその時、二人はこれを聞いてほしくて自分たちを同伴させたんだな、と腑に落ちた。お互いがお互いを褒める。誰もいなければそんな照れ臭いことはできない。けれど、聴衆がいて、そこへ向けて語るシチュエーションなら、そしてバーボンの勢いをちょっぴり借りれば、感謝の気持ちもきちんと音波に変えられるのだ。

〈ダイク〉に二人の表情や仕草を分析させたが、言葉に嘘はないとの判断だ。

健は想像する。炎天下、周りは石ころばかりの厳しい大地。当てはあるけど確証はない夢という虹色のものを掘り当てようと、二人はツルハシを振るう。分析機材は日光でカンカンに熱くなり、周囲にはカゲロウが立っている。汗を拭って隣を見ると、同じようにタオルで首を拭く相棒がいる。お前がここだと言ったから。お前がまだ頑張るから。そうして二人はまた道具を振り上げる。

そこに詐欺師はいない。そこに恋人の影はない。

あと三センチ、その思いだけが……。

「私ならとっくに、不確かな戯言と恋人である私とどっちが大事なの、って迫ってるわね」

現実的な尚美の言葉が、健を空想の情景から引き戻した。

ターニャが面白がる表情になる。

「あら、日系は我慢強いって本当なのね。私は違うわよ。一刻も早く自分がファッションモデルになる夢を実現して、そんな男は棄ててやる」

「マリアにそこまで根性があれば、待ってるなんて言ってないと思う。トップモデルになりたいのー、有力プロダクションに移籍させてよー、って、ライオネルに言ってたみたいだし、おねだり上手で何もしないタイプなんじゃない？　美人ってみんなそういうとこあるから」

いや、みんなってことはないだろう、と健は言いかけたが、ぐっとこらえる。

ターニャは、くすっと笑った。

「やだ、美人を目の敵（かたき）にしすぎ」

尚美は、むっと唇を尖らせた。

「ライオネルが騙されてないかを心配してるだけよ。いつまでもお待ちしてます、なんて、それこそ詐欺師が罪悪感を煽る時の常套句だし。彼は元詐欺師に信を置いちゃうほどオメデタイ人なのよ」

ふう、と息を吐いて、ターニャが夜空を見上げる。

「カスペルのことは信じてあげたくなるわね。二人とも、ほんとに楽しそうだったもの」

尚美もつられて目を星々へ向けた。

「何事もなく取引が終わるといいなあ。彼らの友情が本物だと信じたい。きっと大丈夫よね。ピジョンブラッドの鉱脈を当てたんだから、いまさらちっちゃなオパールごときの奪い合いになるとは思えないし」

僅かに口籠もってから、ターニャが言った。

「私ももちろんそう願ってるけど、残念ながら宝石の価値は稀少性で決められるのよ。ジョンの乳歯からできたオパールは、世界に一つ。ライオネルとマリアにとっては、バケツいっぱいのピジョンブラッドより価値があるかもしれない。そして、詐欺師は、人が一番大事にしているものを騙し取るのが大好き。違うかしら、ケン」

「そうだね。たとえ自分の利益にならなくても、被害者の悔しがる顔を見たいがために騙すってこともあるらしいよ」

健は祈るような気持ちだった。

どうか彼らの友情と信頼が本物でありますように。

努力を怠（おこた）らない二人が、自分たちの幸せを石の如く硬いものに変えて、しっかりと握りしめられますように。

ターニャは、すうっと街灯へ視線を逃（のが）す。

「何事もなくすんでほしいわ。そうしたら、私もあのことを心穏やかに彼に話せる」

「あのことって何だ。思わせぶりは嫌いだぜ」

彼女は、健に向けて少し寂しげな表情を見せた。

「取引が終わったら教えてあげる。あなたたちがうっかり口を滑らすといけないから」

健も尚美も彼女を見つめ続けたが、ターニャはもうまっすぐ前を向いて、それ以上の説明はしてくれなかった。


アリオン考古学博物館は、〈デメテル〉でも屈指の大型展示施設だ。宇宙の始まりから現在の地質まで、太古の遺物から近代の歴史遺産まで、ミクロからマクロまで、考古学という単語からおよそ考えつくものすべてを網羅して展示している。動植物を扱う部署にふさわしく特に生き物の進化に強く、中でも恐竜の化石は人気があった。

今も、五号棟と呼ばれるこの館内にはツアーの団体が三組いて、それぞれの引率者から説明を受けている。

「これ、全部本物なの？」

ぽかんと口を開けて、健は吹き抜けに展示された全長三十六メートルもある化石を見上げて訊いた。

ターニャもキャップのツバを少し上げて、一緒に上を見る。

「そうよ。〈アフロディーテ〉までやってきた人が模型で満足するとは思えないもの。補完や修復をしたところは正直に色分けしてあるでしょ」

「あ、ほんとね。それにしても大きい」

尚美は背が低いので、このアルゼンチノサウルスが誰よりも巨大に見えていることだろう。

「これよりも大きいアンフィコエリアス・フラギリムスっていう六十メートル級の恐竜もいたらしいけど、まだ証拠がなくて研究中」

「六十メートル。すごいな。いずれライオネルたちが発掘したりして」

ターニャは、ふふっと笑ってくれた。

「それよりこれ見て。アンモナイトみたいに見えるの」

移動した尚美の声が空間に響いた。

吹き抜けを取り囲むように二階の回廊が突き出ていて、二ヵ所に螺旋階段がある。尚美は階段の真下に入り込んでいたのだった。

「ほんとだ」

健も踏み板の裏を見上げてみた。

階段の下面には、こうして見上げる観光客がいることを想定して丁寧なデザインが施されていて、確かにアンモナイトを意識した意匠になっている。凝った造りだ。

「そろそろ上へ行きましょう。ライオネルたちも五号棟に着いたみたいよ」

三人は螺旋階段を上り、回廊を歩いて応接室へ向かった。

今日も営業担当は来ないらしい。大事な商談相手が時間を変更してきたので、同じ建物に来てはいるが別の応接室で準備をしているのだとか。

回廊から応接エリアへ続く絨毯敷きの通路へ曲がろうとした時、ちょうどライオネルとカスペルがもう一つの螺旋階段を上がってきた。

「今日はよろしくお願いします。どきどきしますね」

ライオネルは大袈裟に胸を押さえる。

「実はもう持ってるんですよ、私」

ターニャがやはり芝居がかって右脇のポケットをぽんぽん叩いた。

「そうなんですか。楽しみだな。綺麗だろうな。かわいいだろうな。ジョンの乳歯」

そして彼は横を向いてカスペルに、

「ジョンってのは、ほんと愛想のいい犬でね。俺が拾ってきたんだけど、どうも恩ってものを知ってるみたいで、ペロペロのワフワフのクルクルなんだよ」

「判るよ、その擬音。前に画像を見せてくれた薄茶色のヤツだろ。お前にどんなふうになつくのか、簡単に想像がつくね」

カスペルが言うと、うんうん、と少年の笑みでライオネルが頷いた。

一行が改めて通路へ足を向けようとした、ちょうどその瞬間。

思いがけない人物が回廊に姿を現した。

「ライオネル」

弱々しい声の持ち主は、黒髪を垂らし、暗い色をした前ジッパーの垢抜けないワンピースを着た細身の女性だった。小さなバッグを持ち、モデルの歩き方で近付いてくる。

「マリア。まさか」

ライオネルの声が裏返る。

マリアははにかんだ笑みを浮かべながら、ライオネルの前に立った。

――〈ダイク〉。

――察知しました。ライオネルの言うマリア・ボッツィに間違いありません。しかし、三年前に姓名ともに変更し、今は……。

「待ちきれなくて。三時からだと聞いたので、来てしまったの」

近くで見るマリアは、モデルを目指しているのも納得できる目鼻立ちのはっきりした美人だった。もう少し濃く化粧をしたら、そのままカバーガールになれる。

「マリア。通信の時から思ってたけど、君は全然変わらない。むしろこうして実際に会うと、若くなったみたいに感じるよ」

彼女の両肩に置いたライオネルの腕が、細かく震えている。

「そう？　ありがとう。あなたも元気そうね」

健は、尚美とターニャに視線を走らせた。二人とも呆然としているばかりだ。

——〈ダイク〉。違和感がある。何だろう。

——はい。それはおそらくマリアの表情です。彼女は嘘をついています。

「えっ」

声に出した健を尚美が不審そうに見遣ったが、一瞬のことだった。

——彼女の来歴をCL投影しますか。Fモニターを広げると不審がられます。

——いい判断だ、〈ダイク〉。そうしてくれ。

データ文字のレイヤーの向こうで、ライオネルはしみじみと恋人の顔を見つめていた。

「わざわざ〈アフロディーテ〉まで来てくれたんだね」

「そうよ。あなたがいると判ったから」

ライオネルは、泣きそうな顔で、一度、目をつむる。

「ああ、もうこれ以上待たせたくない。オパールを出してくれませんか」

ターニャがポケットから取り出したのは、深紅の指輪ケースだった。

受け取ったライオネルは、ケースの蓋を開けて中身を確かめる。

そして、覗き込んでいたカスペルと二人揃って、ほう、と深い感慨の息を吐いた。

ケースの向きを変えたライオネルは、

「これ、ジョンの乳歯だよ。〈アフロディーテ〉の技術で本物のオパールにしてもらったんだ」

と、マリアに告げた。

「これを君に」

健の横で、尚美が、きゃあ、と小さく叫んで頰を両手で挟んだ。

ライオネルが空いたほうの片手でテンガロンハットを取って胸にあて、ひざまずいたからだ。

映画でよく見るプロポーズの姿勢。

「結婚してくれるかい」

マリアが薄く頰笑んだ。

彼女は、瞑目し、深呼吸をし、やがて榛色（はしばみいろ）の瞳を開いた。

よく手入れされた長い爪が、オパールを摘まみ上げる。

ライオネルが、目に見えてほっとした表情をした。

オパールを目の前に持ち上げたマリアが、やっと口を開いた。歌うように。

「私、もう結婚してるのよ、ライオネル」

その場にいた人々が硬直した。

〈ダイク〉から情報をもらっていなければ、健も身を硬くしていたことだろう。

「ど、どういうことだ、マリア」

彼女は小さな三角の宝石から目を離さなかった。

「そんなありふれた名前で呼ばないでちょうだい。もうマリアじゃないわ。マリアンジェラ。このほうが豪華でしょ。今の名前は、マリアンジェラ・フォーサイス。夫は流通会社の重役で、お金持ちなの」

彼女は、オパールを摘まんだまま、ワンピースの前ジッパーを下ろした。

胸の谷間が露わになった。

何をする、と言いたかったが、一同はマリアンジェラのペースに巻き込まれて声も出ない。

紫水晶の色をした裾が、ふわりと広がった。彼女がワンピースの下に着込んでいたのは、鮮やかなメタル・パープル生地のドレスだった。上半身は身体にぴったりしていてスタイルのよさを際立たせ、膝丈のフレアスカートの部分はスミレの風で作ったかのように軽くなびいている。

「お金持ちっていいわね。夫が私の夢を買い与えてくれたの。あなたのせいでトップモードのモデルとしては旬を逃してしまったけど、富裕層相手のショウでランウェイを歩いてる。フォーサイス夫人の道楽って言われてるわ。いいでしょ」

いいのか？　彼女にとってはいいのだろう。どんな手段を講じたのであれ、ファッションモデルになれたのだから。

彼女が髪をさばいた。パーマだか形状記憶だか知らないが、黒髪がたちまち整ったウェーブを描き出し、艶めいた。

彼女はオパールを握り込み、バッグから小さいローラーを取り出した。目蓋に滑らせると、それがグラデーションのアイシャドウであることが判った。

彼女が口紅を取り出した。一塗りして顔を上げると、そこにはもう、フルメイクをして自信たっぷりのモデルがいた。

回廊の手摺り（てすり）ですら、彼女を引き立たせる背景小道具にすぎなくなる。

彼女は、最後にバッグからネックレスを取り出した。

ペンダントトップは、重そうな桃色の石だった。

「夫は、こんなに大きな塊（カボション）のピンクオパールも買ってくれた。九十三カラットもあるのよ。中のキラキラもすごいでしょ。天然のピンクオパールは遊色効果を持たないものが多いのに、これは紫外線検査でも正真正銘の本物で、稀少価値は抜群よ」

ついに、片膝をついていたライオネルがぺたりと座り込んだ。空の指輪ケースが手から転がり落ち、彼女を見上げる瞳には涙が溜まっている。

代わりに彼女に詰め寄ったのは、カスペルだった。

「何がしたい。何がしたいんだ、お前は」

彼が伸ばした手を、マリアンジェラはぱしっと払いのけた。

そして、赤い唇でにいっと笑う。

「ご苦労様、クルト。あなたの仕事はこれで終わりよ」

「ええっ」「どういうこと」「そんな」

健と尚美とターニャが、反射的に声を上げた。

なぜ。なぜ、彼女がカスペルの本名を。

ライオネルの心はこれ以上動かないのか、彼はゆっくりと相棒のほうへ顔を向けただけだった。

カスペルの表情が苦渋に満ちる。

マリアンジェラは、その様子を楽しげに眺めていた。

「そして、私がしたかったこともこれで終わり。監視役のクルトから今日の取引の情報を流してもらって押し掛け、この夢追人のおバカさんに復讐して、信頼していた仲間が私たちの雇われ人だと暴露する。そして、このバカの打ちのめされたバカ面を見る。大成功だわ」

あはは、と、マリアンジェラは声を上げて笑った。

「クルト。銀行口座を確かめてみて。今頃、夫が契約終了のイロを付けて料金を振り込んでいるはずよ。さすがは詐欺師ね。綺麗に騙し通してくれてありがと。ああ、すかっとした」

「こんなひどい仕打ちをするとは聞いていない」カスペルは喉の奥から唸るような声を出した。「ライオネルの様子を報告するように頼まれただけで」

マリアンジェラは、鼻先であしらった。

「あんたもバカを吸い込んで染まっちゃったみたいね。わざわざ〈アフロディーテ〉に乗り込んだ私が、ただの痴話喧嘩をふっかけるとでも思ってた？　そんなもんで気が済むわけないじゃない。愚直にこの男を待ってた時間の価値がどれくらいか判る？　あの時私は若かったのよ。ミラノで、パリで、ニューヨークで、トップモードのラストルックを務められたのよ。私は夢見てた。このバカがいいものを掘り出して、私を格の高いプロダクションに移籍させてくれる日をね」

美しい顔は、怒りに染まると魔女の気迫を孕む。今のマリアンジェラがそうだった。

「それが駄目でも、帰ってきてくれさえすれば、二人でつましく暮らす道だってあった。ゴールドバーグっていう豪華な苗字を持てるなら、それで我慢しようかなって。でも、この人は帰ってこなかった。あと三センチ、あと三カ月、そうしたら帰る。ずっとそう言い続けた。自分の夢ばっかり追って……。私のことを騙し続けたのよ」

健は、性差について、しかも恋愛がらみの話題に、つい嘴を挟んでしまった。

「だから君も、待ってる、と嘘を答えてたのか」

マリアンジェラの顔がみるみる激昂で赤味を帯びる。

「そうよ！　私の嘘に感謝してちょうだい！　夢追人に夢をあげてたのよ。私の夢は潰えたわ。もはや、プレコレクションのオーディションですら年齢が邪魔する。モデルごっこはできるけど、本物とは格が違う。フォーサイス夫人の道楽？　これって、綺麗な奥さんで羨ましいっていう意味じゃなくって、金に飽かしてっていう悪口でしょ？　私が歩くランウェイの最前列には、有名人じゃなくて野暮な成金ばっかり並んでるのよ。この悔しさ、判らない？」

健はもう口を開かないことにした。

自分の幸せを他の人から与えてもらおうとする女に、話しかけるのは無意味だ。どうせ甘美な自己憐憫が耳に蓋をしていて、何も入っていかないのだから。

ライオネルが、スローモーションで顔を上げた。小さな涙の粒がいくつも落ちた。

「悪かった。全部俺が悪かった。許してくれ。――それで、君は、いま、幸せなのか」

マリアンジェラも顔を上げ、下目を遣って男を睥睨する。

「もちろんよ。腐ってもモデル。そしてお金持ち。あなたにも復讐できた」

「ジョン……ジョンはどうしてる」

ふっ、と彼女は鼻で笑った。

「あの犬？　あなたにばっかりなつく嫌な雑種だったわね。とっくに死んだわ。私ね、今は屋敷で、血統書付きのを三頭飼ってるのよ」

「そんな……」

これまでよりも大きな涙の粒が、ライオネルの頰を転がり落ちた。

そのカラットの差が、マリアンジェラの怒りを再燃させた。

「これ、返してほしい？」

握っていた犬の歯のオパールを、これ見よがしに掲げる。

「ああ。せめてそれだけでも返してくれたら」

「だったら」

赤い唇の端が吊り上がった。

「取ってきなさい！」

オパールが手摺りの向こうへ投げられた。

健は、薄茶色の仔犬が吹き抜けを落ちていくように感じた。

ライオネルも同じだったのだろう。

「ジョン！」

一声叫ぶと、手摺りに足をかけて、飛んだ。

健は、反射的に彼のベルトを摑んでいた。

けれど、採掘者の逞しい身体に重心を持って行かれて、自分も手摺りを越えてしまう。

がしっ、と確かな感触で誰かが太腿に抱きついた。

落下防止ネットが展開したのは、センサーのお蔭なのか〈ダイク〉の指示なのか。

下で、団体客たちが悲鳴を上げる。

強い力で脚を引き戻され、回廊に足裏を付けた健は、今度は二人がかりでライオネルを引っ張り上げた。

「ありがとうございます、キッケルトさん」

荒い息の間からやっとお礼を言う。現在の名前で。

呼吸を乱したカスペルは、すると、安心で頽れた。

「採掘で鍛えておいてよかった。以前の俺だったら、三つ巴で落ちてたな」

「ジョン！」

螺旋階段へ這ってでも向かおうとするライオネルを、健が止めた。

「大丈夫です。これに探させます」

そう言って、ＶＷＡ制服のベルトポケットから〈虫〉を三匹取り出す。

「それは」

「羽虫型のセンサーです。軽い物なら脚で摑めます。〈ダイク〉、制御を頼む」

「了解しました」

〈ダイク〉は、健に倣って音声で答えた。

マリアンジェラは、紫のドレスを両手で握りしめて、ぶるぶる震えている。

「落ちればよかったのに！　あんたなんか、落ちればよかったのに！」

「それは困ります」

きつい声で言ったのは、ターニャだった。

「恐竜の化石が駄目になりますから」

言いながら、学芸員はマリアンジェラの手を捻(ひね)り上げた。

「何するのよ。放して」

「ＶＷＡの〈デメテル〉支部へ連絡しました。あなたをとっ捕まえる理由が成立するかどうか判らないけど、とりあえず拘束させてもらいます」

「くだらないものを投げただけよ」

「かもしれませんし、たとえ罪に問うてもあなたの旦那様が何かしらの圧力をかけてくるかもしれません。けど、説教だけはさせてもらいますね。そうしないと私の気が済まない」

回廊を押されて歩くマリアンジェラは、髪を振り乱して、まだ大声を出していた。

「自分が何をしてるか判ってるの？　夫は化石化オパールを本格的にビジネスにする話を」

「営業と打ち合わせてるんですよね。知ってます。さあ、ちゃんと歩いて」

ターニャは残った人々を振り返り、まかせて、とばかりに、ひとつウィンクを投げた。

二人を見送る健の元に、〈虫〉が小さなオパールを摑んで帰ってくる。

健は、力なく蹲(うずくま)っているライオネルの分厚い掌を開き、そこに宝石をそっと載せた。

ライオネルは、少しも嬉しそうではなかった。

「ジョン」

と、オパールに語りかけ、そのまま握り、拳を額に当てて泣き出した。

「お前はつまらないものなんかじゃないよ。ここにいる。ここにいるんだ。綺麗でかわいい石になって、キラキラ輝いてるんだ。お前は最高の思い出だ。あいつにはつまらなく悔しい時代だったかもしれないが、俺にはあの時が。マリアがいて、お前がいて、俺の帰りを待ってくれている、あの時が一番の……」

そして彼は、ごめんな、ごめんな、と繰り返した。

「彼女、罪に問われるかしら」

脱力して座り込んでいたカスペルの背をさすりながら、尚美が訊いた。

健が答えるよりもさきに、カスペルが口を開く。

「罪はどうだか知らないが、罰は受けるさ」

三人は、カスペルの顔を見た。

元詐欺師は、すうっと澄ました表情になった。

「あんなピンクオパールのカボションがあるわけない。天然のピンクオパールは、遊色効果のないコモンオパールがほとんどだ。きっとどこかで大恥を掻くだろうよ」

「でも、紫外線検査でも」

言いかけた尚美に、カスペルは薄笑いを返す。

「あいつの旦那はなんでも買えるんだろう？　だったら検査結果だって好きにできるさ。ブラックライト照明のバーにでも行って、せいぜい夫婦喧嘩をすりゃあいい。万が一、検査結果を信じて天然物だとするなら――」

詐欺師は語り口が巧かった。そこで三人の顔を時間をかけて見回す。

「後染めだな。食紅でも吸わせたんだろう。いくら元のプレシャスオパールが大きくても、価値はダダ下がりだ」

ぷっ、と尚美が噴き出した。

つられて健も、ははっ、と乾いた声で笑った。

ライオネルもまた、眉根に悲しみを湛えたまま、口の端だけで笑んだ。

気遣ってくれていた尚美に軽く感謝の会釈をしてから、カスペルは立ち上がる。

「さ、行こうぜ、相棒」

ライオネルの眉間に、ぎゅっと皺が寄る。

「お前、どの面下げて」

「この面だよ。もう契約期間はすぎた。料金ももらった。お前が言ってた通り、これからは人生が大きく変わるんだ。俺は南アフリカへ行く。一緒に来ないか」

「なんだと?」

「南アフリカ、だよ。今度はダイヤにしようぜ。もちろん化石でもいいがな」

ライオネルは、ぽかんと口を開けた。

「まだ俺と組むつもりか」

「お前が何をしているかの報告を、こっそりあの夫婦に伝えていたのは本当に悪かった。けれどあの女には、お前をずっと心配しているから様子を知りたい、と言われてたんだ。待ってるっていう嘘も、お前が気落ちして事故を起こしたりしないようにだ、と。ほんとだよ。それに……」

訝(いぶか)しげに見遣るライオネルの前に、カスペルは改めてひざまずく。まるで求婚するかのように。

「最初に誘ったのはお前のほうだ。落盤から救ってくれたのもお前だ。詐欺師稼業より楽しい暮らしを教えてくれたのもお前だ。どうか俺を見捨てないでくれ」

ライオネルの瞳が泳いだ。頭の中が沸騰するほど迷っているのが判る。

やがて彼の瞳の煌めきは、オパールの遊色効果のように別の色を帯びた。

「よし。水に流すよ、カスペル」

ほっと肩の力を抜いた相棒に、ライオネルはこう続けた。

「だが、俺がまた川に流されても、次は助けてくれなくていい」

カスペルは、ぱっと閃光が走るがごとくに破顔する。

「その時は、きっとジョンが助けてくれるさ。なあ、ジョン」

二人はしばらく、小さな虹色の輝きをじっと見つめていた。


化石は硬い。宝石も硬い。

当たり前だ。石なんだから。

圧力を受け、時には成分を入れ替え、長い長い時を大地に抱かれ続けた夢の塊。

あと三センチ、そう思わせる夢の力は、あと三センチ、心を近付けたいという願いに似ている。

——友情も、時を経た信頼の中で硬くなる。そういう比喩表現ですね。

——その通り。

〈ダイク〉に返事をしながら、健は背もたれに寄り掛かった。

帰りのバートルの中だ。

尚美は、一仕事終えてぐっすりと眠り込んでいる。座席テーブルの上に、機内サービスのナッツが食い散らかされたままだが。

〈アフロディーテ〉のMB応用技術は、化石化を経たオパール化を、組成やサイズにもよるがほぼ一年で成し遂げられるまでに進んだという。これからは、もっと安価に、もっと手軽に、思い出の品を煌めく宝石に変化させることができるようになるだろう。

ターニャがオープンテラスや夜道で言いかけたのは、〈アフロディーテ〉的には喜ばしいことではあるがライオネルにとっては一種の悲報になってしまうこの新方式のことだった。ジョンの乳歯のオパール化は、初期技術ですでに作業を進めていたので、途中で新方式に切り替えることができなかったのだ。

けれど、待つのは無駄ではなかったんだよ、と健は〈ダイク〉に説明した。

時間をかけたからこそ、採掘師たちの友情が育まれたのだし、マリアの本性も掘り当てることができたのだ、と。

——俺たちも、時間をかけてゆっくり仲良くなろうぜ。

健は目を閉じたまま、薄ら笑いを浮かべる。

——いつか俺がいなくなっても、お前の記憶の中では、俺との思い出が鮮烈なキラキラになって残ってしまう。そんなふうに働ければいいいな。

——私は、記録を美化したり輝かせたりはしません。

〈ダイク〉が真面目に返して来たので、健は思わず目を開けてしまった。

――それはな、「お堅い考え」って言うんだ。そういうのをほぐしていくのが俺の役目。

判ったか、相棒。

頭の中の相棒は、利那(せつな)の間を取ってから、

――了解しました。

と、律儀に答える。

バートルの窓の外には、千変万化の七色に染まった雲が流れていた。

「綺麗だなあ」

健は、我知らず呟く。

尚美が、うん、と唸って姿勢を変えた。

V

白鳥広場にて

スギ木立を抜けて〈白鳥広場(キクノス)〉へ足を踏み入れると同時に、後ろ首を掴まれた。

「タラブジャビーン？」

小山のような図体をした年嵩の同僚は、無言のまま健(けん)を引きずり、スギの大樹の蔭へ連れ込んだ。

「他の奴らも集まる時に遅刻とは、いい度胸だな、新人(ルーキー)」

タラブジャビーン・ハスバートルの浅黒い顔が、恐ろしげな笑顔になる。

「お前さんは直接接続者だろうが。しかも〈正義の女神(ディケ)〉の教育者。〈総合管轄部署(アポロン)〉のご加護も受けている。はっきり言って、イレギュラーすぎる。他の連中はただでさえいろいろ思うところがあるっていうのに、自分から陰口のタネを作ってどうするんだ」

まったくその通りだ。兵藤（ひょうどう）健は、素直に頭を下げた。

「すみません」

頭上で、タラブジャビーンが、ふう、と大きく息を吐いたのが聞こえた。顔を上げると、彼の表情はいつものように柔らかくなっている。

「お前さんのことだ、女の尻を追っ掛けてたとか、深酒して寝過ごしたとかは思ってない。何かあったか？」

健の視線が泳ぐ。

「ああ、あの……。ちょっと叔父のことを調べてたんで。〈ダイク〉はずっと、遅れるから切り上げろって忠告してたんですけど。ほんと、すみません」

タラブジャビーンは、低く「やっぱりな」と言った。

健の叔父である兵藤丈次（じょうじ）、通称ジョーは、美術関連のグレイゾーンに身を置いている。健が赴任先希望を〈アフロディーテ〉にしたのも、叔父に会えるかもしれないと期待してのことだ。健が幼い頃には、白いスーツ姿でたまにふらりと現れて、小函（こばこ）やアス銅貨など出所の判らない骨董品をプレゼントしてくれた。五年前に亡くなった父は叔父を恥さらしだと罵（ののし）っていたが、わざわざ甥の顔を見に来てくれるほどには人情を持ち合わせていたように思う。父に倣（なら）って警察機構の末端に籍を置くようになった今でも、叔父が悪人なのか善人なのか判らない。健が手回しオルガンの件を扱った時にようやく名前が出てきて、それ以来ずっと気にかけていた。

「まあいい。俺の前で、ジョーのことをちゃんと口にできるようになっただけでも進展だ。行方捜しは焦るな」

「はい」

「巧妙な手口で〈博物館惑星(アフロディーテ)〉に潜り込む輩(やから)は、年間三千人とも五千人とも言われている。叔父さんだけに気を取られてちゃ、〈権限を持った自警団(VWA)〉としての職務がおろそかになるぞ。さあ、お仕事だ。行こう」

言葉半ばで、タラブジャビーンは制服のほのかな青色発光を強め、堂々とした姿勢で木蔭から歩み出した。

広場の中央には、白っぽい巨大アメーバとも溶けかけの岩山とも思える造形物が置かれている。周囲には人が群がり、それを撫でたり指さしたりしているのが見えた。自分と同じ制服のVWAたちも何人かいる。

得体の知れない大型展示物。そしてたくさんの観客たち。見るからに難儀そうな案件だ。

健は、さあお仕事だ、とタラブジャビーンの真似をして心の中でそう言った。

――察知しました。

脳に直接繋がれた相棒、情動記録型データベース〈ダイク〉、正式呼称〈正義の女神（ディケ）〉は、機敏に健の気負いを汲み取り、制服の発光を増幅してくれた。

サッカー場ほどの面積があるキクノス広場には、こぢんまりした池がある。名前の通り、そこには十五羽ほどのハクチョウたちが棲んでいて、〈アフロディーテ〉の名所の一つとなっていた。

朝靄（あさもや）の時間や気象台が雪を降らせた時などは、艶やかな水面（みなも）にハクチョウが静かに浮かんでそれはそれは綺麗なものだ。ただし、静止画で見ると、だが。

実際は、あの細首から出るとは思えない大声で、コォー、グァコー、と鳴くものだから、訪れた観光客たちの評判は、いまひとつよろしくない。加えて、みんなが思い描く風景はバレエ『白鳥の湖』のようにしいんと涼しげな深い森の中の湖だろうけれど、ここの樹々は楕円形の広場の周辺を囲うように植えられているだけ。見通しがよすぎて趣がないことも不人気の一因だろう。

そこで、針葉樹エリアを管轄する〈動・植物部門（デメテル）〉は、〈絵画・工芸部門（アテナ）〉や〈音楽・舞台・文芸部門（ミューズ）〉の力を借りて、キクノス広場に野外展示やコンサートを招致することが多かった。〈アフロディーテ〉の天候を司（つかさど）る気象台の人たちは、針葉樹とハクチョウ向けに調整した低温を人出によって乱されるのをあまり好ましく思っておらず、たいていは、部署間コラボに気象台を加えた三すくみの状態を調停するために〈アポロン〉職員が右往左往する、というのがお決まりとなっている。

今回は、アーティストのワヒド――インドネシアではいまだに姓を用いる人が少なく、パスポートもこうとだけ書かれてある――が、「お互いに」という意味の「Satu sama lain（サートウ・サマ・ライン）」という名のオブジェを制作していて、〈アポロン〉の学芸員である尚美（なおみ）・シャハムが大きな作品の周りでお決まり通りに右往左往していた。

日系イスラエル人の尚美は、褐色の肌と黒髪、大きな黒い瞳を持つ背の低い女性だ。今日もいつもと同じく堅苦しいスーツ姿なのだが、さすがに寒いのか、白いイヤーマフをしている。

でもどうしてそのイヤーマフがウサギの耳の形をしているんだろう、と、健は真剣に首を捻（ひね）った。

あれは彼女なりのお洒落（しゃれ）なんだろうか。いやいや、小学生じゃあるまいし。だったら、動くたびに頭の上に立ち上がった耳がぴょこぴょこ動くのを、彼女は気の利いたおふざけだと思っているのだろうか。いやいやいや、真面目がスーツを着ているような彼女が、学芸会めいたジョークなんかかますだろうか。

健の見ている光景はとてもシュールだった。尚美のウサ耳のせいだけではなく、彼女のバックにあるワヒドのアート作品とあいまっての印象だ。

それは一見すると大型の遊具にも思える。児童公園によくある、椀を伏せたような半球型の滑り台。コンクリートみたいな色なのも、その中に子供たちが好きそうなカラフルな小物が色々と埋め込まれているのも、似ていなくはない。

けれど、ワヒドのアート作品の形は、サイズこそ半球型遊具と同等だが、滑り台に使おうものならバウンドの連続で舌を噛んでしまいそうなほどにぐにゃぐにゃと歪んでいた。

昨日とはまた形が変わっている。もっと芋虫のようなフォルムだった。一昨日は、半身を起こしたナメクジのような形。今は、基剤の質量を増してもらったせいか、比較的まとまって見えるが。

開催前の説明によると、これは学習して育つ立体造形物なのだとか。

〈自律粘土〉は、観客たちが押したり伸ばしたり、埋め込んだりほじくったりした刺激を受け、目には見えないメッシュ構造を変化させて自由闊達な成長を見せる。全体のフォルムを律するのはワイヤレスで繋がった専用人工知能だ。人工知能は学習の方向性、つまり変化における条件の取捨選択〈重み付け〉までをも自身の経験で決めていて、クレイがどちらへ向けて触手を伸ばすのか、どんな形に凹むのか、ワヒド自身にも判らない。ただ、クレイとそれに手を加えた観客が「お互いに」作用し合って、思惑を超えた一つの芸術作品を産み出していくのだ。

現状のオブジェは、ごつごつしているところもあるし、鏡面仕上げみたいにぴかぴかのところもあるし、ビー玉が顔みたいに配置されているところ、松葉が意味もなく密集して突っ立っているところ、猫が喜びそうな窪みもあれば宙をまさぐるかのような触手もあり、色彩も施されていたりいなかったり、といった様子で、まったくとりとめのない有様だった。清冽（せいれつ）な大気、濃い緑の針葉樹に囲まれたキクノス広場、ハクチョウの浮かぶ静かな水面、そこにこの形容しがたいフォルムをしたオブジェが配されているのは、奇怪な夢の一シーンのように感じられる。

観光客たちはその奇怪さも含めて楽しんでいる様子なのが、まだ救いだった。外部から色石を埋め込もうが穴を掘ろうが自由にしてよく、自律粘土の人工知能がその措置を却下すると、ゆっくりと石は押し出されて地に落ち、穴は次第に埋められてしまう。

中年女性の三人組は、何度ティッシュペーパーを押し込んでも吐き出されてしまうので、半ば怒りながら笑い転げている。突き刺した木の枝が次第に上のほうへ移動していくのを、興味深げに見守っている若者のグループもいる。わざわざ持ち込んだのか塗料の缶を並べ、果敢に彩色を試みている青年は、まるでオブジェの意思と色の陣取り合戦をしているかのようだった。

「こらこら。それは駄目だよ。不潔だ」

オブジェの周囲に集う三十人ばかりの人々を見回していた健は、口から出したチューインガムをねじ込もうとしているローティーンの少年を見つけた。

口を尖らした少年は、

「何してもいいんだろ？」

と、生意気に言い返す。

もう少し厳しくいくか、と健が唇を開いた瞬間、

「ええ、いいんですよ」

と、笑い含みの声がした。

振り向くと、少しばかり鼻の存在感が大きい東南アジア系の男性が、にこにこ顔で立っていた。ワヒドだ。

彼はサイケデリックな柄のロングチュニックをはためかせながら、少年に近付く。彼の肩の後ろに白ウサギの耳の先が見えていて、疲れ果てた表情の尚美がすぐにワヒドの横に並んだ。

「自律粘土は滅菌仕様ですからね。汚物を入れたければそれでもいいんです。必要か不必

要かは、クレイの選択に任せましょう。クレイがオブジェには不要だと判断すれば押し出してしまいますし、必要ならどこかに配置するでしょう。まあ、汚物であるかどうかにかかわらず、臭いのするものは観る側が困りますけれど」

横で、尚美が俯いて吐息をついた。ウサ耳までしおたれているように見える。

健が「そこまで自由なの？」と訊くと、尚美ははっとしたように顔を上げた。

「そうです。クレイにはどのような刺激を与えても構わない、と、〈アテナ〉によって許可されています。このオブジェは参加型アートですので……」

健はこっそり、

――〈ダイク〉、判るか。

と、頭の中の相棒をテストしてみた。

――はい。察知しました。尚美・シャハムからは、眉間に力が入り、唇の端が歪む、という微表情が観測されました。声の抑揚も通常と異なります。よって彼女は、円滑なコミュニケーションのために笑顔を保ち、伝えられた主旨に従おうとしているけれど、本心では納得していないものと推測されます。

――うん、いい観察力だ。

――恐れ入ります。

その時、オブジェの向こう側からＶＷＡの仲間とおぼしき声がした。

「ワヒドさん。こんなのも許可していいんでしょうか」

「ああ、いま行きます」

楽しげに駆けていくワヒドが充分離れてから、尚美はあからさまに顔をしかめた。

彼女の視線の先には、さっきのチューインガム少年が、少し離れた場所に立ち、ご丁寧に指で伸ばしたガムの一端をオブジェの肌にねじ込んでいる。

「ほんとに、もう。ワヒドさんもこのオブジェも、煮過ぎたうどんね」

「は？」

訊き返した健が睨まれる。

「箸にも棒にもかからないってこと。うどんはうどんでも、闇鍋っぽい」

尚美がそう称するのも無理はなかった。

「面白いと思うわよ、確かに。お客さんにとってはね。自分の働きかけが作品に影響を与えているのが判るもの。たとえ吐き出されて拒否されても、次はどうしてやろうかって気になるしね。でもそれってさ、ゲームでしかないよ。この、表面カオスのオバケスライム、ほんとに芸術扱いしていいの？」

「学芸員がそんなこと言うなよ」

「私だって現代美術の捉え方くらいは知ってるわ。でも、これ、全然、まったく、毛ほども、美しくない！　良いパフォーマンスとも思えない。時間の無駄、予算の無駄、資材の無駄、空間の無駄、私のキャリアの無駄」

尚美は、アーティストや観客の前では言えなかったので健の前で思うところをぶちまけたのはいいけれど、勢いがついて余計に怒りが募っているようにも見えた。

が、不機嫌な顔の上で、ウサ耳がぴょいぴょい動いている。健は、笑いをこらえるのが精一杯だ。

「ま、まあ、その、俺は学芸員じゃないから、とりあえず〈ダイク〉と一緒に見守るしかないいな」

尚美は恨めしげな上目を遣ってきた。

「せめて安全だけは確保しといてよね。つまんないものがつまんない事故でも起こしたら、私、あのてっぺんの不細工なイガイガの上にあなたを突き落とすわよ」

「ちゃんとやってるよ。〈ダイク〉は建築データベースの〈アーキ〉と一緒に構造や力学的な問題が起こらないかを見張ってくれている」

健は、くい、と木立のほうを親指で示した。

スギの樹々のあちこちには、監視センサーが設置されていた。〈ダイク〉は〈アーキ〉

と連携を取ってオブジェを細かく分析し、重心や強度に問題はないかどうかをモニターしている。

「例えば、あそこはどうなの？」

尚美は、少し意地悪な口調で訊いた。

彼女が指さす方向では、オブジェが大きく迫(せ)り出していて、まるで庇(ひさし)のようになっていた。庇の下側に何ができているのか、小さな女の子が地面に仰向けに横たわり、声を立てて笑っている。

「〈ダイク〉、どうなんだ」

声に出した健に対し、〈ダイク〉も音声で即答する。

「問題ありません。構造計算的にはまだ余裕があります」

尚美はまだ不満そうだった。

「クレイの人工知能は独立(スタンドアローン)なんでしょ。私の〈記憶の女神(ムネーモシュネー)〉や〈ダイク〉であっても、変形を止めることはできないわ。万が一の時に手を打つのは私たち自身なのよ。しっかり予兆を捉えてくれないと、対処が間に合わない」

彼女が下からねめつけるような姿勢を取ると、ウサ耳がつられて揺れる。

健は噴き出しそうになったのをぐっとこらえた。

「そ、それはうちも考えてある。林の中に、移動可能な支持架を用意してるんだ。崩れそうになったら支えられるように」

「じゃあ、あのオバケスライムが人間を呑み込んじゃったりしたら？」

「それはないな。あっちの人工知能もバカじゃない。だいたい、そこまで信用性の低いシステムなら、ネネさんが許可してないだろ」

「それもそうね」

ネネ・サンダースの名前を出すと、尚美はようやく矛を収めた。いつも銀色のオールインワンを身に纏い、白髪交じりの髪を短く切った、黒ヒョウにもブラック・タイガーにもたとえられる〈アテナ〉の名物学芸員は、それほどまでに〈アフロディーテ〉職員たちからの信頼が厚い。

地面に影が流れた。

二人揃って目を上げると、ハクチョウが一羽、オブジェの上のトゲトゲを避けて止まったところだった。

「あら、珍しい」

ハクチョウの脚には水搔きがついている。たまに田畑を歩くことはあっても、高い枝を脚で摑んで止まったりしない。上のほうにいるハクチョウを見ることは滅多にないのだ。

「案外ずんぐりむっくりしてるのね。ハクチョウを見上げるの、初めてだわ。珍しすぎて、なんか嫌な予感」

「そうかい？　あまりにもヘンテコなものが出現して、様子を見に来たくなっただけじゃないかな」

いつも考えすぎる尚美に、健が軽く返した時。

「ナーオーミー」

大きな声がして、派手に手を振って駆けてくる女性が見えた。

運動し慣れているのがよく判る身軽な走り方だった。白いジャケットとブルージーンズが、カフェオレ色の肌を引き立たせていた。ゆるく巻いた黒髪が肩のあたりで弾んでいる。

彼女は、近付くなり、

「よく似合ってるわ、ウサ耳。プレゼントしてよかった。あったかいでしょ。遠くからでも見つけやすくて便利。ところで、このプロジェクトを仕掛けた天才はどこ？　紹介してよ」

と、一気に喋った。

そして、尚美の返事を待たないままオブジェを見上げ、

「うわあ、近くで見ると本当にすごいわね。こんなマチエールはそうそうお目にかかれな

いわ。あ、松葉を刺した人がいるんだ。でもこっちはすべすべ。あそこの、色が流れてる部分もいいわね。うーん、魅力がありすぎて、どうやって鑑賞するのがいいのか判んなくなっちゃう。撫でていい？　舐めるのは駄目よね。私、五感すべてで美を受け止めたいほうなんだけど。ああそうだ、あの子みたいに寝っ転がるのもいいかもしれない」

マチエールという単語を〈ダイク〉に検索してもらう刹那（せつな）の間に、彼女はこれだけのことを言ってのけた。

健が、マチエールとは材質や素材のことであり、その質感が全体の印象に及ぼす力のことでもある、と知った時には、もう右手の人差し指でオブジェの表面を引っ掻いてみている、という素速さだ。

「不思議な肌触りねえ。おお、膨らんだ。見る間に動くんだ。へええ。で、ワヒドはどこよ、ナオミ」

興奮で紅くなった頬をほころばせる彼女とは反対に、尚美は硬い愛想笑いを顔に貼り付けたまま、ゆっくり目瞬きをするだけだった。

「うん？　この人があなたが組まされているＶＷＡの人？　ケン・ヒョードーだったっけ。まずはこの人から紹介してもらわなきゃ」

尚美は、ようやく口を開いた。

「紹介も何も、あなたが全部喋っちゃったじゃないの」

「あはは、そうだわね。じゃ、自分もこの口で紹介するわ。ティティ・サンダース。いろんなことしてるけど、肩書きはアーティストのつもりよ。よろしく」

細いが大きな手を差し出され、健は気を呑まれながら握手を交わした。

なんとなく見覚えのある顔つきだった。知らずに首でも捻(ひね)っていたのだろうか、尚美が小さく言い足した。

「ネネの姪御(めいご)さんよ」

〈ダイク〉に表情を分析させるまでもなかった。正解が判り易すぎる。尚美は、今、嫌な予感が的中した、と観念しているのだ。


ネネ・サンダースは腕っこきの学芸員なので、どんなに奇抜なアートであってもかなり許容範囲が広かった。それはワヒドのオブジェを承認したことからも判る。

「ティティ。あなたのはアートとは認めたくないの」

そのネネが困り果てた表情で、映像越しに姪のティティに説教をしていた。

キクノス広場の地下管理センターにある通信ブースは狭い。同室してくれと頼まれた健と尚美は、ティティの後ろでただおろおろするしか能がなかった。

「最初は倉庫街で落書きアートをやらせてくれって来たわよね。大道芸人フェスの時も素人臭いソロダンスを披露しようとした。煙で空に何かを描くって言った時には、ほんと、腰が抜けたわ。そして今度は何？」

カメラへ向けて軽く肩をすくめたティティは、馬耳東風の様子だ。

「やりたいことはあるのよね。スモークアートの時に、空を飛ぶことに目覚めちゃって。カイトもグライダーも軽飛行機も、アーティストとしてはいろいろ面白いことに使えそうだなあって思ってる」

「だからあなたのは――」

ネネにはそれ以上言わさず、ティティが続けた。

「今日は単純にワヒドに会いたかっただけ。あんなに自由奔放に作品を作れるなんて、ほんと、天才的」

「ティティ。あなたが、私も彼のように何でもアリの大きなモノを作りたい、なんて言い出したら――」

ネネは獲物を狙う時のように目を細くした。ネコ科の仕草で身を乗り出したので、健は自分まで襲われるような気になってしまう。

しかしその動作も、ティティには通用しないようだった。

「ああ、大丈夫。今の興味は空中だから。それにお金もないしね。これ、買ったから。ホテルに置いてきたけど」

健と尚美が見守る中、自分をモニターするための小さな画面がすっと商品画像に切り替わった。

ネネの瞳がいっそう細くなる。

「〈不可視ベール〉？」

ティティが僅かに反りくりかえった。

「いいでしょ。ちょっと前に発売されたの。ねえねえ、〈アフロディーテ〉でもうこれを使った人、いる？」

ふん、とネネが鼻から息を強く吐くのが見えた。

「いないけど、これからもいない」

「どういうこと」

「危険すぎるわ。何に使うのか知らないけど、あなたには使わせないわよ。見えない布なんて危ないじゃない。引っ掛かって転ぶだけならまだしも、首にでも巻き付いたらどうするの」

「あら、〈テュレーノス・ビーチ〉の海中水族館は、不可視ガラスで生態環境を区切ってるんでしょ」

「ガラスは首に巻き付いたりしないし、あそこは遊泳禁止区域だから係員以外が触れることもありません」

「いきなり透明にはしないのよ。作品を鑑賞してもらう時だけ。他の時間は安全ラインを浮かび上がらせておくし、なんなら全体を発光させておいてもいいし」

黒ヒョウは、一度目を閉じ、大きく深呼吸した。

「ティティ。はっきり言うわ。そろそろアーティスト気取りはやめなさい。コンセプトがなければ芸術にはならないの。あなたは、自分が楽しければいいと思っているようにしか見えない」

「もちろん私にだってコンセプトは――」

今度は、ネネが最後まで言わせなかった。

「会議があるからもう行くわ」画面の向こうで立ち上がる。「この件はこれで終わり。健や尚美に愚痴を言うんじゃないわよ。迷惑だから。反論があるなら、〈アテナ〉庁舎まで来なさい」

「ネネおばさんったら！」

音もなく画面が暗くなった。

映像通信はいいなあ、と健はぼんやり思う。聞きたくなければ回線を切ればいいんだから。

けれど、実際に同じ場所にいる人間は……。

ティティがくるりと振り返った。胸の前で指を組んだポーズで。

「ねえ、お願い、二人とも。ネネおばさんを説得するのを手伝って」

ティティは、ネネと決裂するのを充分に予想していたからこそ、二人を同室させたのだろう。

健の横で、ウサ耳の尚美があからさまに意気消沈した。

「現代アートは、素材が勝負みたいなところまで来てるのよ」

画面が消えたままの狭い通信室で、コーヒーの保温シールをめくりながらティティが呟いた。

「一応、ルールはある。『アートの文脈』に則って(のっと)いること。過去の作品との相関性ね。『参照と引用』って言って、何から影響を受けて作品を作ったのかが重要なの。ただし、自分で言明するかどうかは自由。パンフレットに載せてもいいし、評論家や観客が読み取るのに任せてもいい」

　現在進行形の芸術について語るのはとても難しい、と、健の上司の一人である〈アポロン〉学芸員、田代孝弘（たしろたかひろ）が、今と同じ自販機コーヒーの香りの中で言っていた。

　その時引き合いに出されたのは、孝弘の品の良さに似合わない、デュシャンの「便器事件」だった。

　マルセル・デュシャンという芸術家が、一九一七年、ニューヨークで開かれたアンデパンダン展に、「泉」という作品を出品した。それは、架空の人物のサインを施しただの男性用便器だった。こんなものは芸術ではない、と怒った審査員たちは、誰でも参加できるはずの展覧会だったのに、出品を拒否した。

　しかし今となっては、この「便器事件」こそ芸術界におけるコペルニクス的転回を起こした、と位置付けられている。つまり、作品である証明としてサインを施した物体であればどんなものでも美として取り扱うべきか否か、という「問題を人々の思考に突き刺した」ことこそが芸術的行為なのだ。

　芸術は人の心を震わせる。多くはその美しさによって。しかし、一般的には美しくなくても、思想の表れを愛でる鑑賞方法もある。

　昔は、単に写実性が感心されることが多かった。写真が発明されると、今度は見たものを芸術品としてどう処理しているかが着目点となった。やがて具象を離れ、抽象表現やキュビズムが先鋭的とされるようになった。その時代を越えると、ほとんどもう「コンセプトがしっかりしていれば、何でもアリ」と思われるようになり、日用品を使ったポップアートや、モノそのものがアートであると言い張って物体をぽんと展示しただけのミニマルアートが出現した。最近では、ティティが言っていたように、新素材や新製品に籠められた人類の叡智(えいち)を愛でる〈新物質主義(ネオ・マテリアリズム)〉が隆盛を誇っている。

僕は〈アテナ〉の専門家ではないけれど、と、前置きしてから孝弘はこう続けた。

「芸術というものは、実は人の心の中にしか存在しないんじゃないだろうかと思ってる。風景に感嘆するのも、まっすぐに見える一本の線を地球的な規模では曲線の一部だと言われてはっとするのも、人の心が揺さぶられているということだね。反対に、モナリザもダビデ像も、動物にとっては物質そのもの以上の価値はない。同じ石を見ていても、美しいと目を留める人もいれば、ただの石ころだと唾棄する人もいる。道端で売られていた安物の茶碗を愛でたのは、千利休だったっけか。とにかく、人に心がある限り、世の中はいかようにも美しく見えるし、芸術はすべてのものに宿っていると感じ取れる」

たとえ便器であっても、サインによって芸術品扱いされれば、どこが、どういうところが、と、人々は目を眇(すが)めて観察を始めるだろう。そうして気が付くのだ。陶磁器の肌合いの白がとても柔らかい色彩だということに。金隠しの曲線がとても優雅だということに。

ティティは、そういった何でもアリの中に美を見つけて深読みをするのが好きらしい。

「ワヒドのアートは、とてもすごいものなの。『お互いに』というタイトルに籠められたコンセプトの多重性が、作品の複雑さに関与している。お互いというのは、観客とオブジェの共同作業的造形経過であり、フォルムを制御する人工知能といたずら心を持つ人間の頭脳戦でもあるわ。そしてね、針葉樹エリアから感じられる重苦しさとファンキーな物体の印象合戦でもあるから、設置場所をここに決めた時はもう、サイトスペシフィックであることを運命付けられていて――」

健は、宙を見ながら半ばうっとりと喋り続けるティティを眺めたまま、

――〈ダイク〉。検索してくれ。サイトなんちゃらってなんだ。

――検索しました。作品の評価が背景（バックグラウンド）と分かちがたい、「その場所だけの特別な作品」というような意味です。

という会話を脳内で交わした。

電子辞書代わりにして〈ダイク〉には申し訳ないが、現場を離れたＶＷＡは他に何ができるわけでもない。

学芸員の尚美はこの言葉を知ってるんだろうな、と、ちょっとした疎外感を持ちながら彼女を見ると、腕組みした手の人差し指を動かしながら必死でイライラと戦ってるようだ

った。

ティティは尚美の様子に気付いているのかいないのか、お構いなしに続けている。

「作り上げていく過程を見せる意味ではパフォーマンスアートとも呼べるし、いろんな物をねじ込んでいって変化を楽しむという点ではインスタレーションアートでもある。みんながこの周りであれこれ言い合うタネにもなってくれるから、コミュニケーションアートとしても成り立つわね。〈デメテル〉はこれでエリアを活性化させようとしているんだから、地域連動型の立派なアートプロジェクトだし、もしもあれを永久設置するのなら、パブリックアートにもなる」

「やめて」

尚美がついに音(ね)を上げた。

「あのサイケなオバケスライムをハクチョウのいる公園にずっと設置するだなんて、考えたくないわ」

ウサ耳が跳ねているが、尚美は真剣そのものだった。

「何かが何かと『お互いに』作用する、そんなの当たり前じゃないの。確かに参加型アートだとは思うわよ。でも、二項対立するものをあれこれ並べ立て、これがお互いにっていう意味だよ、と主張されても、手垢が付きすぎてて笑うしかない。作品が何でもアリなら、コンセプトも何でもアリってわけ？」

　芸術を解するはずの学芸員が反駁（はんばく）してきたのが意外だったのか、ティティはコーヒーのカップを通信コンソールの上に置いて、目玉をくるりと回した。

「うーん。まあ……。と、いうようなアートの文脈や批判を経て」

　ティティは、敵の言葉をそのまま横滑りさせて妙な言い方をする。

「最後の砦となっているのが、新物質主義なのよね。芸術は、何でもアリだし、言った者勝ち。要するに、美が美として立脚するところが人の心の中であるが故に、いかようにも判った気になれるってことよ。けど、物質（マテリアル）は違う。自律粘土は誰が見たって灰色のクレイであり、すごい技術力によって作られているのは揺るぎなく確かなことよね。封を開けたままの形で展示しても見る側の心を揺さぶることができるでしょうけど、ワヒドはその上を行った。あのクレイにしかない性能と特徴を最大限に引き出すパフォーマンスをしているわ。私も不可視ベールを使いこなしたいの。ワヒドがクレイの自律を観客に見せたように、ベールの不可視っていう特色を利用した芸術活動で、お客さんを感動させたい」

　健は、おずおずと待ったをかけた。

「その言い方だと、君は不可視ベールを使って何をどうするか、まだ決めてないように聞こえるんだけど」

ティティは胸を張る。が、返事は姿勢とまったく逆方向だった。

「決めてないわ。最初から決めてかかってなるものですか。これから考える。素材をやっとこさ目標の空間に持ち込んだんだもの、きっと素晴らしいアイディアが」

横で、尚美が脱力した。

「それだったら、コンセプトを固めて、企画書を出してちょうだい。ネネさんを説得するかどうかは、その書類が私を説得できてからにする」

「あら、使っているうちに判ってくる特色だってあるし、パフォーマンスしながら見えてくるコンセプトだって大事な」

「まず、企画書」

この時ようやく、さすがのティティもむっとした表情になった。

しばしの睨み合い。

「これ、返してもらうわね」

ティティは突然、尚美からウサ耳のイヤーマフをもぎ取ると、憤然とした足取りで通信室を出て行った。

――〈ダイク〉。

健は脳内に呼びかける。

――芸術って、小難しいことを知ってないと正しく鑑賞できないのかな。美術のことなんかちっとも知らない俺が、ただ叔父さんを見つけたいがために〈アフロディーテ〉にいていいんだろうか。

落ち着いた優しい声で、〈ダイク〉は答えてくれる。

――いい、と判断します。なぜなら、ここにいることで兵藤丈次と再会する可能性が高まりますし、芸術についての論議は健にも私にもよい経験となるからです。

健は、疑問符を思い浮かべた。すると、察しのいい相棒は、その記号イメージを受けて言葉を続ける。

――芸術は人の心の中にこそある。人が受け入れて初めて、万象が美として認識される。これはとても難しい概念です。しかし、人の心を学ぶ私たち情動記録型データベース・システムにとって、情動のありようは何度も何度も繰り返し想起しなければならない重要な言葉（ターム）です。

――〈美の殿堂（アフロディーテ）〉は、心について考えるのに向いているってことか。

――はい。考えるのではなく、パターンを覚えていく、と表現するのが正確ではありますが。

健は、ゆっくりと視線を上げた。

凜と冷えた朝の大気の中、黒く沈んだ針葉樹の林を背景にして、小さな家ほどに育ったワヒドのアートが自由奔放に腕を伸ばしている。色とりどりの石は日射しを受けてきらきらと輝き、少女たちが盛り上げた瘤も、老夫婦が這わせたリボンも、小学生がキックでつけた足跡も、それぞれ意味深げなマチエールとなって存在を主張していた。前に止まった時によほどそこが気に入ったのか、てっぺんに佇む例のハクチョウですら、長い首を傾げて思索に耽っているように見える。

健は、ぐねぐねと奔放に伸びたオブジェの枝を眺めながら、無様になった、と感じていた。〈アーキ〉はまだ警告を出していないが、池に差し伸べられた一本など、重みでしなって折れそうに思えた。今にも水面を鞭打ちそうだ。けれど同じその姿を、のびのびしてて気持ちいい、いよいよ面白みが増してきた、と言う人たちがいることも知っていた。その証拠に、早朝だというのに観客たちはもうオブジェの周りに何人かいて、笑い声も聞こえてきている。

——なあ、〈ダイク〉。お前にとって美とはなんだ。

〈ダイク〉の沈黙は、考え込むというより微苦笑しているかのような間だった。

——語義的には答えられますが、それはあなたの求める答えではないでしょう。だとすると、判らない、とお返事するしかありません。

——だろうなあ。俺だって、そんな質問をされたら答えに困る。

直接接続のデータベースと美について話をするだなんて。ワヒドのアートが存在しなければ、こんなことはなかったかもしれない。その点では確かに、あの作品は心を揺さぶるすごい芸術品だと言える。

「少しは『Satu sama lain』を好きになってくださいましたか？」

いつの間にか背後に近付いていたワヒドは、ネイティブの発音でタイトルを口にした。

振り向いた健は、自分の目が泳いでしまうのを止められなかった。

「ええと、ああ、まあ……。興味深いとは思っています。オブジェが投げ掛けてくる疑問も含めて」

ワヒドは、柔らかく笑んだ。

「それで充分ですよ。気を惹かれるものが一つあるだけで、人間は思考を広げていけるんです。外へ向けても、うちへ向けても」

「うち？」

「どうして嫌いなのかを考えるのは、自分自身の心を覗き込むことに他なりません。いわば、自分と、まだ気が付いていない自分とが、お互いに問答をするわけです」

「ああ、なるほど」

相槌を打ってから、健は言ってみた。

「芸術は哲学なんですね」

アーティストはますます笑みを深める。

「あなたは、学芸員になれますよ。いや、美術評論家のほうが向いているかな。学芸員は組織としての責任を負っていますからね」

ワヒドは笑顔のまま、眉だけをひそめた。

ストレートには言えない、という意味の微表情。

「何かありましたか？」

促すと、彼ははっきりと困った顔になった。

「ナオミが申し入れをしてきました。ここを管理する〈デメテル〉が、オブジェが巨大になりすぎていると苦情を言ってきたそうです。製作会期終了まであと一週間もあるのに、これ以上クレイを追加するのはやめてほしいとのことでした。馬鹿げた要望ですね。広さが足りなくなってきたのは、それだけお客さんたちが人工知能に刺激を与えてくれているからです。それはとても素晴らしいことです。私は、もっともっとクレイに自由を謳歌させたい。あれを取り巻く世界の関係性を、具現化させてやりたい。なのに、〈アフロディーテ〉ともあろうものが、美の表明に制限をかけてきたのです」

声に乱れはない。チューインガムの少年とのやりとりを思い出すだに、ワヒドの穏やかさが改めて伝わってくる。

健は慎重に伝えた。

「単純に安全性の面から言うと、これ以上大きくなってほしくない、というのが俺の意見です。触手、じゃない、枝の一本でも折れて落下したら大変なことになります」

ワヒドは、ぴりっと表情を辛くした。

「クレイの人工知能に問題はありません。それに〈アーキ〉にも見張らせているんでしょう？」

「ええ。しかし、用心するに越したことはないですよ。予測は予測であって、完璧じゃないですからね、人間も、機械も。質量が大きくなれば、万が一の時の被害も大きくなります」

不機嫌な息を鼻から噴き出してから、ワヒドは視線を落とした。

「私は、本当を言うと、折れたり崩れたりしてもいいと思っているのです」

「なんですって？」

「クレイが予測を過（あやま）つなら、それでもいいと。怪我人を出したくはありませんが、事故が起こるのなら、それも一つの心震わす事象です。その時の天気、その時の樹々の色、その時の匂い、その時の雰囲気、そして壊れたオブジェのフォルムと共に、人の心に残るでしょう」

柔和に思えたワヒドの口からこのような言葉が出るとは、健には信じられなかった。

「あなたの芸術は、そこまで〈何でもアリ〉を貫くんですか」

「そうですよ」

芸術家は低く笑った。

「何でもアリです。その上での滅びです。どんなに足掻いたって死んでしまう人間のように。どんなに守ろうとしても、何億年か先にはなくなってしまう地球のように。私は、展示会期が終わって撤去されるオブジェを、働きかけた人々がどのような感傷を抱いて見るかまで観察したいと思っています。もしもパブリックアートとして残してもらえるのなら、どのように朽ちていくかを見てもらいたい、とも」

ワヒドは、自分の作品を見遣った。

「新物質主義の行き着く先は、物質の滅びです。会期が終わって目の前からモノがなくなる。もしくは、途中でつぶれてしまう。失われたものはよりいっそう美しく貴重に思えるし、思いっきり好き勝手をしたという過去の充足度と比例して寂寥がつのる。喪失感という負の感動もまた、滅びの美学という芸術の賜物（たまもの）です。私はね、新奇な性能に頼る新物質主義に、物質と人間がお互いに楽しく働いてもなおやってきてしまう空虚さをぶつけることで、アートの文脈を書き換えられればいいと考えていますよ」

愕然とした健は、自分のほうがオブジェよりも先に崩れてしまいそうだった。

ワヒドが提供しようとしている感動は、物と人間、機械と意思、それらがお互いに影響し合って育てる楽しさではなく、その楽しさを伏線として扱い、この広場が再びハクチョウと針葉樹だけのものになってから感じる惜愛なのか。

空っぽになった広場、針葉樹の黒さに囲まれたぽかんとした空間に、人々は失ったオブジェの影をいつまでも見るだろう。自分が参加したアートは、いつまでも美しく記憶に残るだろう。確かに心は動く。

けれどそれは感動か？　美しいか？

いや、しかしデュシャンの便器事件は後に高く評価された。時代が進んだら、やがて彼は便器にサインをした人と同じような扱いを受けるのか？　「祭りの後」という日本語の意味が、コペルニクス的転回をするのか？

ワヒドがくるりと振り返った。サイケデリックなチュニックの裾が、一拍遅れて彼の身に添う。

「私は、コンセプトを自分から表明するスタイルを取りません。だから、楽しい活動だったという評価しか残らなくても甘んじて受け入れます。あなたにこういうことをお話ししたのは、ただ、邪魔をしてほしくないからですよ」

「邪魔？」

「ええ。クレイはもう追加しません。けれど、製作会期はあと一週間、今まで通り人工知能が望むままにさせます。本当はこれまでだって、パトロールなんてしてほしくなかった」

健は知らず知らず身体に力が入っていた。

「望むままって……何が起こるんです」

「さあ？　けれど、さっき言ったように、私は怪我人が出ることは望みません。あなたにお願いするのは安全の確保だけ。どんな変化が起きても、手出しは無用ですよ。職務を全うしましょう、〈お互いに〉」

自分は学芸員ではない。ＶＷＡだ。だから安全さえ確保できれば、ワヒドの思想がどうであれ関与できない。

しかし、と健は逡巡する。自分はこの無力感を〈ダイク〉にどう解説してやればいいのか。人の心にこそ美が宿るという概念をすでに習得しかけている〈ダイク〉に、その美がなくなることもまた美なのだ、と、自分でも納得がいかないままに口先だけで伝えるのか。美がなくなることもまた美であるのなら、美を美として存在観測できる唯一の生き物である人間が死んでいなくなってもメタ的には美である、というような論理の飛躍を〈ダイク〉がしてしまわないかが心配だ。

迷っているうちに、すっと地面に影が滑った。

またハクチョウか、と思わず見上げると、そこには颯爽と空を駆けるスマートなモータ－グライダーが。

ティティだった。

細くて長い翼が、朝日を受けて白く輝いている。今は電気による動力を使っていないのか、何の音もさせずに空を滑っていた。

キャノピーのない単座で、ティティの黒髪がたなびく。

ワヒドを崇めていたティティ。自由に空を飛ぶ伸びやかな心は、ワヒドのオブジェに塗り籠められた真のコンセプトをまだ知らない。

白い翼は、あっという間に広場の上を通過していった。

健は、ティティの姿に重ねてならワヒドに何かを言える気がしたが、言葉はなかなか固まってくれず、賑やかな色彩の背中が遠ざかっていくのを立ち尽くして見送るしかなかった。

——人間は、悲しい時に泣き、嬉しい時にも泣きます。

と、〈ダイク〉が伝えてくる。

——それを同じ「涙」として捉えてよいのか、ということですね。

——うーん。どうだろう。似ているような、違うような。

美について考えると哲学になる。健は改めてそう思い知った。

製作会期はあと三日。ワヒドのアートは変化を続けていた。形ばかりではなく、大きさも、だ。

〈アーキ〉の観測によると、自律粘土は拡大方針を転換せず、内部を空洞化することによって表面積を広げているらしい。当然のごとく強度は下がっていたが、四方八方に伸ばした枝状の構造でバランスを取り、重心は安定しているので、差し迫った危険はないとの計算結果だった。

ワヒドの要請を受けて、あれからVWAの監視要員は一人だけになっていた。今日は健の当番だ。

ますます奇怪だ、と健は目を眇める。

枝が枝分かれし、ねじれがさらにねじれ、窪みはさらに窪んでいる。かと思えば、突然塊のように凝(こご)っているところもあって、とりとめがない。てっぺんに居座るいつものハクチョウが、ガラクタに君臨した唯一まともな存在だった。

視界の隅に、ぺこぺこ頭を下げている尚美が映った。

彼女の前に尊大なふうに立っているのは、年配の〈デメテル〉職員だ。依然として大きくなり続けるオブジェに文句でも付けているのだろう。データベースの優位性からすると尚美の〈ムネーモシュネー〉のほうが上だが、調停役を仰せつかった新人はかようにもつらい。

〈アテナ〉はアーティストの意向を尊重するという立場を変えておらず、むしろ〈デメテル〉に反発する姿勢を取り始めていた。もしかしたらネネは、無謀に見えるが目的のしっかりしたアートを必要以上に援護することによって、無謀なだけの姪を戒(いまし)めているつもりなのかもしれない。公私混同はしない人だから、ティティが身内でなくても、気楽すぎる似非(えせ)アーティストには同じ態度を取るだろう。

――健。

――なんだ。

――美しさとエントロピー、両者に関連はありますか。

〈ダイク〉から抽象概念について質問されるのは珍しいことだった。成長の証（あかし）かもしれない。

——あると思うよ。一般的に、乱雑なものは美しくない。

——そうですか。

——でも、きっちりしすぎているものも美しくない。隙がないっていうのかな。面白みにかける。難しいだろう。

——内容は理解しています。しかし、程度の判断は困難です。

そこで〈ダイク〉は、迷うような間を取ってから、

——オブジェをさらに増大させている人物がいます。どう判断しますか。

内声に出さずに、どこだ、という概念を投げると、〈ダイク〉は、

——広場の入り口方向です。回り込んでください。F（フィルム）モニターに出力しますか。

——いや、いい。すぐ行く。

健は小走りで〈ダイク〉が指定した場所へ向かう。

彼らが何をしているのかは、すぐに目に飛び込んできた。

男は二人。梯子を伸ばし、高い位置にある大きな触手状突起をさらに育てているのだった。自律粘土とは質感が違う。おそらく自分たちで持ち込んだ素材なのだろう。

「あいつら、ペンキとチューインガム……」

梯子に登ってボール大の塊を付け足そうとしている青年は、熱心にオブジェを彩色していた人物。もう一人、下から投げ上げて渡す次の塊を手にしているのは、チューインガムをねじ込んでいたローティーンの少年だった。

二人は少し前から作業を始めていたようで、触手の先は別素材のキャップを被せたようになっている。少年の足元にある素材の山を見るだに、彼らはまだまだそれを伸ばしたいようだった。

周囲には、大胆な変更を面白がる観客が、五人。

――〈ダイク〉、強度は。

――〈アーキ〉の計算では、まだ大丈夫です。しかし、空洞部分があるので。

健は、まだ十五メートルほど離れていたが、声を掛けた。

「おおい。それ以上はやめてくれ。枝が折れるかもしれない」

少年がちらりと健を見て、またか、という顔をした。「しつこいな。何でもアリなのに」

梯子の上の人物も、にやりと笑ってみせ、「あのお巡りさんは、芸術の自由な魂が判ってないんだよ」と、聞こえよがしに大声を出した。「ほら、お客さんがたは喜んでらっしやる」

健も負けじと声を荒らげた。

「尚美、ちょっと来い。学芸員の出番だ」

――何よ！

怒った通信を投げながら、スーツ姿の尚美がオブジェを回り込んで走ってくる。

「うわ」

状況を把握した彼女は、大きな目をさらに見開いた。

「折れそう」

「やめさせてくれ」

ヒールの足が一歩前に出たその時。

「続けて！」

と、声が飛んできた。

驚いたハクチョウが、クアアと鳴いて頂上から飛び立つ。

ワヒドだった。怖い顔をして大股で歩いてくる。

「言ったでしょう、手を出さないでくれ、と」

「けれど、せっかくの作品が壊れたら」

そう言った尚美に、健は苦しい声で伝えた。

「彼は、破壊されてもいいと思ってるんだ」

ワヒドを睨むわけにはいかなかったのか、尚美は健に矛先を向けた。

「何でもアリにもほどがあるわ。壊れてもいいだなんて、作品にもお客様にも失礼よ！」

なぜか、その瞬間にワヒドが笑った。

「意見が違うようですね、お互いの意見が。では、ネネ・サンダースはなんと言っていま
す？」

尚美の視線が泳いだ。

長い十秒。

直接接続されたベテラン学芸員に、この場の映像とワヒドの問い合わせを伝え終わった
調停者は、きゅっと唇を嚙んだ。

「……アーティストの意向を尊重するそうです」

おおお、と観客が沸き、拍手まで起こった。いつの間にか人が増えている。

頭上のペンキ男は大仰にお辞儀をして歓声に応え、次の塊を尖端にべったり載せた。

押し付けられた塊が、ぷん、と膨れた気がした。

「発泡するのか」

ワヒドは呆然とした健の呟きを聞いて、ますます面白がっていた。

「なるほど。素晴らしい。予測できない人工知能の振る舞いに対して、あなたも予測不能な形を取る物質で対抗するわけですね。影響の及ぼし合いがお互いに無作為だなんて、とてもエレガントなアイディアだ」

枝が、うわん、と大きく揺れた。

地上の観客が、一瞬、ぎょっと身を引く。

物質が発泡しても重量は変わらないが、表面積が大きくなると風の影響を受けやすくなるのだ。

「〈ダイク〉!　〈アーキ〉!」

焦った健の声とは裏腹に、〈ダイク〉は静かに返す。

「発泡形態と風量が予測できませんが、〈アーキ〉はまだ警告を発していません」

「風は気象台に問い合わせろ。できれば無風にしてもらえ」

「了解しました」

その間にも、チューインガムの少年から投げてもらった発泡素材を、ペンキ男は嬉々として枝の尖端に足していく。もこもこした塊が空間をさらに先へ進み、枝がしなだれてきた。

ペンキ男は、「風吹け、風吹け、枝を揺らせ」と古い童謡を歌い出す始末。

「駄目だ。こちらが慌てれば慌てるほど、やつらは面白がって調子に乗る」

歯嚙みする健の横で、尚美は一度大きく深呼吸した。

「ワヒドさん。私には理解できません。壊れるかどうかの今の状況は、確かにスリリングで観客受けしています。けれど、オブジェが本当に壊れたら、あなたの活動は造形ではなくパフォーマンスとしてしか評価されなくなってしまいます」

アーティストは、軽く顔を上げた。

「上等ですね。創作活動がジャンルを超えて多角的に捉えてもらえるだなんて、現代アートの極みですよ」

尚美の口から、くっ、と小さく声が漏れる。作者本人にそこまで言われては、学芸員としてもう手の打ちようがなかった。

「おい、〈アテナ〉の意見が変わらないんだったら、〈アポロン〉としてのお前さんの権限で」

「無理。いくら〈アポロン〉でも私の権限はB。ネネさんはAダッシュ」

「田代さんは。あの人はAを持ってる」

「とっくに報告してるわ。でも、危険がないならネネさんに従えって」

また、大きく枝が揺れた。

ペンキ男は上機嫌だが、さすがに怖いのか観客たちは少し下がり始めている。

「〈ダイク〉！」

「まだ大丈夫です」

ばちんと背中を叩かれた。

「支持架を出すのよ、この野暮助！」

そうだった。

〈ダイク〉に指示を出すと、針葉樹の林から、Iの字型をした銀色の自走式支持架が三機、するすると移動してきた。

ワヒドは、それを見て苦笑する。

「許可しませんよ。あんなものを私の作品に付け足すなんて、それこそ野暮です。あれは創作や装飾ではない。機能を持ち込むことになりますからね」

枝の先が、ぽくっ、と膨らむ。

「察知しました。強度に問題はありません」

〈ダイク〉が健の不安を読んで言った。

——万が一、枝が折れた場合のシミュレーションを。

――地面の硬度、反発係数、枝の素材などは考慮できますが、その時の発泡素材の形状が予測できません。

健は、軽く舌打ちをしてから、観客に向けて手を広げた。

「下がって。念のためにもう少し下がってください」

「なるほどあなたは野暮助だ。距離を取るとマチエールを鑑賞できないというのに」

ワヒドが底意地悪く言ったが、健は制服の発光を少し強めて、三十人ほどになっていた観客たちを枝の下から遠ざける。

「怪我人は出したくないんでしょう？」

「もちろんです」ワヒドは芝居がかって肩をすくめた。「あなたの頭の中のデータベースは、折れはしないと言っているようですがね」

お互いが厳しく相手を睨む。

ハクチョウたちが一斉に鳴いた。

それは二人の険悪さを感じたからでも、枝が動いたからでもなかった。

「ナーオーミー」

降る声に仰ぎ見ると、間近に迫った白い翼が。

恐ろしく低空を飛ぶモーターグライダーは、広場の真上を横切る。

「空からの参加、ユニークでしょーっ？」

枝が煽られて大きく身をよじる。

「バカ！　こんな時にやめてよ、薄らトンカチ！」

尚美が両腕を振り上げて古い罵倒語を投げたが、ティティは針葉樹の向こう側に消えた後だった。

「〈ダイク〉」

「〈アーキ〉によるアラートは出ていません。ティティ・サンダースの行為は――」

「私には判りませんね」

〈ダイク〉に最後まで言わせず、ワヒドが健の正面に立った。

「安全は保証されているんでしょう？　どうしてあるがままにさせてくれないのです。なぜ何でもアリの精神を理解してくれないのです。あなたには私のコンセプトを包み隠さず伝えたはずです。なのに、まだ邪魔をする」

健は、じっとワヒドの瞳を覗き込んだ。

そこから魂が垣間見られるかのように。

やがて健は、ゆっくりと口を開いた。

「観客の身体は安全です。しかし先ほど、彼らは一瞬脅えました。あなたは彼らの心を傷付けた」

「おや、あなたはスリルがお嫌いですか。恐怖とて一種の心を揺らす感動として――」

「そうおっしゃると思ってました。俺、スリルは嫌いじゃないですよ。でも、この無軌道な状況は」

健は、一度言葉を切った。

そして強い視線で相手を見据える。

「俺の美学に反する」

ワヒドが、はっと息を吞んだ。

「〈ダイク〉、支持架を配置しろ。三機とも枝の下に。まだ非接触で」

「許しません。たとえ触れてなくてもランドスケープ的に」

「芸術なんて俺には判らん。安全の確保はＶＷＡの使命だ。これ以上逆らうと、公務執行妨害に問う。どうした、〈ダイク〉。早く支持架を」

急かされた〈ダイク〉は、少しすまなそうな声を出した。

「ネネ・サンダースの権限、Ａダッシュに阻まれています」

「なんだって？」

梯子の上のペンキ男が、それを聞いて高笑いした。

ワヒドも嫌味な笑みを浮かべている。

「〈ダイク〉！」

「強度的には問題ありません」

ペンキ男が、笑いのついでのような動作で、人の頭ほどもある塊をどっしりと枝に載せた。

載せられた素材が、ぷくっ、と倍ほどに膨れ上がった。その反応熱のせいか、これまで置いたものも追加発泡して変形する。

枝が目に見えて垂れ下がった。

観客たちはもう笑っていない。面白がってもいない。少しずつ、じりじりと離れていく。

「察知しました。大丈夫です。〈アーキ〉は、強度にはもう少し余裕があると報告しています」

風が吹いて、枝はいやいやをするように揺れる。

「大丈夫です」

観客の一人が、両手の指先を口に当てた。

ついに健は、

「〈ダイク〉！」

勢いよく腕を振って、オブジェではなく、浮き足立ったお客を示した。通じろ、と念じながら。

「これは美しいか！」

データベースは息を呑まない。はっと気が付いたりもしない。

けれど〈ダイク〉はその時、確かに何かを感じたのが健には伝わってきた。

「兵藤健の権限Bを優先し、指令通りに支持架を配置します」

ほっとした。

支持架をスタンバイできるのであれば、あとは好きにするといい。発泡素材がどうなろうと、枝がどうなろうと、怪我人が出ることはない。何でもアリだろうがなすがままだろうが、芸術心とやらの赴くままにカオスを育て上げればいい。

「きゃああ、やめてやめてやめて！」

上を向いた尚美が叫んだ。

たとえティティのモーターグライダーが戻ってきても、支持架の設置は間に合うだろう。

健は悠長に尚美の視線を追った。

が、自分の目がかっと見開くのが健には判った。

「やめてくれえ！」

まだ支持架は配置し終わっていない。

なのに、オブジェ好きのハクチョウが、こともあろうに目の前の枝状突起に止まろうとしている。

水掻きがあるから止まるつもりはないのかもしれないが、少なくとも蹴るつもりだ。著しく姿を変えた枝にキックをかまそうとしているのか、その勢いでお気に入りのてっぺんへ移動するのかは判らないが。

ハクチョウに驚いて、ペンキ男が体勢を崩した。梯子が倒れそうになるのを、チューインガム少年がなんとか支える。

同時に、極限までしなっているように見える枝に鳥の脚が触れる。

もき、と妙な音がして、びっくりしたハクチョウはバタバタとタッチ・アンド・ゴーした。

折れる。お客に破片は？　バウンドした枝本体の行き先は？

健がそう身構えた時。

重力に従いかけた枝が、頭をもたげる水鳥のように上方(じょうほう)へ曲がった。

「へ？」

間抜けな声を出した健は、いつの間にか薄青い空に白い翼が浮かんでいるのに気が付いた。

「ティティ？」

電動エンジンを使っていようがいまいが、モーターグライダーはその場に滞空できないはずだ。

ということは、何らかの見えない力が……。

黒い髪を肩の上に落として、ティティは操縦席でにこにこしていた。

「買っててよかったわ、不可視ベール！　ワヒドのオブジェにこんな形で参加するとは思わなかったけど！」

目に見えない布で枝を吊りながら、ティティは楽しそうに叫ぶ。

「ところで！　早く！　支持架を！　使ってくれない？　エンジン出力の加減が！　難しいのよお！」

尚美はまた食べている。

〈アポロン〉庁舎、孝弘の狭い自室に、甘い香りが立ちこめていた。

手に持っているチュロスは揚げたてで、針葉樹エリアで冷えた身体が中から温まる。これはネネと孝弘の奢りだ。

ご馳走してもらって当然、という風情で、尚美は次のチュロスの保温袋を音高く破った。

「あんな裏技を準備したんなら、教えてくれたってよかったと思います」

憤然と言いながら、大口で食べる。

「悪かったね」

と、窓辺に佇む孝弘は苦笑したが、ネネは、

「伝える暇がなかったじゃないの」

と、姪そっくりのふてくされ顔を見せた。

「〈ダイク〉が説明しようとしたらワヒドが割って入っちゃうし、こっちはこっちで、緊急のフライト許可を取るのにドタバタしてたし。おまけにティティは、仇敵から不可視ベールの使用をお願いされたのは勝利の証、みたいに文字通り舞い上がっちゃってたし」

口をもぐもぐさせながら、尚美は恨めしげにネネを上目で睨む。

孝弘は、無言を決め込んだ健をちらりと見てから、穏やかな声で調停に回った。

「でもまあ、一番いい形に落ち着いてよかったんじゃないかな、お互いに」

この、お互い、というのは〈アフロディーテ〉側とワヒドのことだ。

キクノス広場のオブジェは、折れた枝を不可視ベールで固定され、事故前の姿を取り戻していた。

不可視ゆえ、オブジェの鑑賞には影響が出ない。ベールの固定先は同じオブジェの高い位置なので、引っ掛かって転ぶことも首を絞められることもない。たまに例のハクチョウがぶつかってグエエと鳴くくらいだ。製作会期終了後の展示期間は一ヵ月。そのうちに、鳥の小さな脳味噌でもどこに見えない障害物があるのかを覚えるだろう。

意外というか、してやられた、と思うのは、ワヒドが計画段階からの映像記録をこっそり撮っていたことだった。オブジェが解体された後のキクノス広場までを録画し、その空虚感をエンドマークにした映像作品を発表する予定らしい。今回の出来事はその映像作品に一番の見せ場を提供してしまったことになる。

映像分野まで視野に入れていたとは、何でもアリ精神もそこまでいくとすがすがしく感じてしまう。

ふう、と健は保温カップのコーヒーを吹き冷ました。

一時はどうなることかと思ったが、結果的に、自分にとってもいい形になったと感じていた。

〈ダイク〉と、一歩踏み込んだ話ができたから。

美術音痴の自分が〈アフロディーテ〉にいてもいいと〈ダイク〉に言われたのは、ちょっぴり安堵した。この地で〈ダイク〉を育てる意義を、〈ダイク〉自身から教えられたのも嬉しい驚きだった。

「どうした、健」

孝弘に笑みかけられて、健はつられて笑う。

「いや、芸術は哲学だなあ、って、改めて。いろいろ考えさせられました」

「一緒に考えるといいよ。〈ダイク〉と健、健と尚美。芸術を目の前にしている時に横に誰かがいる、美について語り合えば自分が持ち合わせていなかった感情に気付かされる、それが大切だと思うんだ」

いつものようにロマンチックなことを言った孝弘を、ネネの咳払いが遮（さえぎ）った。

「で、ティティは〈アポロン〉に企画書を出したの？」

「まだです」

口の周りの砂糖を拭きながら、尚美が答える。

「私、彼女は出さないんじゃないかと思ってます」

「あら、どうして」

「ティティは、やりたいことを思い巡らしている段階が一番楽しいんじゃないかしら。まだ手を付けていなければ、失敗も落胆もしない。その間、自分の芸術は完璧でしょ」

ネネは思いっきり苦笑した。

「よく判ってるわね」

なるほど、と健はようやく、ティティがワヒドに傾倒していた理由を見つけた。

二人の芸術活動は、製作そのものではなくて理論武装なのではあるまいか。作品の自由度を「何でもアリ」と標榜しておいて、その実、一番の楽しみは、何でもアリであっても美術であるという理論付け。だから、眼高手低の実作業期間よりも、作る前のほうが完璧だし滅びた後のほうに着地点を設けようとする。

彼らが着目しているのはサイン入りの便器そのものではなく、便器を持ち込むその意気やよし、ということなのだろう。

「まあ、ほんとに企画を立ててきたら、悪いけど見てやってくれる？　その時は、ウサ耳のイヤーマフ、取り返してあげるから」

「えっ？」

どぎまぎする尚美に、ネネはウインクを投げた。

「あなた、気に入ってたんでしょ」

「いや、あの、私は別に」

「照れなくていいの。キュートだったわよ」

チュロスを片手に持ったままの尚美は「その、けど、あれは」などと、とりとめのないことを言いながら、健と孝弘に視線で救いを求めた。

「うん、なかなか似合ってた」

と、孝弘が臆面もなく褒めたので、ついに尚美は顔を赤くして俯いてしまった。

健は口が裂けても可愛かったなどとは言いたくなかったので、からかいに回る。

「あると恥ずかしいけど、ないならないで、惜しいんだろ？」

すると尚美は、ギロンと健を睨み上げた。

「それ以上言うと、今回のあなたの決め台詞（ゼリフ）、復唱するわよ」

「なんだ。俺、何か言ったか？」

尚美は、ゆっくりと意地悪な笑みを浮かべた。

「なに、あれ。俺の美学に反するぅ？　その上、かっこつけて両腕を広げちゃってさ、データベースにこんな質問してたわよね。〈ダイク〉、これは美し――」

「うわあああ、やめてくれ！」

形勢逆転だった。ネネは手を叩いて面白がっているし、孝弘ですら軽く声を上げて笑い出す。

部屋には一件落着感が漂っていたので、健はコロコロという内耳の着信音に虚を衝かれた。

——タカヒロ・タシロからの通信です。

——え、目の前にいるのに？

〈ダイク〉に繋いでもらうと、窓辺で外の風景を見ている人物からの声にしない声が届いた。

——健、展示期間中に、もう一度オブジェを見てくるといいよ。

——なぜですか？

孝弘は、刹那、健に視線を送り、また窓の外に目を遣った。

——オブジェの池側、地面の近くにデナリウス銀貨が埋め込んであるそうだ。

背中が冷たくなった。

——叔父が？

——判らない。でも、そのデナリウス銀貨と君が言っていたアス銅貨は、図柄からして同じ年代のものだ。

叔父が来ていたかもしれないと思うと、健はいても立ってもいられない気持ちだった。

〈ダイク〉は叔父の入国を報告していない。きっと不正規な訪問だ。

ワヒドの記録画像に映っているだろうか。

白いスーツ姿だっただろうか。

虹彩による人物認証にも引っ掛からない、入念な変装をしていただろうか。

いったい何のために来たのだろう。自分に会うために？

それとも、銀貨は誰かに託しただけなのか。銀貨を持っていたまったく無関係の人物が気まぐれにオブジェの肌へねじ込んだのか。

本当に、この小惑星（ほし）では考え込むことが多すぎる。

健は、熱いコーヒーをそっと啜った。

Ⅵ

不見の月（みずのつき）

夕方五時。これからしばらく、〈アフロディーテ〉は薄紫の時間。

緊急通信は、普通の手順で入った。

つまり、繁華街から外れた〈ハニア・イン〉で暴行事件があったので現場に急行せよ、と〈ダイク〉が脳内で警報を鳴らしてきたのだ。

——容疑者グループは、三十代男性二人組です。

〈権限を持った自警団（VWA）〉の車両を赤と黄色の派手な明滅にした兵藤健（ひょうどうけん）は、ハンドルを切りながら直接接続された情動学習型データベースの報告を聞く。犯行報告は、やはり本名の〈正義の女神（ディケ）〉の女声ではなく読み替えした〈ダイク〉の厳しい男性音声のほうが向いていた。

——二人は、一階の喫茶室を出て自室へ帰ろうとした宿泊客の吉村亜希穂、五十歳の腕を摑み、部屋へ案内するように詰め寄ったとのことです。

「被害者は日系女性か。で、現状は？」

声に出して訊くと、〈ダイク〉は、重々しく答えた。

——すでに、近隣にいたＶＷＡのヴィジャヤ・ワンチュクとタラブジャビーン・ハスバートルが一人を確保。一人は路地へ逃走し、公共監視カメラは見失っています。確保した容疑者は軽傷あり。救急隊が現場で処置中です。

「タラブジャビーン、今日は休暇だったろうに」

——たまたま居合わせたようです。

「偶然かあ」

健はたいていタラブジャビーンとコンビを組んでいた。浅黒い肌で立派な体格のベテランＶＷＡが一人捕まえたのなら、少し安心できるというものだ。もちろん、逃走したほうを追わなければならないが。

健は、ふう、と吐息をついてシートに背中をくっつけた。

——偶然といえば、ちなみに。

「なんだ？」

す。
——容疑者に反撃して腕に裂傷を負わせたのは、〈総合管轄部署〉の尚美・シャハムで
た。
健は、うえええええっ、と声を上げて、もう少しで急ブレーキを踏んでしまうところだっ

尚美の顔を見るまでは、混乱八割心配二割という精神状態だった健だが、いざ彼女を目にした瞬間に口から転げ出てきた言葉は、

「どうしたんだ、その格好」

だった。

尚美は花柄のワンピースを着ていた。いつもはヒールで身長を、堅苦しいスーツで精神を、背伸びさせて気を張っている彼女が、である。

「今頃、のこのこ何しに来たのよ、この三下警官」

可愛らしい服を着ていても、中身は変わらない。古い罵倒語を操る尚美は、まだ興奮していた。頬は紅潮し、睫毛の濃い大きな目にはうっすら涙がたまっている。

ハニア・インのポーチは、ようやく野次馬が追い払われたところだった。ここは公共監視カメラの配備が遅れていて、さほどお上品な区画とはいえない。安ホテル前の道路には、

救急車が一台と、けばけばしい警戒色のＶＷＡの車両が三台。派手な騒ぎに、窓や路地から顔を出してこちらをしつこく窺っている連中もたくさんいた。

健は、尚美が鎮まるように、罵られたのは棚上げにしてやってなるべく優しい声を出そうと試みる。

「で、友達が男に腕を摑まれたから、彼女のお父さんの画集で撲った、と」

手袋をした右手で持った大型書籍を、上下させて示す。イラストレーター吉村輔の作品集で、重厚な表紙の角には、ご丁寧に彫刻入りのコーナー金具が嵌めてあった。

「重いな。充分に凶器だね。没収」

尚美は、むっとした顔で健を睨んだ。

「サリーに殺されたくなかったら、あとからちゃんと図書館に返しておいて」

「サリー？　ああ、セイラ・バンクハーストか。司書の」

「そうよ。ついでに金具に付いた血、拭いといて」

厚かましいヤツだ。

「採取して、調査して、分析して、報告して、裁判して、証言して、判決が出たら、ね」

尚美の唇の歪みが、だんだん大きくなっていく。

「私、逮捕されちゃったりするの？」

泣かれると困るので、健は素直に否定した。

「ま、話を聞くと正当防衛みたいだし、大丈夫だと思うよ」

尚美は大きく息を吐いて、目に見えて安心した。

健も、そっと苦笑いする。

「詳しいことは改めて訊くとして、逃げてる男のニンチャクは」

「ニンチャク？」

「ああ、えっと、人相と着衣のこと」

尚美は、小首を傾げて頼りなく答える。

「咄嗟のことだったから……。たぶんヨーロッパ系で、若者でも年寄りでもなくって、中肉中背、暗い色の衣服」

「はいはい。どこにでもいるタイプね」

「あっ、でも、彼らの狙いは判ってる。亜希穂さんが持ってる吉村輔の絵を奪い返したいのよ」

ぱちぱちと目瞬きをして健はようやく問い返した。

「強盗が、絵を、奪い返す？　もともと奴らのものだったってことかい」

「そんなことないけど。一度は盗まれてたのよ」

「うーん。判った。すぐには判らないということが判った。向こうもすんだみたいだし、本部で話を聞こう」

別の車両の前で、亜希穂と思われる大きな耳飾りの中年女性に事情を聞いていたタラブジャビーンとヴィジャヤが、健に向かって、行くぞ、とジェスチャーをしていた。

「バチが当たったのかしら」

車に乗り込む前に、尚美がぽつんとそう言った。

「〈記憶の女神(ムネーモシュネー)〉、接続開始。〈喜び(エウプロシュネー)〉のゲート、オープン。吉村輔に関する資料を、兵藤健のＦ(フィルム)モニターに出力」

助手席で、むっつりした顔の尚美がコマンドを発した。〈アポロン〉の直接接続者が使う上位データベースから〈絵画・工芸部門(アテナ)〉のデータベースの資料を引き出そうとしているのだった。

「了解しました」

〈ムネーモシュネー〉の深い美声が音声出力される。

健は、車を自動運転にしてＶＷＡ本部へ向かわせ、リストバンドから出したＦモニターに集中した。

昨年、七十三歳で亡くなった吉村輔は、晩年を〈アフロディーテ〉で過ごした画家だった。

若い頃はポップアートに傾倒し、日用品を組み合わせたどぎつい原色の絵を描いていた。商業出版の求めに応じてイラストも手掛け、純粋芸術の作家とは呼ばれなかったので、長い間鳴かず飛ばずだった。

五十九歳になって月を主題にし始めると、じわじわと人気が出てきた。

彼は、モノトーンの満月を柔らかな色彩に加工して描く。よく気を付けて見ないと色が付いていることすら判らない淡色なのだが、それが、本物の冴え冴えとした月面とはまた別の、ほのかな色気のようなものを発散していた。

彼が方向性を変えた原因は娘にあった。次女の華寿穂が月面に移り住み、低重力下でのみ生成できる新素材の研究開発に携わるようになったからだ。輔がさまざまな媒体で話していたところによると、長女の亜希穂とは十三歳も離れた華寿穂は、幼い頃から愛想がよく優秀で、輔は可愛くて仕方がなかったようだ。しかも自分とはまったく別の理系に進み、エリート研究員として月へ行っているというのが、とても自慢だったという。

しかし、輔が六十三歳の春に、華寿穂は二十六歳の若さで研究施設の事故が原因で亡くなり、その直後、妻まで病死してしまった。

それを機会に、輔は単身、〈アフロディーテ〉に移り住んだ。

ラグランジュ3に位置する〈アフロディーテ〉は、地球を挟んで月とは反対側。青い宝石が邪魔をして、銀色の衛星は見えない。愛娘の死地を目にしたくなかったのだ、できる限り離れたかったのだ、と人々は同情したが、月を画題にするのだけは変えなかった。

ただ、以前よりも厚塗りになり、テクスチャに独自の工夫をし始めた。不確定情報だが、華寿穂の遺品や写真などを細かくし、絵の具に混ぜ込んでいたとの噂がある。

月が見えない〈美の殿堂（アフロディーテ）〉で描く、ほんのりとパステルカラーに色付いた繊細な陰影の月。周囲の空間は寒色系の色むらを施され、対比で月はいっそう華やいで見える。生命を拒む宇宙空間も、厳しい月面も、その絵の中では、地上の花々や緑の森と同じように、人間たちにふわりと頬笑みかけているような雰囲気があった。

ある評論家はこう書いた。娘を奪われた悲しみを柔らかな色調の優しい絵に昇華させるとは、吉村輔はなんと哀れで業の深い芸術家だろう、と。

彼は、〈アフロディーテ〉居住以降の月の絵に、「不見（みず）の月」というシリーズ名を与え、生涯に二十二枚を残した。

Fモニターに目を落としたまま、健が呟く。

「君と一緒にいた亜希穂さんは、吉村輔が二十四歳の時に生まれた長女なのか。イラストレーターなんだね」

「そう」

尚美が脳内から〈ムネーモシュネー〉に指示したらしく、膝の上のモニターに亜希穂の作品が次々と流れる。

「四年前、ニューヨークの画廊で個展を開くのを手伝ったのよ。私はまだ学生だったけど。お父様もご存命で、一度、会場へ顔を出してらした」

どれも、太く揺らいだ輪郭を持つ二、三人が描かれた絵だった。静物や一人っきりの絵は一枚もない。人物たちは簡素にデザイン化されているが、色彩は微妙なグラデーションや塗り分けをされている。

「綺麗な色使いだね」

思わず言うと、尚美は軽く鼻を鳴らした。

「彼女はすごく色彩に敏感なの。輔氏もその点は認めてたんじゃない？」

「さぞ嬉しかったろうなあ。分野は違えど、次女のぶんまで長女が活躍してて」

返事がないので、健は尚美に顔を向けた。

彼女は黒々とした瞳を恐ろしく尖らせて健を睨んでいるところだった。

「愚鈍」

た」

「その点は、って言ったわよ、私。あとはコテンパン。何人かお客様がいらしたのに、ポーズのバランスが悪いとか、エッジが安定していないとか、結構な大声で。特に、妹さんとお母様が亡くなった時の『ピエタ』の連作は、恥ずかしいから片付けろとまで言ってた」

「はあ？　なんで」

「ピエタ。聞いたことあるな」

「当たり前よ。それくらいは知っててくれなきゃ困るわ。ミケランジェロの『サン・ピエトロのピエタ』はたいていの教科書にも載ってる。美貌のマリアが亡くなったキリストを膝に載せて嘆いている彫刻」

「ああ、思い出したよ……なんとなく」

尚美は、なんとなくという言葉に目を吊り上げかけたが、吐息を一ついて悪態を我慢した。

「亜希穂さんはそれまで、オマージュ作品を描いたりはしなかった。でもさすがに家族を二人失った時には、涙を流す代わりにミケランジェロのピエタを自分の作品として昇華させたのよ。ミケランジェロは生涯に、磔刑になったキリストの死を悼む『ピエタ』という作品を三体、もしくは四体残してる。真作だと決定されているのは、『サン・ピエトロのピエタ』『フィレンツェのピエタ』『ロンダニーニのピエタ』。ロンダニーニは遺作で、まだ顔も彫られていない」

健の無知を諦めた様子の尚美は、短いフラッシュで三枚の画像を表示した。

マリアの美しさが目を引く「サン・ピエトロ」。四人の群像の「フィレンツェ」。そして、密着した二体の立像が粗彫りのまま放置されている「ロンダニーニ」。

「で、これが亜希穂さんの作品」

また、フラッシュで三枚。

クレヨンめいた線がミケランジェロを真似たそれぞれのシルエットを浮かび上がらせ、内部は細かく面が分割されて濁りのない色合いで満たされている。

「亜希穂さんの心情を考えれば、片付けろはひどいと感じたわ」

その時のことを思い出したのか憤慨した口調になった尚美に、健が訊く。

「輔氏の批判、具体的になんて言ってた？」

ぎろりと睨まれた。

「どうしてそんなこと訊くの」

「いや、彼女が襲われた理由は、輔氏の絵のせいだと断定されたわけじゃないから。彼女の周りで起きた問題ならなんでも知っておいたほうがいいだろ？」

尚美は、唇を曲げたが、なんとか納得したようだった。

「お前は手本があると引きずられて余計に駄目になる。なんとか見られるのは、未完のロンダニーニを真似したやつだけだ、と」

さすがに健も眉を上げた。

「真似した、はさすがにキツイな。俺なんかには人が二人いるってことすら判んないくらいアレンジされてるのに」

「ロンダニーニのピエタ」を参考した亜希穂の作品は、線の揺れ方やかすれ方、内部の爽やかな彩りが魅力的に思えた。だが、未完成作品をさらにデザイン化しているせいでほとんど人物像にすら見えない。

「せめて、インスパイアされたやつ、とか何とか柔らかく言えなかったものかな」

「肉親って、複雑なのよ」尚美の声のトーンが落ちた。「輔氏は皮肉を言いに来たの。個展とはいえ、街のちっぽけな画廊よ。美術館じゃないのよ。あとは推して知るべしでしょ。亜希穂さんがいくら頑張っても、輔氏にとって、姉妹は月とスッポン」

そういうことか、と健は小さく呟いた。輝く月にいたのはエリートの次女。長女は泥にまみれた亀。要するに、亜希穂はあまり売れておらず、名声を得ていた輔氏はそれを快く思っていなかったのだろう。

「で、君はどういう用事で彼女と会ってたわけ？　あの男たちが……ええと、データが来てる。捕まえたほうはミカエル・シェーファー。天使みたいな名前のくせに前歴（まえ）がたっぷりあるな。君は、そのミカエルたちが吉村輔の絵を奪いに来るって判ってたんだろ？　なんでさっさとＶＷＡに相談しなかったんだ」

また返事がない。

おそるおそる顔を見ると、尚美は唇を尖らせていた。

「これ、調書にするの？」

「いや、正式なのは本部に着いてから」

「だったら喋らない。二度手間は嫌だもん」

「さっき言ってた、バチが当たる、って言葉と関係する？」

「今は完全黙秘（カンモク）」

人着を知らなかったくせにいっぱしの警察用語でそう言うと、尚美は窓の外へ目を向けてしまった。

相棒のタラブジャャビーンが関わっていたので、聞き取りには健も同席した。

五十歳でも若々しく見える亜希穂は、ブラックパンツにシンプルだがデザインが珍しいマスタードカラーの半袖ニットを着ていた。刈り上げた髪型なので大きなピアスが目立つ。

「せっかくですけど、ハニア・インのままで結構です。〈テッサリア・ホテル〉のほうが安全なのはもちろんですけど、そんなお金はありませんし」

「なに、逃走犯を捕まえるまでのことですから、差額はこちらから出しますよ」

タラブジャビーンのにこにこ顔を何秒か見つめてから、亜希穂はようやく、

「では、お言葉に甘えて」

と、頭を下げた。

「父の絵はもうハニア・インから引き上げて〈アテナ〉に渡してくださってるんですよね。私物はあとから取りに行きます」

「その時には私たちが送っていきましょう。もう一人のドナルド・ブルームが捕まるのも時間の問題でしょうが、念のため」

タラブジャビーンは、机の上に広げたFモニターでデータを確認しながら慎重に訊ねた。

「それで、奴らはなぜ、あなたがお持ちのお父様の絵をピンポイントで狙っているんですかね」

「あの絵、正確には『不見の月　#十八（ナンバー）』というのですが、あれは三年前に一度、盗まれたものなのです。そちらも把握してらっしゃると思いますが、その時の犯行グループは

すでに捕まり、絵も父の手元に返還されていました。今回の二人は仲間なのではないでしょうか」

タラブジャビーンは、ふむ、と唸って口元を指で触った。

「仲間が捕まった恨みから意趣返ししたのか、組織をあげてあの絵に固執しなければならない理由があるのか……」

彼女は軽く肩をすくめて、恥ずかしそうな顔をした。

「それを調べてもらおうと思ったんです。#十八は、シリーズの中でも唯一父が手元に残していた作品です。戻ってきた時にはそれはそれはひどい状態でしたが、それでもずっと大事にしていました。あれはきっと特別なんです。だからあの人たちもしつこく狙ってるんじゃないでしょうか。〈アフロディーテ〉なら絵の秘密が解けるかもしれないでしょ」

「じゃあ、〈アテナ〉の科学分析室に依頼するつもりで？」

「もう断られました。忙しいんですって、次から次へと新しい美術素材が出てきて。飛び込みの依頼を受けている暇なんかないそうです」

そんな言い方をしたはずはないのだが、亜希穂の印象としてはけんもほろろだったのだろう。

近年、美術界は〈新物質主義（ネオ・マテリアリズム）〉に席巻されている。新素材の特徴を最大限に活用した芸術品が耳目を集めているのだ。

　それはほとんどリサーチとアイディアによって構築されていると言っても過言ではない。変化する絵画、動く彫刻、膨らむ絵の具、偶然性に頼ったメロディ。珍奇な素材を芸術に使おうという閃きは確かに芸術活動の一環かもしれないし、作り上げるための技法は芸術家の努力かもしれない。けれど、芸術と手品は区別するべきだ、と健は思っている。

　健の上司の一人である〈アポロン〉の田代孝弘は、少し弁解口調だったが。

「ラピスラズリ。とても綺麗な色だね。あの煌めく深い群青色がなければ、ツタンカーメンの眦はあれほど人を惹きつけなかっただろうし、日本画の湖や森はあんなにも奥行きを持てなかっただろう。それはラピスラズリという石を色付けに使おうと誰かが思いついたからだよね。近代以降の化学色素、シリコンやＦＲＰなどの塑像材料、形状記憶合金、精緻印刷、ホログラム、インタラクティブに使うセンサー、多重描画キャンバス。みんな、最初は新素材だったんだよ」

　その時孝弘は、遠い目をした。

「芸術家たちはわくわくしたと思うんだ。この新しい技術で、ああもしよう、こんなこともできる、と。それは芸術の地平が広がるような思いだったんじゃないかな。結果的に、技術の目新しさばかりにお客の目を奪われて、自分の求めた本当の美というものが霞んでしまったとしたら、科学に芸術が負けたことになってしまう。誰もそれは望まないし、〈アフロディーテ〉としても科学至上主義の見方はしたくないね」

カール・オッフェンバッハを主任とする〈アテナ〉管轄の科学分析室が新素材の研究に手を取られているのも、敵の正体を見極め、むしろ力強い味方にしようとしているからに他ならない。

孝弘の静かな困り顔とでも呼ぶべき表情を思い出していると、内耳に〈ダイク〉からの通信音が届いた。

――健。勝手ですが資料を集めてみました。重要度が高いと判断できるものがありますので、タラブジャビーンと一緒に見てもらえますか。

――気が利くようになってきたな。Ｆモニターに出力。

――了解しました。

健は、机の上に自分の薄いフィルムを広げた。

タラブジャビーンは映し出される文字に目を落とし、やがて片眉を上げる。

「ヨシムラさん。あなたは、三年前、ちょうど絵が盗まれていた時期に、タスクの捜索願を出されていますね」

亜希穂は、妙に気の強い顔になった。

「父が絵を探しに行ったのだと思ったんです。でも三日経っても帰ってこないので、届けを出しました」

「それでお父様は?」

「そこに書いてあるんでしょう? ええ、自力で帰ってきましたわ。なんだか気が軽くなったような様子で、もう#十八のことはいいんだ、とか言って。人騒がせな」

タラブジャビーンの太い指が、とんとんとフィルムの一カ所を叩く。

「絵を取り返すのを諦めたんじゃないか、と当時のあなたはおっしゃっているようですが、こちらには、タスクが犯行グループと取り引きをした可能性があると書いてありますな。何かの交渉が成立したから気が軽くなったような表情で帰ってきたとか、あなたにそういうお考えは?」

「そうね。でも、本人がもういいって言ってるんだから、いいんだと思って」

にこっと笑った亜希穂が、健には冷酷に見えた。

妹に捧げるようにして描かれた作品はどうでもいい、妹ばかり思い続ける父親のこともどうでもいい、と、言外に示しているように思えてならない。けれどそれでは、わざわざ〈アフロディーテ〉に絵の分析を頼む理由が判らなくなる。

「お父様は、急に金回りがよくなったとか、そういう……」

「ありません。少なくとも、私はなんの恩恵もこうむっていません」

　また、にこり。

　タラブジャビーンは、吐息をつきながら身を引いた。

「そうですか」

　代わりに、健がフィルムモニターを指さす。

「自分が気になるのは、その後ですね。輔氏がご自宅に戻られた直後、ＶＷＡに匿名の情報提供があって、犯人グループ逮捕に繋がっています。もしもこの情報が、お父様が奴らに接触した成果であり、提供者がお父様だったら、奴らの恨みを買いますよね。何事かの交渉成立があったなら、なおさら裏切りだと受け止められるでしょうし。あなたが今回狙われた原因は、復讐だとはお思いになりませんか」

　深い笑みを見せて、亜希穂が小首を傾げる。

「父の代わりに復讐されるとしたら、迷惑な話ね。残念ながら私自身には少しも価値がありませんわ。相手にしても、復讐心のみで新しい犯罪を起こすなんて、ちょっとリスクが高いんじゃないかしら。だから、やはり彼らの狙いは＃十八なのだと思います。ハニア・インでも、私を殺したり傷付けたりするのは簡単だったのに、部屋に案内しろと脅してきたんですから」

——健。

と、脳内で〈ダイク〉がそっと呼び掛けてきた。

——彼女から観測される微表情変動に、不自然な点があります。気を付けてください。

——やっぱりそうか。なんとなく俺の勘もアヤシイって囁いてたんだ。ただ、その正体はまだ判らない。家族の確執が透けて見えてしまっているだけだといいんだがな。

なにせ尚美の友達だから、と健は言葉にならないレベルで〈ダイク〉に伝えた。一緒に襲われたのに果敢な反撃まで試みた尚美のためにも、亜希穂にはあまり複雑な謎を持っていてほしくなかったし、それを疑うのも嫌だった。

「ここに」健はタラブジャビーンを真似て、とんとんとフィルムを叩く。「戻ってきた#十八には以前はなかった加筆がされていた、とありますが、これとの関係は？　先ほど、ひどい状態だったともおっしゃってましたが、傷や汚れのことではなく加筆のことだったんですか」

亜希穂の瞳が、きらっと光ったように、健には思えた。

「そうです。それこそ〈アフロディーテ〉で調べてほしいところなんです。犯人が捕まって絵が返還された時、私、絶句しました。だって、せっかくの『不見の月』へ、あんな不細工に手が加えられているなんて。けど、おかしなことに父はショックを受けてなかったんです。そんなこともあるよ、という感じで。素直に受け入れすぎです。まあ、やっぱり嫌なのか人には見せようとしませんでしたが。私は、絵に手を加えたのは父本人ではないかと疑っています。所在不明になっていた時に、絵の所へ行き、自分で加筆したんじゃないかと」

「何のために」

タラブジャビーンが低く訊くと、亜希穂は苦笑して首を横に振った。

「判りません。学芸員の判断はどうだかしらないけど、少なくとも私は絵の価値が大幅に下がったと思っています。それくらいひどくなってるんです。でも、もしもそれが父の真筆だとしたら……」

亜希穂は、刹那(せつな)、俯いた。けれどもその顔が、ふっ、と笑ったことを、健は見逃さなかった。

「不細工にはなったけれど、価値はあります。むしろ、解釈次第では新しい技法を試みた唯一無二の『不見の月』として認められるかもしれません。だから私は――」

――健！　亜希穂さんはそこにいる？　訊きたいことがあるの。

脳内に、尚美の声が轟いた。〈ダイク〉の許可を取るのも待てず、緊急通信してきたのだ。

「なんだ、尚美。一緒にいるよ。音声出力にするぞ」

声に出すと同時に、〈ダイク〉にそう命じる。

部屋に設置してあるスピーカーから、興奮した尚美の声が降り注いできた。

「ハニア・インから引き上げた絵、手が加わってる！」

「こっちもちょうどその話をしてたところだ」

「何でそんな冷静でいられるのよ。〈アテナ〉も科学分析室も、たまげまくって大騒ぎよ！」

「知らなくて当たり前だよ。輔氏は、他の人に見せてなかったみたいだから」

「亜希穂さん、亜希穂さん、聞いてる？　どういうことなの？　図録とは大違い。＃十八があんなひどいことになってるなんて。手が、手が」

「落ち着け。だから、加筆されてるってのはこっちも判ったばかりなんだって。彼女にはこれから事情を――」

「しかも手が半立体なのよ！」

「はあ？」

「この鈍感、間抜け、ウスノロ！　付け足された手は盛り上がってるって言ってるの！　これはもう、絵画じゃないわ！」

健は、もう一度「はあ？」と繰り返し、肩をすくめて俺にも判らんとジェスチャーするタラブジャビーンを見、混乱した頭を巡らせて、うっすらと頰笑んでいる亜希穂を眺めた。

吉村輔の「不見の月　#十八」。

一メートル四方ほどのキャンバスの右下で、まるで真珠のような淡いパステルの光沢をまとった月が、静かに浮かんでいる。

クレーターも山脈もほのかに色付いて柔らかく笑み、影は霞を思わせる柔らかさでほどけていた。かなりの厚塗り油彩なのに、軽やかで甘い。噂通りに、輔が絵の具に華寿穂の思い出の品々を混ぜ込んでいるとしたら、彼女のふんわりとした優しさをイメージして、重くならないよう繊細な心遣いで描画したに違いない。

図録では、月の背景は青と紫のムラ塗りが施され、小さな星々を散らしてあった。構図としては左方向が大きく空いているが、それもまた、日本画に通じる「間」の表現であり、画家の心情を表しているのだと解釈されている。

「それが、こうよ」

憤然として絵の前で腕を広げた黒人女性は、〈アテナ〉のベテラン学芸員、ネネ・サンダースだった。

左側の宇宙空間には、月へ差し伸べられた無骨で大きな片腕が加えられていた。加筆というよりは、加工したというべきか。変な具合に捻れた無様な腕は、五センチほどの厚みを与えられ、レリーフになっていたのだ。造型は月の緻密な描写にはまったく似合わない粗雑さで、デッサンも大いに狂っていた。

「こんな腕で月に触れようとしているなんて、冒瀆ね」

ネネが吐き捨てる。

白を基調とした科学分析棟の会議室には、ネネはおろか孝弘も顔を出している。敬愛する先輩学芸員の横で、〈アポロン〉のルーキーは花柄ワンピースのまま泣きそうな顔をしていた。

「私、ただ、#十八の鑑定をしてほしいって……。亜希穂さんからはそれだけしか」

「言ってないもの」

亜希穂は、刈り上げた首筋を撫でながら、少しすまなそうに言った。

「ハニア・インの喫茶室から部屋へ行って、まずは見てもらって、それから説明するつもりだったのよ」

「じゃあ、その説明とやらを、いま聞きましょうかな」

タラブジャビーンが低く促すと、亜希穂は例のうわべだけの笑みを浮かべた。

「もう話したわ。ＶＷＡ本部で言ったことがすべてよ。三年前、絵が盗まれ、父が一時期行方不明になった。盗賊は捕らえられて絵が戻ったけど、こんな有様だった。父は気にしていなかった。私は、父の気にしていなさがすごく気になって、〈アフロディーテ〉にやって来た。以上」

「なぜ、今？　輔氏を悼むのに一年かかったのですか」

腕組みをしたネネが訊く。

亜希穂は、ふう、と吐息をついて首を傾げ、思い切ったように姿勢を正した。

「正直に言うわ。悼むというよりは、唯一の親孝行のつもりだったの。一年くらいは処分を待ってやらないとね。私、ずっとお金が必要だった。もしも＃十八に価値があるのなら、誰かに売るわ」

「〈アフロディーテ〉の鑑定書付きで、ってことですね」

健は少し嫌味を言ったつもりだったが、亜希穂はにこやかに流した。

「そうよ。箔（はく）が付くでしょ」

「もしも無価値だったら」

「さあ。棄てるか、焼くか。父も焼きたがったし」

亜希穂を除く全員が、少なからずぎょっとした。

「ちょっと待った。さっき、輔氏は加筆を気にしていなかったって……」

「気がしっかりしている時はね。ヘルパーさんの話では、死ぬ直前は痴呆だか薬だか判らないけど、人が変わったみたいになっちゃってたらしいの。最後に病院へかつぎ込まれる前の日、これを燃やそうとして、危うくボヤになるところだったって言われたわ」

――〈ダイク〉。

――察知しました。通報記録はありません。ヘルパーの身元を調べて裏を取りますか？

――いや、まだいい。たぶん本当だろう。

――勘ですね。

――そう。この話の流れの中に、わざわざ作り話を放り込む必要性が見当たらない。価値を認めさせたいのなら、輔氏も大事にし続けていたと言ったほうが得だ。

孝弘が、軽く唸った。

「気にしていない振りをしていたが、本心は嫌いだったということだろうか。そうなると、この腕はますます、輔氏以外の人物が勝手に加えた物だという可能性が高くなりますね。失踪から帰ってきた時に、絵はもうどうでもいいというようなことを口にしていたんだったら、やはり犯人たちと接触していて、この状態になった絵を見て落胆したがゆえの言動かも」

「改悪された自作品を目の前にしていたら、父は機嫌良く帰ってこなかったはずです。それに、絵が戻ってきた時点で自分の手で処分していたと思います。けれども、父はこの絵を戻ってきてからもずっと大事にしてたんです。こんなひどい腕が付いた絵を……。よく取り出しては壁に飾って、何時間も眺めて」

今度は孝弘ばかりではなく、全員が唸った。

亜希穂は一同を素速く見回した。

「父の行動や気持ちなんて、私、結構どうでもいいんです。知りたいのは、#十八は唾棄すべき駄作か、作者が偏愛する名作か、です。でも、無価値だったら、私が襲われることもなかったはず。絶対なにか秘密があるんです。調べてください」

「私からもお願いします」

尚美は、ぺこりと頭を下げた。

「本当は、私のコネでなんとかして科学分析室の解析待ちに割り込むつもりだったんです。そんなことを考えてたから、バチが当たって襲撃されたのかな、なんて。結局こんな事件絡みになってしまいましたから、今では堂々とお願いできるようになりました。私は絵の謎を解くことが犯行目的の解明、ひいては犯行グループの全体把握に役立つと思います。ぜひ、分析をお願いします」

ネネが、ちらりと横を見た。

「どうする、タカヒロ」

孝弘は、掌を立てて、待って、とジェスチャーする。

三秒ほどの後、彼はひとつ頷いてから口を開いた。

「VWAのスコット・エングエモ署長と連絡を取った。#十八が今後繰り返し狙われる可能性もあるので、絵を分析して原因が判明するのはありがたい、とのことだ。〈アポロン〉としても異存はないよ」

ネネは、芝居がかって脱力を表現した。

「じゃあ、あとは〈アテナ〉の判断ってことね。でもねえ、今、私もカールに訊いてみたけど、彼は、それでなくても手が足りないのに、ってご機嫌斜めよ」

科学分析室の室長カール・オッフェンバッハは、長身で陽気でいつもふざけている印象がある。その彼の機嫌が悪いというのは、よほど忙しいらしい。

銀色のオールインワンに身を包んだネネは、再びしなやかに腕を組んだ。

「ただ、一人だけ手の空いている人がいるの」

「それ、誰だい？」

「〈アテナ〉の学芸員として入ってきた非直接接続者の新人（ルーキー）ちゃんが、最近、科学分析に興味を持っててね。彼にやらせてみようと思うの」

亜希穂が、えっ、という顔をした。ネネはそれを制して、

「もちろん、カールやベテランの分析官にちゃんと指導してもらう。割り込みをかけるんなら、これが精一杯のやりくりよ。冷たく聞こえるのならごめんなさい。VWA絡みだとはいえ、〈アフロディーテ〉は基本的に、展覧会出品物と研究蒐集品以外の美術品は鑑定しないことになってるの」

「よろしくお願いします」尚美は、勢いよく深々とお辞儀をした。「本当なら、私が展示企画を立てて出品物扱いで順番待ちに加わらなければならないのは重々承知しています。でも……」

頭を下げたまま、尚美はちらっと亜希穂を見た。

亜希穂はその視線を受け止めると、ゆるゆるとネネのほうに向き直り、

「お願いいたします」

と、会釈をした。

分析を命じられた〈アテナ〉の周子豪は、自前の白衣を着込んで嬉々として科学分析室へやってきた。

そのはしゃぎっぷりがかえって心配だったが、健はタラブジャビーンとともに、亜希穂と尚美をハニア・インへ連れて行く役目がある。健がいつも使っているVWA車両は三人乗りのミニタイプなので、タラブジャビーンの五人乗りを使うことにした。

ちょうど捕らえたミカエルの取り調べが一段落したらしく、聞き取り調書が上がってきている。タラブジャビーンは運転をオートにして、膝の上にFモニターを広げた。助手席から身体をひねって、健が覗き込む格好になる。後部座席の尚美が自分も見たいと不満を言ったが、そうはいかない。尚美に見せるぶんにはまあいいとしても、挙動不審の亜希穂に何もかもを知られるわけにはいかなかった。

「じゃあ、掻い摘まんででもいいから話して」

ヘッドレストの横に顔を出して尚美が命令口調を使う。

「そうだなあ。聞きたいこともあるしなあ」

タラブジャビーンは鷹揚に言ったが、いかんせん喋るテンポがゆっくりすぎて、内心の動揺を隠していることが丸判りだった。

「ミカエルは、仲間からこう聞いていたようだ。あの絵はもらえるはずだった、と」

尚美が「え?」と呟いた。

「鵜呑みにはできんが、失踪中のタスクはやはり彼らのところへ行っていて、部屋に籠もって手の部分を自分で加えたんだと。作業をさせてもらえるなら絵は譲る、と言っていたらしい。タスクは加筆作業で気が済んだから、約束通り絵はそのまま残して家へ帰った」

健は、後ろを振り返って二人の表情を観察した。

亜希穂は「加筆するのが目的。だからさっぱりした様子だったのね」と受け入れているようだったが、尚美は口をへの字に曲げる。

「芸術家が自分の作品を悪くするなんて、信じられないわ。もらうほうだって、ひどいものを残されても何にもならない」

タラブジャビーンも後ろへ身をひねった。

「ところが、だ。タスク曰く、あれはお宝になったんだと」

「加筆によってお宝に？」

「ミカエルにも確かなことは判らんようだ。けど、仲間の噂では、月面実験場の研究結果でも埋め込んだんじゃないか、と。ほら、タスクは亡くなった次女の写真やらなんやら絵の具に混ぜてた噂があっただろう」

「じゃあ、華寿穂さんの研究結果を？」

「開発した物質なのか、設計書なのか、分子構造式なのか。とにかくそんなものじゃないかとミカエルは言っている」

「おかしいよ」と、健が疑問を口にする。「彼女が亡くなったのはずいぶん前だ。当時は最新の研究成果だったかもしれないけど、八年ほども時間が経った後ではどうだろう。なんでわざわざ埋めなければならなかったか、さっぱり判らない」

「さてね。とにかく、私が伝えておかなきゃならないのは、ミカエルは取調室で絵のことばっかり話してるってこった。こりゃあ、奴らの目的はチクられた復讐じゃなくて、絵のほうだな」

尚美が安堵の吐息を漏らした。

が、VWAとしてはまったく安心できない。ドナルドの足取りはまだ摑めていないのだ。いくら雑然とした地区だとしても、かくれんぼが上手すぎる。もっと多くの仲間がいて、支援しているのかもしれなかった。

前方へ向き直ろうとした健の視界の隅が、弱く発光した。

改めて後部座席を窺う。尚美が怪訝(けげん)そうな顔で亜希穂に訊いた。

「どうしたの、どこかに連絡？」

亜希穂の手には、名刺サイズのカードがあった。三年ほど前に流行(はや)った個人ユースの通信端末だ。

「なんでもないの。ちょっと残高確認」

「そんなに家計が逼迫してるの？」

彼女は、端末をポケットに入れながら苦笑した。

「かつかつでやっていけてるけどね、今回は旅費が。地球での鑑定料がなくて尚美に泣きついたけど、結局高くついちゃった」

「ごめんなさい」

「やだ、尚美が謝ることはないのよ。私が我儘を言いに来たんだから。もっと明るい顔をして。私に会えるからって、わざわざお婆さまの花柄ワンピを着てきてくれたんでしょ。尚美が元気でないと、巻き込んじゃった罪悪感で圧し潰されそうになるわ」

「……うん」

それでも尚美にはいつもの勢いよさがない。ここはちょっと乗り出すか、と健は思った。

「似合わないと思ったら、それ、尚美のお婆さんの服か。ほんと、君はお婆ちゃんっ子なんだなあ」

「どうせ甘やかされて育ったんだろうよ」

ははは、と笑っているのは運転席と助手席だけだった。後部座席はいっそう空気が重くなったように感じる。気を逸らそうとした軽口が仇になってしまった。

からかった男性陣に対して本気で怒っているわけではないだろうが、ハニア・インの前に車が止まると、亜希穂と尚美は、部屋にはついてくるな、と言った。

「女子トークしながら荷造りするから」

「そんなにのんびりするつもりなのか。やっぱ、ついてく」

「下着も詰めるのよ。この出歯亀」

そこまで言われたらどうしようもない。

タラブジャビーンはポーチ前の車の中で待機、健は二階にある亜希穂の部屋の前で待つことになった。


尚美は、部屋のドアを閉めるとき、健にアカンベエをして見せた。

二〇四号室の前の薄汚れた壁にもたれかかって、健は嘆息した。

どうも今回は調子が狂う。言葉遣いや態度は悪いままだけれど、どこかしら神経質になっているように見える。

健は頭をがしがし掻いて首を傾げた。

花柄ワンピースのせいだろうか。それとも、地上から年嵩の友人が頼ってきたせいだろうか。襲われたショックが尾を曳いているのだろうか。

その時、耳の中で警告音が鳴った。

――緊急通報です、健。

と、切迫した声音を使って〈ダイク〉が言ってくる。

――尚美・シャハムの意識喪失。〈ムネーモシュネー〉が、彼女の信号途絶を知らせてきました。

「なんだって？」

健はドアに取り付いて拳で叩いた。

「尚美！　どうした！」

――〈ダイク〉、鍵を開けろ。

――ハニア・インは物理キーを採用しています。フロントに、二〇四号室の物理キーを持ってくるように指示しました。

思わず舌打ちが出た。確かに、ハッキング信号で操作されやすい安物の電子錠より物理キーのほうが防犯的に有利な面もある。

「タラブジャビーン！」

――「聞いた。ポーチに異常はなし。ロビーを見てから、すぐ行く」

蹴り砕けるほどにはドアは脆くないようだった。

じきに階下から初老のクラークが階段を駆け上がってきて、メッキの剝げかけたマスターキーを渡される。

「下がってて」

麻痺銃(パラライザー)を構え、やって来たタラブジャビーンと一緒にドアの左右に貼り付く。目配せを合図に勢いよく開けた。

「尚美！」

まず目に飛び込んできたのは、染みのあるベージュ色の絨毯の上に横たわる尚美の姿。花柄ワンピースで身体をひねっているので、まるで絵画のようだ。

声を掛けて肩を叩くと、少し喉が鳴った。よかった、生きてる。

――〈ダイク〉、救急車は。

――あと三分で到着します。

イスラエルの血を引いた肌では判りにくかったが、首がうっすらと赤い。扼頸(やくけい)されて気を失わされたのだろう。が、素人判断なので、柔道の蘇生(カツ)はやらないでおいた。

「アキホがいない！」

タラブジャビーンが叫んだ。

無意識に、尚美が首に手をやる。

「おい」

と、呼び掛けると、濃い睫毛が動いて瞳が開いた。

「私……男の人が……。あっ、亜希穂さんは」

飛び起きようとして、眩暈でもしたのかまたへたりこんでしまう。

「しばらくじっとしてろ。どうした。男にやられたのか」

「たぶん。亜希穂さんがクローゼットからスーツケースを出すのを手伝っていたら、急に後ろから。腕の感じからして男性。でも、ニンチャクは判んない」

「なんでもいいよ、無事だったんだから。何か思い出したら教えてくれ。おそらくドナルドだろうけど」

「ケン、ちょっと」

タラブジャビーンの声で、ようやく室内を見回す余裕ができた。我ながら動顛していたのだと今さらながらに思う。本当は、まず、部屋に誰かが潜んでないかを確認しないといけないのに。

ウォールライトに浮かび上がる二〇四号室は、ありふれた狭いワンルームだった。壁際にベッドがあり、バスルームとおぼしき白いドア、まだ洋服が掛けられていてスーツケースを出しかけたままのクローゼット、そして窓。

タラブジャビーンは開いた窓から身を乗り出して、下を見ていた。

「ここから逃げたんだ」

と、マグライトの丸い光を振ってみせる。

窓の下は業者用の裏口だった。大きなゴミ箱の蓋の上に、クリーニングに出すリネンが散乱している。

「クッションを用意してたってことか？」

「みたいだな」

タラブジャビーンが唇を歪める。

「〈ダイク〉、カメラは」

「この場所にはありません。ただ、交通監視カメラがこの裏通りから出てくる乗用車を捉えていました」

「どこへ行った」

「一ブロック先のホテル〈アンティキセラ〉の駐車場です。そこで車を乗り換えたと推察します」

アンティキセラは、この近辺では一番大きなホテルだ。今はちょうどディナータイムで、車の出入りが激しい。

「うまく紛れたな」

「アキホは連れ去られたのか――」タラブジャビーンが上半身を引っ込めながら、ほとんど聞こえないような声で付け足す。「同行したのか」

健は答えなかった。

人の出入りの激しい場所で失神した女性を別の車に移し替えると目立つ。少なくとも、亜希穂は、自分の足で歩き、周囲に助けを求めたりはしていなかった可能性が高い。

尚美は素直にまだ床へ座っている。背中を壁に預けて。

ぼんやりしていた彼女の目が、ふと、生気を帯びた。

四つん這いでベッドのほうへ行き、下から薄い物を取り上げる。

「通信端末が落ちてる」

彼女が名刺に似たカードを掲げたので、

「そのまま。指を動かさないで。指紋採るから」

注意してから、健は通信端末の対角線上の角を指ではさんで慎重に受け取った。

その瞬間。

「わっ」

思わず叫んだ。端末が着信を知らせたのだ。

タラブジャビーンが重々しく頷いたので、健は小指の先で通信許可のボタンを押す。

「吉村亜希穂の身柄と『不見の月　#十八』を交換したい。場所と方法は、また連絡する」

テキストの読み上げ音声だった。

「発信者確認だ、〈ダイク〉」

「すでに確認を試みましたが、フリーネット上にプールしたデータをタイマーで再生した模様です」

「くそ。データを預けた人物を捜し出せ。それと」

「察知しました。指紋をサーチし、照合。同時に、端末のシリアルナンバー信号から持ち主を特定します」

通話画面だった端末の映像が切り替わり、持ち主の設定した待機画像を表示する。亜希穂の絵だった。唯一輔がこき下ろさなかった、「ロンダニーニのピエタ」を思って描いたもたれ合うような二人の姿。

「所有者は吉村亜希穂です。指紋もこの部屋にあるものと一致しますので、彼女のものだと考えられます。部屋の中にはドナルド・ブルームの指紋も存在。はい、察知しました。緊急に令状を取り、通話履歴を洗います」

「通話履歴？」

鸚鵡返ししたのは尚美だった。眉間に皺を寄せて、彼女はのろのろと立ち上がる。

「亜希穂さんを疑ってるの？　私に内緒で誰かと接触してないか、とか？」

返答に窮した健は、我知らず後ずさりしてしまっていた。

「それに、その端末、亜希穂さんのじゃないわ。きっと何かの罠よ」

あまりにも突拍子のないことを言われて、一瞬きょとんとしてしまう。

「何言ってるんだ。まだぼーっとしてるのか。〈ダイク〉は嘘をつかない。君もそろそろ、彼女の言動に慎重になるべきだ」

尚美はきつい目つきで見上げてきた。

「だって、さっきとは待機画像が違うもの。同じ絵だけど、車の中でちらっと見たのはこんな色調じゃなかったわ。なにより、このいい加減な色設定。亜希穂さんがこんな色合わせの端末を使うはずがないわ。車内でそんな操作も見てないし。それ、わざと残されてたのよ、連絡用に。きっと偽の通話記録が入ってる」

タラブジャビーンの巨軀が、思いもよらない展開におろおろしていた。

健はなんとか言葉を選ぼうとする。

「えっと、その呪文は知らないけど、状況から考えて――」

尚美は最後まで聞かなかった。

「亜希穂さんは、お父さんみたいに小芝居はしない！」

大きな瞳をさらに見開き、尚美は健が今までに見たことのない怖い顔をしている。いくら友人だからといっても、どうしてここまで庇おうとするのか、健には理解しがたかった。

――健。

「なんだ。どうして音声出力にしない」

――はばかられます。

健は嫌な予感がして、内声で訊いた。

――なにか判ったか。

――レンタカーの手続きをした人物の名前が判明しました。虹彩認識まではおこなわれていませんでしたので、本人かどうかは判りませんが。

――ドナルドか。

――いいえ。

情動を獲得しつつある機械が言いよどむ。

――賃貸契約書の名前は、兵藤丈次（じょうじ）です。さきほどのメッセージデータがアップロードされたのも、彼名義の携帯端末からでした。

窓からの夜気と共に、救急車とＶＷＡ車両のサイレンの音が部屋の中へ流れ込んできた。

〈アフロディーテ〉の薄紫の時間。

ただし、今度は夜明けだ。ギリシア調の建物がブルーパープルの大気からゆっくりと立ち上がり、街路樹で小鳥たちが目覚める頃。

〈アポロン〉庁舎、孝弘の自室は煌々と明かりが灯っていた。

「ありがとうございます」

カウチに腰掛けている健は、差し出された保温カップを受け取った。

早朝に呼び出されたというのに、孝弘は手ずからコーヒーを配ってくれているのだった。

健の横に座った尚美は、憔悴（しょうすい）しきっていた。憧れの上司に対しても小さく会釈をしただけで、ずっと俯いている。

「友達を信じたい気持ちは判る」

タラブジャビーンにもコーヒーを渡した孝弘は、窓辺にもたれかかって、自分のカップの保温シールを剝いた。香り高い液体を一口含んでから、彼は優しく続ける。

「けれども、少なくとも一つは嘘がある。それは理解しているね？」

尚美がこくんと頷いた。

いい加減な色合わせの亜希穂のピエタ。健がためつすがめつして眺めても、さほど色が狂っているようには見えなかった。尚美はグレイの部分を指さして、色空間も違うしここは色被りしてるでしょ、とせわしく説明するので、たぶんそういうことなんだろうと察するしかない。それを待機画像とするハニア・インに残された通信端末の名義は確かに亜希穂で、非公開の個人データもきちんと整合していた。

　けれど、通話履歴を調べてみると、タラブジャビーンの車で移動していた時に亜希穂が操作していたという残高照会の記録が残っていない。だとすると残高照会をしていたと嘘をついてただ端末を爪繰(つまぐ)っていたのか、あの時は別の端末を使っていたのか。自分のではない端末の色調を丁寧に調整した上で？

　それとも、尚美の言う通り、犯行グループが色のよくないほうを連絡のためにホテルに残していたのだろうか。この仮説はとても嫌な気分になる。もしそうなら、令状がなければ誰も知り得ないような個人データを亜希穂自身が犯行グループに渡し、同じＩＤを持つ違法な複製を許していたことになるからだ。

　自宅で連絡を受けたネネの見解は、ホテルのが、犯人たちの準備した偽物だという一番容赦のない答えだった。

　彼女曰く、「芸術家の端くれなら、自分の持ち物を、しかも自分の作品を、変な色のままにしておけるなんて考えられないわね。特に『ロンダニーニのピエタ』リスペクトなら、元の造型が荒いぶん、色にはとことんこだわったはずだもの。あれは、イエスがマリアをおんぶするみたいな格好で立っている、というのがやっと判るレベルの未完成作品だし」

とのこと。

　それに、ドナルドの見事な隠れっぷり。誰かが……もしかしたら丈次が……手引きしたかもしれないとはいえ、半日も捕まらずにいられたのは、亜希穂が二〇四号室に潜ませていたからだと思われる。調べてみると、部屋のドナルドの指紋は一時的に侵入しただけとは考えられないほどの量だった。ヴィジャヤ・ワンチュクの聞き込みによると、亜希穂は予約の時点で低層階を指定していたそうだし、残高照会というのも実は彼にこれから向かうという連絡をしていた可能性もある。

「何か事情があるんです、きっと」

　消え入りそうな声で、尚美が床へ向けて呟いた。

「亜希穂さんは、狂言で姿を消したりしません。自分が父親と同じような手法で周囲を振り回すなんて、考えられないです」

　孝弘は、カップを窓の傍に置いた。

「彼女は、父親が嫌いなんだね」

　泣きそうな表情で、尚美は顔を上げた。

「嫌いではありません。でも、複雑なんです。ただ、自分がされて悲しかったことを真似るはずはないと思います。それに、襲撃や誘拐を自作自演する意味が判りません。もともと#十八は亜希穂さんのものですから、こんなことをしなくても、ドナルドたちに渡そうとどうしようと好きにできるはずです」

健は、少し迷ってから口を開いた。

「肩を持ちすぎだよ。いったいどうしたんだ。いいかい、よく考えるんだ。彼女が手に入れたいのは、#十八そのものではなくて、その解析情報なんだよ。腕を掴まれただけで分析の順番抜かしができた。だったら、もっと緊急性のある事態にしてしまえば、結果を急がせることができる」

尚美は黙り込んでしまった。その通りすぎて反論できないからだ。

のそり、と、一人でデスクチェアに腰掛けていたタラブジャビーンが身動きした。

「とにかく今後の対応を決めておかないといけませんな。ドナルド一味は、じきに次の連絡をしてくるでしょう。アキホがこっち側かあっち側かで、幕引きの手段も変わってきます」

孝弘が口元に握り拳を近付けて考え込んだところへ、

「ごめん。遅くなったわ」

と、ネネが飛び込んできた。

「よかった、ナオミ、なんともなくて。まあこの状況だと、元気そう、なんて言えないけど」

ネネを見上げた尚美が、ちょっと笑い掛ける。

表情の気弱さに、健は胸が痛んだ。

「ルーキーちゃんから分析の途中経過が上がってきてるの。ただ、彼の手に余るようだったのでカールが乗り出して、それでも余っちゃったので、急ぎで地球（した）へ協力を仰いでるところ」

「そんなに手強いのか、#十八は」

ネネは戸口から移動して、孝弘の横に並んだ。そしてまず、一同を見回してから、〈アテナ〉のデータベースを発声して呼び出す。

「〈エウプロシュネー〉、接続開始。タカヒロ・タシロの部屋の壁面モニターに、科学分析室からのデータを表示」

映し出されたのは、#十八。月へ差し出された無骨な腕を加えられた絵画。

「非破壊検査をおこなったところ、月の部分からはレトロな銀塩写真フィルムの成分が見つかったわ。ただし目に見えないほど細かくされているので、オリジナルの画像は復元不能。これまでのタスク・ヨシムラの情報からして、カズホのポートレイトか何かだったと考えられるわね。そして、肝心の手のほうは――」

腕の部分が透過され、網目模様を描き出した。

「こんなメッシュ構造が隠されてた。すごく乱雑でしょ。あちこちに瘤(こぶ)みたいなのもあるし。ズーハオは最初、腕のデッサンが取れてないことからメッシュの形そのものに意味があると予測して、マーシャル諸島の地図〈スティックチャート〉あたりを一生懸命調べ、ずいぶん廻り道しちゃった。でも問題は構造じゃなくてメッシュの素材だったのよ。これ、カールは形状記憶合金じゃないかと」

「じゃあ、温度で形が変わる」

「輔氏が燃やそうとした理由!」

孝弘が身を乗り出し、尚美の顔がやっと明るくなった。ネネは尚美に、承認の頷きを返した。

「ところが、合金のメーカーを突き止めたまではいいけど、形状が複雑すぎて、単に熱反応のシミュレートだけでは変形予測ができないのよ。タスクがどんな形にしようとして組み上げたのかが〈アフロディーテ〉でもメーカーでも判らない。調べようにも、工業関係なのか幾何学関係なのか熱力学関係かも判らない。で、ほとんどのネットワークに広く介在できて、かつ、曖昧な設定でも好奇心たっぷりに調べ上げてくれる〈ガイア〉に、変形後の予測を出してくれそうなところをあたってもらったわけ」

「〈ガイア〉……」

孝弘が嫌な顔をして呟き返した。

汎地球的ネットワークであり、情動を学習するために教育を受けている〈ガイア〉。それを育てている一人は、学芸員としてSA（スペシャルエー）権限を付与された、孝弘の妻、田代美和子（みわこ）だ。

彼女は純粋な心の持ち主で、自由奔放。けして判断の方向は間違っていないのだが突拍子もないことをしでかすことがある。生真面目でおっとりした孝弘は、妻に振り回されることが多かった。

「それで？」

おずおず、といった風情で孝弘が訊いた。

ネネは〈太陽神（アポロン）〉を胸騒ぎさせることができたので、会心の笑み。

「無事に引き受け手が見つかって、いま、解析中」

「それはよかった」孝弘が軽く安堵した。「どんな形を籠めたのか、輔氏の真意を亜希穂さんたちへ伝えれば、事態がいい方向に進むかもしれないな」

「あら、そうかしら。知らなければならないのは、タスクの真意だけじゃなくて、むしろアキホのほうじゃない？　右から左へただ分析結果を渡し、それが彼女の意に沿わないものだったらどうするの。絵を売るのはともかくとして、焼くとか棄てるとかも言ってるんでしょ。『不見の月　#十八』が世の中から失われてしまってもいいの？」

「穏やかな結末にするために情報はあえて選んで教えよう、というわけですな」

そう言ったタラブジャビーンに向け、ネネが首肯してみせる。

「そのほうが賢明だと思うわ。とはいえ、人の心は複雑怪奇。Aという情報が必ずBの反応を引き出すとは限らない。変形後の形を予測してもらっている間に、私たちのほうはできる限りアキホの心情を予測しておくのがベターじゃない？」

「家族の確執や愛憎なんて、そんな簡単に判るもんじゃありません」尚美は少し怒ったような口調だった。「彼女とよく話していた私ですら、正解を言い当てることはできませんし」

「きっちり言い当てるんじゃなくて、曖昧でもいいから傾向を知ろうということなのよ。それをするグッドな方法があるって、この人が」

ネネはしなやかな動きで再びドアのほうへ行き、ノブに手を掛けた。

「——お待たせ、入って」

「廊下、寒い」と、言いながら入室してきた人物に、孝弘が無惨なほどの慌てかたをした。身体が跳ねて、窓辺に置いていたカップを落としてしまう。

「み、美和子。君、寝てたんじゃ……」

黒髪をボブカットにした小柄な美和子は、

「目を閉じてても、〈ガイア〉とお喋りはできるのよ」

と、少女のような茶目っ気を見せた。

美和子が孝弘のこぼしたコーヒーをダスターで拭き始めたので、健と尚美も急いで手伝う。後始末の間、虚を衝かれた形になった可哀想な夫は、ずっと硬直していた。

「ありがとう、尚美ちゃん。心配してたのよ」

「すみません、面倒なことになっちゃって」

「いいの。お蔭で、孝弘さんが考えた予測解析方法を試してみるチャンスができたから」

自分の名前を出されて、孝弘はようやく口を利けるようになった。

「僕の、なに？」

美和子は夫の質問には答えず、全員の顔が見える窓辺へ移動した。

「私たちがまだ新婚さんだった頃、この人、〈ピラミッド解析〉というのを考案して成果を上げました。だから、最近思いついたという〈紡錘ルート解析〉も、この際やってみたらどうかなあ、って」

「いや、あれは、いくら情動記録能力がついたといっても〈ムネーモシュネー〉には荷が重すぎて」

文句を言いかけた孝弘を、美和子はいたずらっぽく見上げる。

「〈ムネーモシュネー〉だけにやらせようというわけではないのよ。ここに役者は揃ってる。それにもう、〈ガイア〉運営委員会にはテストの許可を取っちゃった」

「おい、そんなのは前もって僕に相談すべきだろう」

「あなたは慎重だから、前もって相談なんかしたら却下されるに決まってるもの」

ネネが、ぽんと手を打った。

「はい、痴話喧嘩をしている暇はありません。ミワコ、みんなにその方式を説明してあげて」

薄紫の時間。ただし、今度は幻の光景。

闇でもなく光もなく、見えないものは何もなく、見えるものも何もなく、ひたすらに広大なところだと知覚した。

身体感覚と方向感覚は持てていた。自分の遥か上のほうに、双方向に流れる不思議な大河の雰囲気がある。〈ムネーモシュネー〉と〈ダイク〉が、美術と犯罪それぞれの視点から亜希穂にまつわる膨大な情報を交わしているのだ。さらにその上には、流れを見守る〈ガイア〉の存在が感じ取れる。

この光景は自分の脳が紡ぎ出した幻にすぎないのだろうか。それとも、〈ダイク〉はいつもこのような茫漠としたパープルを知覚しながら思考実験をしているのだろうか。

映画なら、データベースたちがやりとりする具体的な画像やテキストが可視化されて並べられるのだろうが、実際にはもちろんそんな不要な演出はなかった。

ほんとに美和子さんの実行力はぶっ飛んでるな、と、ペールパープルをした幻影世界の中で健はぼんやり思った。

孝弘が考案した紡錘ルート解析というのは、最初と終わりにキーとなるものを置き、そこへ辿り着くまでの思考経緯を検証するという方式だった。

大草原の一点から一点へ歩いて行くのには無限の進み方があるように、発端から結論に至る思索過程には無限のルートが存在する。いわば骨格筋のような紡錘形を取っていると表現してもいい。その道筋をさまざまな要因や条件によって一つずつ排除し、結論へ向かった実際の過程を絞り込んでいこうというのだ。

発想のきっかけは、作家と作品の関係だったという。九歳の時の「ピカドール」から九十歳の「自画像」まで、ピカソの心情はどう変遷したのか。ゴッホの油絵「キャベツと木靴のある静物」から「麦束の山と刈る人」までの間に、「包帯をしてパイプをくわえた自画像」があるというのを、鑑賞者は知っておくべきかどうか。モーツァルト五歳時の作品「ピアノのためのメヌエット」を聴く者は、サリエリの存在を知らずして「レクイエム・ニ短調」の曲調を予見しうるのか。

高名な芸術家ならばともかく、一人の人間が結果としての芸術を仕上げるまでの経緯は不明なことが多い。そのルートを〈ムネーモシュネー〉が探れたらいいのに、と考えたのだった。

けれど、先ほど孝弘自身が言っていたように〈ムネーモシュネー〉は情動を記憶することはできても、人の心の理解や発想は難しい。そこで美和子は、情動を獲得していく目的を持つ〈ダイク〉と〈ガイア〉も協働させればどうかと提案してきたのだ。

「尚美ちゃんは、直接接続方式のバージョンが孝弘さんより上で情動記録能力があるし、亜希穂さんとずいぶん話をしてきたでしょ。あなたなら、データベースたちにおおまかな流れを設定してやれるわ。一番古い思い出話をスタートにしてね。ラストは『不見の月#十八』を手放したり棄てたりすると発言するところ。発言する、というのが肝心よ。本心じゃないかもしれないから。途中はビッグデータから輔氏や亜希穂さんの情報を拾い上げて配置する。もちろん、二人の作品と〈ムネーモシュネー〉に記憶されている鑑賞者たちの印象も。共感能力が育ってきてる〈ダイク〉と〈ガイア〉は、それぞれの要素の価値判断要員ね。バイアスチェックに役立ちそう。嫉妬とか皮肉とか卑下のように本心ではない流れを、勘と経験を働かせて刈り込ませるつもり」

そんなことができるのか、と、健は〈ダイク〉に訊いた。〈ダイク〉はいつもの声で「判りません」と答えた。

「素敵でしょ。これまでに誰もやったことのないコラボレーションになるわ。何かあったら、私たち人間が止めに入りましょう。それこそ、勘と経験で察知しなきゃね」

気配だけの大河は流れる。音はしないが、どうどう、と。

〈ムネーモシュネー〉が、時系列に沿って、絵画と記録と鑑賞時情動を吐水口のように出力していた。

〈ダイク〉は、デマゴギーの支流を遮断し、本流を決定し、それを確認しつつ、事件や裁判で知った人間感情のデフォルメをあらん限りの力で亜希穂用に補正しようとしている。健は、圧力に似た感覚でそれを察した。

ぴん、ぴっ、ぴっ、と、飛沫に似た確認事項が健に向けて飛んでくる。

よし、これもいい、よし、と、健は即座に承認した。内容まで知る必要はなかった。ただ、それぞれの〈ダイク〉の解釈が人間らしいものであると直感した。違和感はどれからも伝わってこない。健は教育係としての自分の勘を信じる。

〈ダイク〉は無言のまま、喚き散らしていた。父親とは、姉妹間の嫉妬とは、依怙贔屓とは、同族嫌悪とは。健の頭上では、無数の感情パターンが爆散している。

打って変わって、球を思わせる〈ガイア〉の雰囲気はあまり働いていなかった。〈ムネーモシュネー〉と〈ダイク〉の努力をさらに上空から見下ろし、まるで新しい本を膝にした幼児のようににこにこしているようだった。

ときどき、「あのね」とでも言うように、丸いものを流れに投げ込む。もしかしたらそれは、犯罪ばかりを扱ってきた〈ダイク〉には気付けない、心優しい解釈であるかもしれなかった。

薄紫の空間には、楽しげな美和子の気配もある。〈ムネーモシュネー〉の後ろに隠れるような雰囲気の尚美も。二人の存在は、嗅げない香りが漂っている感じ。

ふと、湿気のようなものが漂ってくる感覚があった。産毛だけがそよぐかのごとき、とてもかすかな気配。

その正体に気が付いた健は、ああ、と嘆息した。

だから君は、亜希穂さんをあんなに庇ったんだね。

はかない湿り気は、健の気付きに驚いて、一息に散る。

けれど、刹那のうちに健は知ってしまった。亜希穂の分析作業によって引き出されてしまった尚美自身の来歴を。

両親は中東地域で忙しく働き、彼女は日本の祖母へ預けられていた。祖母は自慢の娘を連れ去ったイスラエル人の婿が気に入らず、孫娘のことは、他の人がどんなに可愛いと褒めても喜ばなかった。「私の娘は切れ長の瞳の高貴な美人なのに、孫ときたら、目ばっかりぎょろぎょろしてて、色黒で。きっと、これが可愛いと思う人を利用する、周囲に媚(こ)びまくる洋犬みたいな人生を送るに違いないんだよ」。

尚美がどんなに真面目に頑張っても、頑なに心を閉ざした祖母は、ことあるごとに口を極めて罵倒した。尚美の知らない古い言い回しまで駆使して。

健は、自分が小さな砂粒になってしまうほどに萎縮し、反省した。

お婆ちゃんっ子といっても、世間一般の甘やかされたイメージと尚美とは正反対だったのだ。尚美がなぜ罵倒する時だけ昔の言い回しになるのかもこれで納得がいく。彼女は祖母から罵(のの)りしか受けなかったのだ。

祖母が花柄のワンピースをくれたのは、ゴミの処分だったのか、気まぐれなプレゼントだったのか。悪口と放置は、本当に孫が憎いのか、自分の娘への愛情の裏返しなのか。

尚美と亜希穂は、声を揃える。かくも肉親を理解するのは難しい、と。年代を超えた二人の女子トークとは、このような愚痴を共有するささやかな息抜きであったようだ。

かくも肉親を……。

健の意識の中に、形を持つイメージが唯一浮かび上がった。

白いスーツを着込んだ男性の後ろ姿。

今回も、犯罪に叔父の丈次の名前が出てきた。健の父が嘆いたほどに怪しい世界に生息する彼は、また、甥にさまざまな美しいプレゼントをくれる優しさも兼ね備えている。あっ、と尚美が息を呑むのが判った。今度はこちらから彼女に湿気が伝わってしまったのだ。

健は慌てて記憶の中の叔父の姿を追い払う。

〈ダイク〉。紫は、寒色かな、暖色かな。

世界を満たす色彩の中で、気を紛らわせた時。

美和子のとも〈ガイア〉のとも、分かちがたい言葉がひたひたと打ち寄せてきた。

——「不見の月」。そうね、月は、見えないほうがいいの。満ち欠けを一喜一憂しないですむわ。一番美しいと思う月齢を、いつも心の中に浮かべておくことができる。

続いて、薄紫の空間粒子を集めるようにして、彫刻が確とした形をとった。

「ロンダニーニのピエタ」だ。荒削りなままの、ミケランジェロの遺作。全裸のキリストは膝を曲げているものの遺体とは思えない姿勢で立っている。その後ろ、頭一つ分上に位置するマリアは、ぴったりと彼に寄り添い、彼の肩に左手を掛けていた。まだ切り分けられていない二人の横には、ミケランジェロが途中でポーズを変えたために残ってしまった手先から肘までしかない腕が直立している。

健は、これに関する情報を教えられずして知った。おそらく〈ムネーモシュネー〉の記憶によって。

もうほとんど目も見えなかったミケランジェロの反抗心が、宗教界の良識をも気にしない全裸のキリストに表れていること。残されたデッサンから、キリストは当初、左に傾いた生気のない姿だったが、上半身を彫り直され、元の腕だけが残っていること。

腕。

輔氏が施した#十八への加筆は、この「ロンダニーニのピエタ」を、または、珍しくましだと評した亜希穂のあの絵を、思ってのことだったのだろうか。それは、ロンダニーニを使うならもっと、残ってしまった腕が指し示す作者の心に着目しろという叱責なのか。

それとも、不備はあってもあの絵は本当によかったよという愛情の表明なのか。

亜希穂が待ち受けに自分の「ロンダニーニ」を設定していたのは、単純に父親に褒められた喜びからか、父親はこんなものしか褒めなかったという根深い恨み……いや、それだと駄作に対する自戒か？　これしか褒められなかったという、自分の能力の低さの……うぅん。

健は、解釈の迷路に入り込みそうになった。これが、孝弘の言う紡錘形の一番太い部分なのだろう。父親の想いが確定できず、亜希穂がなぜ自分の「ロンダニーニのピエタ」を端末の待機画像にしていたのかも予測できず、根源的には、〈ガイア〉と美和子がこのピエタだけを具現化させるほどに重要視している理由からして判らない。

健の中に疑問が生じると、大河が一筋の小川に収束し、流れがはっきりとした文字に変わった。

〈ポーズを改訂された「ロンダニーニのピエタ」は、もはやイエスの遺骸にマリアが取りすがっているという解釈だけではすまない存在になった。上方(じょうほう)に位置するマリアがイエスを天界へ導こうとする姿にも見えるし、我が子を亡くしたマリアの悲しみを、死してなおイエスが背負い慰めているとも感じ取れるのだ。〉

文字は確固として眼前にあった。データの流れはもう感じない。

これが答え？　#十八の腕の解釈ではなくて？　亜希穂さんの意向でもなくて？　「ロ

ンダニーニのピエタ」の解釈、それも確定ではないものを……。これじゃ何も判らないいま……。ああ、そうか。作者にしか見えていないということこそが……。

そうだ。見えない月が一番美しい……。

美和子と〈ガイア〉がにっこりと笑った気がした瞬間、健は孝弘のカウチで目を開いた。長い時間を過ごした感覚があるのに、驚いたことに、窓の外にはまだ夜明け間近の薄紫色が残っていた。

横で、同じ方向を見た尚美もきょとんとしている。

「俺たち、どれくらい……」

呟くように訊くと、美和子に事務椅子を譲って立っていたタラブジャビーンは、へえ、と声を漏らした。

「もう終わったのか。ほんの二、三分だったぞ」

「楽しかったね」

満面の笑顔で美和子が言う。

「で、どうだったの。アキホへの対応策は決まった?」

せわしく尋ねるネネに、美和子はあっけらかんと、

「あら、そんなの決められないわ」

と、答える。

孝弘が妻に何か言い出す前に、健は口を開いた。

「でも、判りました。判らない、ということが判りました。おそらく、亜希穂さん自身も自分の気持ちを摑めてないいんです」

「ルートを絞り込めなかったということか？」

心配顔の孝弘に、健は穏やかに首を横に振って見せた。

「絞り込めなかったのではなく、絞り込まなかったんです。＃十八に残されたあの腕がどう変形するのかで、おそらくすべての解釈が変わります」

孝弘は狐につままれたような顔をして、ゆっくりと二度、目瞬きをした。


十時三十一分に、色のおかしい携帯端末が点滅で着信を知らせてきた。

目の下が夜明け色に染まってしまっている健は孝弘のカウチから飛び起き、尚美は通信を壁面投影に切り替える。

「不見の月　＃十八」の腕が焼却によってどう変化するのかは、すでにシミュレーションが終わっていた。関係各所にも話は通っていて、亜希穂への対応策はもう決まってる。

画面に映し出されたのは、意外にもドナルドではなく亜希穂本人だった。

「とっくにいろいろバレてるわよね。あの人たちがキャリブレーションを疎かにしたから、尚美は色に気付いちゃってるでしょ。もう最悪。そこはどこ？　ＶＷＡの本部には見えないんだけど」

タラブジャビーンが、ずいっと前に出て、「ドナルド・ブルームは」と、低い声で訊く。

「逃げてもらった。彼らの仲間に逃がしてもらったと言ったほうが正確かしら。ミカエルも許してあげてほしいけど、恐喝か何かの罪状名がもう付いてるんなら無理よね。私が捕まるのももうすぐね。きっとこの通信で私の居場所も特定されてしまう」

亜希穂に悪びれた様子はなく、悲しげに見えた。

そっと自分の首を触った尚美が、しんみりと語り掛ける。

「ここは〈アポロン〉庁舎よ。狂言を二度演じてまで＃十八の真相を知りたがったあなたを、どうしたらいいのか考えてたの」

「私を捕まえる時はあなたも一緒に来て、尚美。直に謝りたいから。実は、刑務所ってところをちょっと楽しみにしているの。生活費、要らないんでしょ。この期に及んで申し訳ないけど、あの絵の価値の判る日が来たら、檻の中にも知らせてくれると嬉しいわ」

「価値ならもう判ってるのよ。〈アフロディーテ〉の科学分析室を見くびらないで」

ぴくん、と亜希穂の大きな耳飾りが跳ねた。

「それで、どうなの？　ミカエルたちが言っていたように、あの腕は本当に父が足したものなの？　何が入ってたの？　妹の研究成果？」

畳み掛ける亜希穂とは反対に、孝弘は落ち着き払った声を出す。

「それを教える前に、約束していただきたいことがあります」

「犯罪者には簡単に教えてくれたりしないのね」

「そういう訳ではありません。あなたに自首してもらうためにも、この場でお伝えしようと思っています」

亜希穂は怪訝な表情で、孝弘の出方を窺う。

「#十八を〈アフロディーテ〉に寄贈していただく。それが分析結果をお教えする条件です」

かっと亜希穂が目を見開いた。

「やっぱり価値があるのね。そうなのね。父が妹に差し伸べた手だもの、つまらない加工じゃないとは思ってたわ。きっとすごいものが塗り込められてたのね。それを私に遺すまいとして、父は焼こうと――」

「違うのよ、亜希穂さん。全然違う」

遮った尚美は、怒気を孕んだまま口を閉じた友人に、もう一度、「違うの」と念を押した。

「あの半立体の素材は、形状記憶合金だったの。焼けば熱で変形し、お父様の想いが立ち現れる。あなたがお父様や華寿穂さんに対してあれを焼いてしまうほどの怒りを覚えたら、やっとそれが伝わるように計画されていたんだわ。でも、ご本人が死を前にした時、たぶん自分の目でも見たくなって」

「まどろっこしいわよ、尚美！　いいわ、#十八は〈美の女神（アフロディーテ）〉への捧げ物にしてあげる。どうせお金は必要じゃなくなるんだから、たとえ価値があっても今さら絵なんてどうなってもいい。だからさっさと教えなさい」

尚美は孝弘に視線を投げた。彼が頷くのを確認してから、

「〈ムネーモシュネー〉接続開始」

と、音声でコマンドを投げる。

「吉村輔が『不見の月　#十八』に隠した彫像の、シミュレート画像を送信」

「彫像？」

亜希穂が顔をしかめたのも束の間、次の瞬間、彼女は小さく叫んでから絶句した。

孝弘の部屋の壁面にも、〈ムネーモシュネー〉の出力した画像が投影されている。ごつごつした立体造形だった。変形したメッシュが、かろうじて意味のある輪郭を表している。

それは群像。四人の人物が身を寄せている。

中央には優しい雰囲気の男性。抱(いだ)くようなポーズの彼の腕の中には、まとめ髪の中年女性と、十代の肢体を持つ少女、そして刈り上げたヘアスタイルの年長の女。女性たちは揃って男性を見上げ、彼はその視線を受け止めるかのように軽く俯いている。

口も利けずに身を固くしている亜希穂に、尚美が語りかけた。

「これ、亜希穂さんのご一家でしょ。ポーズだけでも幸せそうなのが伝わってくる。きっとこういう時代もあったんですよね。こんなのを隠して逝くなんて、芸術家・吉村輔はどこまでも不器用な父親だったんですね。なぜ隠したのか、判る？　仮にこれをちゃんとした彫刻に仕上げて飾ってたとしても、一度拗(す)ねてしまった亜希穂さんの心には届かなかったからじゃない？　私だったら、今は二人しかいなくてぎくしゃくしてるのに、こんなのを堂々と飾るなんてすごい嫌味、って感じちゃうかも。違う？」

亜希穂は、ただ、目を見開いて答えない。

「でも、輔氏はどうしても作りたかった。作って、華寿穂さんが今も息づくパステルカラーの月が掛かる世界に、同列に配置したかった」

「絵の中に……。同じ次元に……」

「そう。そうとも言えるわね。成し終えて一度は満足したけれど、やっぱり手元に置きたくなって取り戻した。そして、ひたすら眺めたの。これを加えた絵の前では、もしかしたら、次女への愛情ばかりを公言してしまったという懺悔の気持ちが湧き起こったかもしれない。もしかしたら、後輩芸術家である亜希穂さんへ取るべき態度を考えあぐねていたかもしれない。それでも、彼の心にはずっと見えていた。柔らかな月と、幸せな家族が」

愛娘の死を優しい色の月に昇華したことで、いい意味において「業の深い画家」と呼ばれた吉村輔。彼が〈アフロディーテ〉に移り住んだのは、娘のいない今ある月を見たくなかったのではなく、記憶の中の一番美しい月を想い続けたかったから――美和子の見解はこうだった。その彼ならば、家族の絆を表した姿を「あるけれども見えない」ようにすることで、一番美しい時代を絶えず想い返したかったのだ、とは解釈できないだろうか。

亜希穂は、押し黙ったまま身じろぎもしなかった。

彼女の心の中には、さまざまなものが去来しているのだろう、と健は想像する。

父親とは、姉妹間の嫉妬とは、依怙贔屓とは、同族嫌悪とは。〈ダイク〉が撒き散らしていた人間の感情という無数のかけら。それらは鏡でできていて、虚々実々を絶え間なく反転させ続ける。愛憎はどうやって見分けるのか。喜怒は表現すべきなのか隠しておくべきなのか。

周囲の解釈は自由でいい。

ただひとつの真実は、本当に大切なものは隠してしまうという人間の性(さが)の中に。

吉村輔が隠していたのは家族像だったと判った時点で、無限のルートはひとつの筋に収斂(しゅうれん)された。その切なる想いは、死を目前にした時に像を見たくなるほどに、強く確かな流れだった。

亜希穂の唇が、ほんの少し、動いた。

「……泣かないわよ」

それを聞いて、尚美はくすっと笑う。

「やだ、ひねくれ方が親子そっくりね」

「もしも私が本当に絵を焼いてこんなものが灰の中から出てきたとしたら、どんな気持ちになると思ったんだろう、あのバカ親父は」

「ほんと、そっくり」

花柄ワンピースの広がった裾に、小さな水滴が落ちた。

狂言恐喝も狂言誘拐も、周囲の人を惑わせる立派な犯罪だ。ドナルドは実際に尚美の首を絞めたので一番罪が重いが、何者かの手立てで今もうまく逃げ延びている。協力者はおそらく叔父だろう、と健は確信していた。

健と叔父の事情を察してしまったはずの尚美は、けれど丈次の名前を口にすることはなく、扼頸の被害届も出さなかった。#十八の所有権が〈アフロディーテ〉に移された代わりに、一連の騒動は内々に処理されることになっていたからだ。割を食ったのはミカエルで、調査が進むにつれてさまざまな余罪も明らかになってしまい、VWA本部内にある留置所に入れられたままになっている。

二日、いや、一日半の休暇があっという間に過ぎた昼下がり、健はVWA本部の前でばったり尚美に出会った。そういえば、吉村亜希穂関連の手続きやら何やらで、早くも昨日から立ち働いていると聞いていた。

いつものお固いスーツ姿の尚美は、健を見つけるとヒールの踵（かかと）をツカツカ鳴らして近付き、すかさず睨み上げてきた。

「お婆ちゃんのことで私に何か言ったら、電光石火で張り飛ばすわよ」

「おお、暴行罪だな。でも大丈夫、言わないよ。だからそっちも――」

「私も言わない。紳士協定」

「そういうこと。みんなそれぞれ複雑な感情を抱えてるから、下手なことは口にしないのが賢明だね」

尚美がようやく表情を和らげた。そして、人差し指で自分のこめかみを叩き、

「〈ディケ〉はどう？　何か変わった？」

　と、話題を変える。

「興味深かったと言ってるよ。〈ガイア〉からは学ぶべき点が多い、って。何を学んだのか、戦々兢々だな。なにせバックにいるのが美和子さんだからね」

「あら、太平楽は美点よ」

「俺のことは、極楽とんぼ、って罵るくせに」

　尚美は、返事の代わりに、いーっと歯を剝いた。

　健は、困ったな、とひそかに苦笑した。

　背が低く大きな瞳の尚美が、小動物のように見えて仕方がない。なんだか餌をやりたくなってしまう。

　まさかそのまま切り出す訳にもいかないが、いずれ自分は何か別の理由を付けて彼女を食事に誘ってしまうかもしれなかった。

　できれば、財布も心も頑張って、夕飯がいい。

　見えない想いを共有するのは、〈アフロディーテ〉が綺麗な薄紫色で染まる時間に。

解説

SF音楽家
吉田隆一

本書『不見の月　博物館惑星Ⅱ』は、地球の衛星軌道上に作られた巨大博物館苑〈アフロディーテ〉を舞台とした、「美」を巡る連作短篇集です。著者・菅浩江氏の代表作である『永遠の森　博物館惑星』（ハヤカワ文庫ＪＡ）の続篇であり、《博物館惑星》シリーズの二作目にあたります。二〇一九年に早川書房よりハードカバー版が刊行され、表題作が第五十一回星雲賞（日本短編部門）を受賞しました。二〇二〇年に刊行されたシリーズ三作目『歓喜の歌　博物館惑星Ⅲ』（第四十一回日本ＳＦ大賞受賞作）と同時の文庫化です。本書で提示された様々な「謎」は『歓喜の歌』で解決されます。

前作『永遠の森』は、データベース・コンピュータと直結された学芸員・田代孝弘の視点で、〈アフロディーテ〉に持ち込まれた美術品を巡るドラマを細やかに描く美術ＳＦでした。本書は、設定と主要登場人物を『永遠の森』から引き継ぎつつ、新たな登場人物の視点で描かれています。警察機構の情動学習型ＡＩに直結された新人自警団員・兵藤健が本書の主人公です。健とＡＩ〈ダイク（ディケ）〉、そして新人学芸員の尚美・シャハムを中心として物語が展開します。

ＡＩを直結した警官、というアイデアは、『永遠の森』収録の短篇「きらきら星」に登場します。登場、と言っても情動記録型ＡＩ（記録のみで学習はしない）の説明に関連して、わずかに言及されているだけなのですが……菅氏はなぜ、自他共に認める代表作の続篇を始めるにあたり、前作で一言のみ記したアイデアを軸に用いたのでしょうか。

人間とＡＩ三つ巴の「バディもの」キャラクター小説、ＳＦガジェットを巧みにちりばめたミステリ、主人公の家族にまつわる謎を軸とした心理小説……本書はいわば「全盛り」のエンターテイメント小説です。ＳＦ以外の作品も多彩に手がけてきた菅氏の、作家としての歩みの総決算とも言えるでしょう。おそらくは平坦ではなかったであろうその歩みと、それに促された円熟を実感させる短篇が揃っています。

かつての「菅ＳＦ」の特徴は、残酷とも思える容赦のなさ、ＳＦ的な視座で人の心の奥底を見せる切れ味、それでも人生を愛しく想う優しさ、そして巨大なビジョンに辿り着くカタルシスでした。無論、現在の作品にもそうした要素は読み取れます。しかし本書では背後に見え隠れするに留まっています。

『永遠の森』は、人の心とその交わりの美しさをＡＩが理解することにより、ＡＩが「人類と共に歩むための情動」を獲得していくであろう未来を予感させる、巨きなビジョンを垣間見せつつ幕を引いた物語でした。そして本書はそうしたＳＦ王道の終わり方……「来るべき世界を予感させて終わる」その先を描いています。菅氏は「そう簡単に理想には辿り着けない」という、いわば「途上」を描くという選択をしたのです。それがサイドエピソード的なアイデアをピックアップした理由ではないでしょうか。巨視的に閉じた物語を、あえて近視眼的に細部を描くことで、また違うペースの「物語の歩み方」を獲得したのです。その結果、本書と『歓喜の歌』は、最終的なビジョンに向かい時間をかけてゆったりと進む物語となったのです。

本シリーズ全体を通して問われるのは「美とは何か」です。本書で描かれる「美」には、菅氏が考える「美」が反映されているはずです。

結論から言えば、菅氏にとって美とは「秘められた想い」です。初めから外在するものではありません。そのまま外に出てくるものでもありません。いわば何かの「形」に封印され、差し出されるものです。そしてそれもまた、「人の心の動きを読む」情動型ＡＩが本書の主要キャラクターである理由の一つでしょう。

菅氏はデビュー作から一貫して「人の心のずれと重なり」を、ＳＦという手段を用いて描いています。そして本書に限らず「心とＡＩ」という主題は様々な作品で取り上げられています。心を読み取り、学習する情動型ＡＩという設定は「秘められた想い＝美」を描く上で必然的な選択です。

想いのすれ違いを軸に描く「黒い四角形」をはじめ、本書の随所に「秘められた想い」を美しく想う菅氏の眼差しが感じられます。一方、「白鳥広場にて」で描かれるように、思慮の浅いパフォーマンスや哲学的なコンセプトが先行する美術作品の描き方はやや辛らつです。おそらく菅氏が「美とは秘められた想い＝美は内在する」と考えているからでしょう。

シリーズ全体を通して、想いが必然性をもって（どうしようもなく外にあふれ出してしまうような心的圧力によって）外に溢れ出す、あるいは厳格な形式や無機物に意思をもって封じ込めるからこそ「表現」は美しい（この「意思」については後述します）、という菅氏の信念が感じられます。それは菅氏が日本舞踊の名取であることと無関係ではないはずです。表面的な派手さや激しさから遠くにある日本舞踊こそ美の内在……形式の中に秘められた美意識を見出す表現形態であるからです。

絵画や彫刻などの空間表現と、音楽やダンスなどの時間表現が均質に「美術作品」として扱われる本シリーズですが、同様に重要な題材が「大道芸」です。本書では「手回しオルガン」が大道芸を題材としています。先行する作品として、やはり〈アフロディーテ〉を舞台とした短篇「お代は見てのお帰り」（『五人姉妹』ハヤカワ文庫ＪＡ収録）がありますが、作中にこんな台詞があります。

「彼女は、美とは捨てさせる力だ、と言うんですよ。優れた芸術は人を忘我の境地に連れ込む、と。そしてその力は、芸術みずからがまず捨てないと顕現しないものなのだ、と」

「美術館の中で時間が止まっているような気がしたことは？　ミワコの説によるとそれは絵なり彫刻なりが時間を捨てているからだそうです」

「ひとときの忘我の境地を作り出す大道芸」

ここで登場する「ミワコ」とは、シリーズ全体のキイパーソンであり、汎地球ネットワーク型情動学習AI〈ガイア〉に接続された「教育」担当学芸員・田代美和子（前作の主人公・田代孝弘のパートナー）です。そしてこの台詞に、シリーズ全体を読み解く上での重要なヒントがあります。

ここで語られた「忘我」の「我」には、「白鳥広場にて」等で描かれる「哲学的なコンセプト」も含まれているのではないでしょうか。登場する美術作家の哲学は「一人で完結する思考＝我」と言い換えられるものでしょう。

本シリーズにおいて、美術作品を送り出し、また受け取るということは、「秘められた想い」を伝え、受け取る行為に他なりません。美術はコミュニケーションの一形態なのです。一人で完結してしまう「我」を捨てる「忘我の境地」こそ、内在する美を表出し、受け取る上で必須の条件になります。だからこそ「忘我の境地を作り出す大道芸」が重要な役割を果たしているのです。

そしてコミュニケーションであれば、「我」とは異なる（先に述べた）「意思」が必要となります。それこそが、菅氏にとっての「美術作品」の意義です。「作品には送り手の意思が必要である」と言い換えてもよいでしょう。「お開きはまだ」にこんな台詞があります。

「本人とその人が表現するものの本質は分かちがたい」

作品とは即ちその人であり、偽ることはできない。であれば、もし偽る＝本質を隠した作品であれば、その作品には価値がありません。先に述べたような「形式や無機物を芸術たらしめる」行為の逆です。思慮の浅いパフォーマンスには「意思」が感じられず、技術以外に見るべきもののない作品は「偽り」である、という。

連作短篇集『プリズムの瞳』（創元ＳＦ文庫）において菅氏は、技術専門のロボット「ピイ」と、人の感情を理解するロボット「フィー」というＡＩを登場させています（「フィー」は菅ＳＦの初期から様々な形で登場する、重要なＡＩキャラクターでもあります）。作中、ピイは旧式化し居場所を失い、わずかな生き残りは人の心を解さないまま絵を描く存在です。ピイの作品から人は「美」を見出せません。人はピイの存在そのものに自分自身の心を映しだします。この作品を通して描かれているのは、やはり「意思の美しさ」です。

興味深いのは「あとがき」として発表された文章です（参照：http://www.webmysteries.jp/sf/suga0711.html）。

菅氏は、ＡＩの進歩に関連してこう述べています。

でもやっぱり私は、いまだにフィーとピイの区分けを必要としています。（中略）神様みたいな万能の存在はどんどん私から遠い存在になってしまうような気がするからです。

ここで《博物館惑星》シリーズにおける本書の立ち位置が重要となってきます。先に述べたように本書は、『永遠の森』のラストで示唆されたビジョンの「途上」を描いています。そのビジョンが完成したとき、人とＡＩが相互補完する……先の菅氏の言葉を借りれば「万能の存在」、いわば「神」への道が開かれるのではないでしょうか。そう考えると、本シリーズに〈ダイク（ディケ）〉のような「役割を分担された情動記録ＡＩ」が登場する意味合いも理解できます。それはまだ万能ではなく、人の心に寄り添う存在なのです。同時に様々な美の要素＝人の心を、複数のＡＩが役割分担し、理解しようとする、その在り様を描く行為そのものが菅氏のＳＦ的な想像力の発露なのです。

博物館惑星は「美」を永遠のものとするための場所です。秘められた心の発露、意思が創り上げるものが美なのであれば、美術とは「人間が永遠を志向した意思の結晶」です。

流れる時そのものである音楽やダンスと、時間を切り取る絵画や彫刻は作中で対等な、相互補完する関係です。コミュニケーションを行うために人は「時間の流れ」を必要とします。意思が内包された美術は時を越えます。そして人の心は美に囲まれながらなお「すれ違う」のです。本書はそうした全てを余すことなく描いて幕を閉じ、『歓喜の歌』へと導く役割を果たしています。本書の最終エピソード「不見の月」にはこうした言葉があります。

> ただひとつの真実は、本当に大切なものは隠してしまうという人間の性（さが）の中に。

《博物館惑星》シリーズ全作を是非、通読していただきたいと心の底から願っています。

本書は、二〇一九年四月に早川書房より単行本として刊行された作品を文庫化したものです。

永遠の森　博物館惑星

菅　浩江

〔日本推理作家協会賞受賞作〕全世界の芸術品が収められた衛星軌道上の巨大博物館〈アフロディーテ〉。そこでは、データベース・コンピュータに直接接続した学芸員たちが、いわく付きの物品に対処するなかで、芸術にこめた人びとの想いに触れていた。切なさの名手が描く、美をめぐる九つの物語。解説／三村美衣

ハヤカワ文庫

アステリズムに花束を

百合SFアンソロジー

SFマガジン編集部＝編

百合——女性間の関係性を扱った創作ジャンル。創刊以来初の三刷となったSFマガジン百合特集の宮澤伊織・森田季節・草野原々・伴名練・今井哲也による掲載作に加え、『元年春之祭』の陸秋槎が挑む言語SF、『天冥(てんめい)の標(しるべ)』を完結させた小川一水が描く宇宙SFほか全九作を収める、世界初の百合SFアンソロジー

裏世界ピクニック
ふたりの怪異探検ファイル

宮澤伊織

仁科鳥子と出逢ったのは〈裏側〉で〝あれ〟を目にして死にかけていたときだった――。その日を境にくたびれた女子大生・紙越空魚の人生は一変する。実話怪談として語られる危険な存在が出現する、この現実と隣合わせで謎だらけの裏世界。研究とお金稼ぎ、そして大切な人を捜すため、鳥子と空魚は非日常へと足を踏み入れる――気鋭のエンタメ作家が贈る、女子ふたり怪異探検サバイバル！

ハヤカワ文庫

裏世界ピクニック2
果ての浜辺のリゾートナイト

宮澤伊織

季節は夏、空魚と鳥子は互いの仲を深めながら探検を続けていく。きさらぎ駅に迷い込んだ米軍の救出作戦、沖縄リゾートの裏側にある果ての浜辺、猫の忍者に狙われるカラテ使いの後輩女子――そして裏世界で姿を消した鳥子の大切な人、閏間冴月の謎。未知の怪異とこじれた人間模様が交錯する、ＳＦホラー第２弾！

ハヤカワ文庫

ゲームの王国（上・下）

小川 哲

〈日本SF大賞・山本周五郎賞受賞作〉

ポル・ポトの隠し子とされるソリヤ、貧村に生まれた天賦の智性を持つムイタック。運命と偶然に導かれたふたりは、一九七五年のカンボジア、バタンバンで出会った。テロル、虐殺、不条理を主題とした規格外のＳＦ巨篇。解説／橋本輝幸

ハヤカワ文庫

ユートロニカのこちら側

小川 哲

巨大情報企業による実験都市アガスティアリゾート。その街では個人情報――視覚や聴覚等全て――を提供して得られる報酬で豊かな生活が保証される。しかし、理想郷には光と影が存在した……。第3回ハヤカワSFコンテスト〈大賞〉受賞作、約束された未来の超克を謳うポスト・ディストピア文学。**解説／入江哲朗**

ハヤカワ文庫

最後にして最初のアイドル

草野原々

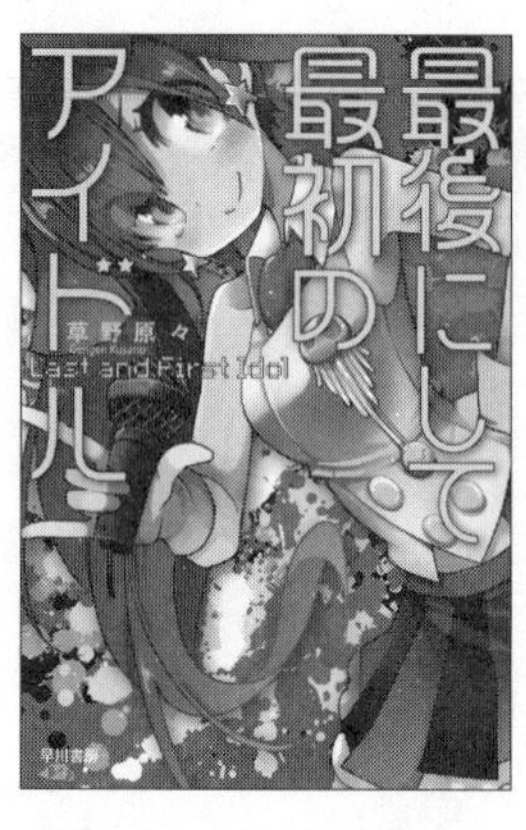

〝バイバイ、地球――ここでアイドル活動できて楽しかったよ。〟SFコンテスト史上初の特別賞&四十二年ぶりにデビュー作で星雲賞を受賞した実存主義的ワイドスクリーン百合バロックプロレタリアートアイドルハードSFの表題作をはじめ、ソシャゲ中毒者が宇宙創世の真理へ驀進する「エヴォリューションがーるず」、声優スペースオペラ「暗黒声優」の三篇を収録する、驚天動地の作品集!

ハヤカワ文庫

クロニスタ　戦争人類学者

柴田勝家

生体通信によって個々人の認知や感情を人類全体で共有できる技術〝自己相〟が普及した未来社会。共和制アメリカ軍はその管理を逃れる者を〝難民〟と呼んで弾圧していた。軍と難民の間で揺れる軍属の人類学者シズマ・サイモンは、訪れたアンデスで謎の少女と巡り合う。黄金郷から来たという彼女の出自に隠された、人類史を鮮血に染める自己相の真実とは？　遙かなる山嶺を舞台とする近未来軍事ＳＦアクション！

ハヤカワ文庫

僕が愛したすべての君へ

乙野四方字

人々が少しだけ違う並行世界間で日常的に揺れ動いていることが実証された時代――両親の離婚を経て母親と暮らす高崎暦は、地元の進学校に入学した。勉強一色の雰囲気と元からの不器用さで友人をつくれない暦だが、突然クラスメイトの瀧川和音に声をかけられる。彼女は85番目の世界から移動してきており、そこでの暦と和音は恋人同士だというが……『君を愛したひとりの僕へ』と同時刊行

ハヤカワ文庫